중생이 앓으니
　　　나도
　　함께 앓는다

醫道

중생이 앓으니
　　　나도
　　함께 앓는다

醫道 3

열리는 건강 新天地

醫道 3
열리는 건강 新天地

ⓒ인산가, 2006

첫판 1쇄 펴낸날 · 2006년 5월 20일

지은이 · 김수정
펴낸이 · 김윤세
펴낸곳 · 인산가

등록 · 1988년 7월 2일(제1-758호)
주소 · 서울 특별시 종로구 관훈동 197-28 백상빌딩 102호(110-300)
전화 · 02)736-9585   팩스 · 02)737-9800
함양본사주소 · 경남 함양군 수동면 화산리 1250-17
전화 · 055)963-9991~5   팩스 · 055)963-9990

ISBN · 89-952861-4-8 04810
ISBN · 89-952861-1-3 (전3권)

이 책의 저작권 및 판권은 주식회사 인산가에 있습니다.
신 저작권법에 의해 보호를 받는 저작물이므로 무단전재나 복제를 금합니다.

작가의 말

 여기 서양의학과 중국 한의학의 틈새에 아주 불편한 모습으로 자리에 앉은 한 노인이 있다. 장소는 우리나라지만 언어소통도 전혀 되지 않는 아주 먼 나라의 이방인처럼 앉은 노인. 그의 침묵은 고요한 외침이다. 그래서 저자는 잠시만이라도 그와의 대화 속으로 여러분을 초대하고자 한다. 더불어 우리 역사와 우리 것을 되돌아보는 만남이 되었으면 한다.
 이것은 한 평생을 처절하리만큼 우리 것을 사랑한 어느 특이한 노인에 관한 이야기다.

 화타와 편작이 중국인을 위한 의술을 펼쳤다면 한국 사람은 한국인에게 맞는 처방을 해야 한다는 것이 인산 선생의 지론이다.
 우리 하늘의 기운과 땅의 음식으로 병을 나스려야 한다는 이야기는 결코 국수주의나 배타주의에서 비롯된 것은 아니다. 오히려 이 땅에서 외면당하여 쓸쓸한 삶을 살다간 그는 "다시는 이 세상에 태어나고 싶지 않다"는 말을 남겼다.
 어려서는 귀신들렸다 놀림 받고, 자라서는 쫓겨 다니고, 고문당하며, 천대받고, 빈곤에 허덕이며, 죽을 고비를 넘기고, 시기함과 냉대에 상처받고 은거하고……. 그런 와중에도 우리 땅에 대한 사랑은 놓지 않은 그가 인산 선생이다.

　한반도 땅덩이는 인산 선생의 전부였다.

　그토록 처절하게 이 땅을 사랑했으면서도 너무나 고통스러워 다시는 태어나고 싶지 않다고 말한 외로운 노인. 그 상처를 독자 여러분의 따듯한 입김으로 불어주기를 바란다.

　김학림 저서 〈神醫 김일훈〉이 인산 선생의 일대기를 그대로 묘사한 소설이라면 이 책은 인산 선생을 주연으로, 그리고 몇 명의 캐릭터와 사건은 실화에 근거해서 저자의 상상력으로 빚어낸 소설이다.

　이 점에 대해 이미 인산 선생을 알고 계신 독자들, 혹은 처음 접하는 독자 여러분들의 오해가 없었으면 한다.

이 글을 허락해 주신 모든 분들께 진심어린 감사를 드리며.
2006년 4월 김수정

醫道 3
열리는 건강 新天地

작가의 말	5
제1장	15
제2장	65
제3장	121
제4장	161
제5장	207

등장인물

인산 김일훈

태어날 때부터 세상의 이치를 깨달은 탓에 어려서는 귀신들린 아이라 불린 비운의 주인공.
자라서는 신의(神醫)로서 각 사람의 병의 원인과 치료법을 보게 되어
불특정 다수의 환자들의 병을 고친다.
16세 때는 독립투사의 신분으로 광복직전까지 도망 다니며 인술을 베풀며,
광복이후에는 한의학과 서양의학의 장점을 살려
국민건강에 이바지 하고자 하나 정부와 의학계의 냉대로 무시당한다.
노년에는 함양으로 낙향하여 숨을 거두는 날까지 수많은 환자들의 아픔을 만져준 사람.

『醫道』

17세 나이에 스무 살 넘게 차이가 나는 인산의 아내가 된다.
4명의 자녀를 두었으나 서른 살 나이에 숨을 거둔다. 단아한 인상에 몸가짐도 단정한 영옥은
성품 또한 유순하여 인산이 전국을 떠돌며 인술을 베풀 때 말없이 지켜보기만 한다.
인산의 생애 중 유일하게 사랑했던 여인이다.

장영옥

범현

인산의 어릴 적 둘도 없는 친구였으나 의학을 공부하던 중 인산에게 열등감과 경쟁심을 품게 된다.
전형적인 부잣집 아들로 고생을 모르고 자란 외아들.
인물이 수려하고 점잖지만 자신의 꿈을 이루기 위해서는 사랑하는 여인도 버리는 캐릭터.
서양의학을 배우러 미국행을 결심하던 중 집안일을 거들던 다례와 야반도주하여 인산에게 찾아가나
인산은 그에게 돌아가라 권유한다. 이 일로 그는 인산에게 섭섭한 마음을 갖게 되나
그가 사람을 살리는 것을 목도 한 후 다시 의학의 길에 정진하리라 마음먹고 미국으로 향한다.
한국 전쟁 때 부산 육군 병원에 근무하며 인산과 다시 만나게 된다. 그러나 옛우정은 온데간데없이
그를 무시하고 냉대하지만 오히려 범현이 그 앞에 굴복하는 일이 벌어진다.

인산이 독립운동을 하러 가던 중 우연히 만난 사람.
실제 나이보다 열 살은 많아 보이지만 노년에는 오히려 젊어 보인다는 평을 듣고 행복해 하는 사람.
27세때 그를 만난다. 주위가 산만하고 말이 앞서는 사람이나 인산에 대한 애정은 각별하다.
노다지를 캐러 간다던 그가 탄광촌에서 막일을 하던 중 삼년이 지나 인산을 다시 만나게 된다.
탄광촌에서 폐병으로 죽어가던 사람들을 부지기수로 고치는 것을 목격한 이후 인산과 가까워진다.

안씨

이문도

진맥을 잘 잡는 명의로 정이 많은 사람.
성품이 곧고 적당한 동정심과 학문에 대한 열정이 가득한 사람이다.
전형적인 선비의 얼굴이고 항상 웃는 얼굴이다.
인산이 도주를 하던 시절 한 마을에서 의원을 하던 젊은 사람으로 인산을 미치광이 도둑으로 오인한다.
인산의 기이한 치료법에 충격을 받고 인산보다 두 살이 많음에도 그와 친구가 되고자 한다.
눈 먼 노모를 인산이 쑥뜸으로 고치자 그가 주도하는 의학에 매료를 느껴 함께 공부한다.
한국전쟁이 일어 날 것이라는 인산의 말을 믿고 부산으로 내려가 인산과 함께 한의원을 차린다.

몰락한 양반의 가문을 이은 가난한 농가의 여식으로 범현의 집안에서 잠일을 거든다.
커다란 눈이 항상 겁에 질린 모습이고 작고 여려 보여 보는 사람으로 하여금 보호심리를 자극한다.
범현은 다례에게 각별한 애정을 느끼고 다례 역시 범현을 사모한다.
집안의 반대로 17세에 범현과 함께 충동적인 야반도주를 하게 되고 몇 개월을 행복하게
지내지만 범현은 말없이 떠나 버린다. 그러한 사실에 목을 매었을 때
인산이 다례를 살리고 얼마가 지나 인산을 흠모한다.
이러한 과거 탓에 남편에게 학대당하고 직업소개소를 통해 위안부에서 온갖 고초를 겪은 후
광복을 맞는다. 피난 중 부산에서 한의원을 운영하던 인산과 만나게 되나
부인병이 수치스러워 맨발로 도망을 친다. 그녀 평생의 사랑은 오직 인산뿐이다.

다례

가회

인산과 8세 때 만난 동갑내기 소녀다. 친일파로 집안에는 쌀이 넘쳐나도록 고생을 모르는,
그러나 조실부모한 외톨이다. 그런 가회에게 찾아오는 김면섭 의원과 함께 동행 하는 인산은
그녀의 유일한 친구가 되고 인산을 마음에 둔다.
그러던 어느 날 인산이 친구들과 함께 독립군이 되어 조국을 떠난 사실을 알고 가슴앓이를 한다.
이후 이화 여학당에서 신여성으로 변신하며 할머니와 잦은 충돌을 빚는다.
그러던 중 약혼자 현섭과 함께 평북으로 향하던 중 우연히 인산을 만나
반가움에 울음을 터뜨리지만 인산은 가회를 기억하지 못한다.
도회적이고 세련된 미모로 우연히 마주친 다례가 동경하는 여성상이다.
그러나 광복과 전쟁 중에 불행을 겪게 되고 중년에는 알코올 중독자의 모습으로 다시 인산의 앞에 선다.

인산의 차남으로 기자 생활을 하다 죽염의 대중화를 위해 함양으로 젊은 나이에 낙향한다.
죽어가던 사람을 살리는 아버지의 모습을 존경심으로 바라보지만
그에 못지않은 굴욕과 수모를 당하는 모습에 가슴 아파 한다.

김윤세

제 1 장

인산은 가슴이 답답했다.
어린 신부를 맞이하고 고생만 시킨 것에 마음이 아팠다.
묘향산에서 서울로 다시 부산으로 다니며 아내를 챙기는 것보다 환자를 우선으로 두었다.
늦은 밤이나 혹은 새벽녘이 되어 허름한 집안으로 들어오면
가물 가물거리는 호롱불 하나 켜놓고 꾸벅꾸벅 조는 모습에
속이 저렸지만 어쩔 수 없는 일이었다.
그것은 아내가 세상을 떠나면 두고두고 후회할 일이라는 것을 안다.
정치인이 된 동료들과는 달리 떠돌아다니며 궁핍한 삶을 사는 그에게
영옥은 싫은 내색 한 번 하지 않았다.
-속이 많이 상할 거이다. 미안하다…… 영옥아.

범현은 미국에 도착하자마자 언어를 배운다는 핑계로 식당에서 접시를 닦으며 책값이라도 벌었다. 그의 일생에 있어서 두 번째의 노동이었다. 그 첫 번째는 다례와 몇 달 지냈을 시절 금점판에서 노동을 한 것이었다. 두 번 다시 그런 고생은 하기 싫었다.
　하지만 그때와는 상황이 달랐다. 지금은 그야말로 나를 위한 것이었다. 내가 원하는 내가 되기 위한 노동. 그럴 때마다 고열로 시달리는 다례의 환영이 덮쳤다. 어찌 살고 있을까. 그러나 그는 고개를 흔들었다. 그러한 생각을 하는 동안 단어 하나라도 외우는 것이 지금 상황에서는 가장 현명한 것이었다.
　본격적으로 대학에 들어가자 전문용어를 외우고 병명 학명 의학의 역사 등등 이루 말 할 수 없는 방대한 지식을 내 것으로 만들기 위해 그는 코피를 흘리며 쓰러지며 이를 악물고 공부했다. 그 바탕에는 인산을 누르기 위한 목적이 늘 자리 잡고 있었다.

그렇기 때문에 졸음이 밀려 올 때마다 그는 "서양의학도 별 것 없구먼"하고 자신에게 면박을 주던 사람들을 생각했다. 멀끔하게 갖춰 입은 자신이 아니라 허름한 비렁뱅이 복장을 한 인산에게 선생님 하며 허리를 굽실거리던 사람들이 떠올랐다. 졸음은 어느덧 가신다. 살기였다.

해가 갈수록 그는 서구의학에 심취하게 되었다. 논리적이고 답이 나오는 과정을 공부하고 연구하면서 그의 머릿속에는 인산이라는 커다란 장벽이 서서히 사라졌다. 그에 대한 분노와 열등감이 아닌 의학 자체와의 교류를 하게 된 것이다. 의학에 빠져드니 향수병은 없었다. 그는 자신이 미국에 있는 이유가 의학을 위해서라는 것을 오년이 지나서야 깨달았다.

스물일곱이 되었을 때 그는 송자현이라는 여성을 만났다. 그녀는 미국에 망명 중인 어느 정치인의 고명딸이었다. 둘은 사랑하게 되었고 얼마 후 결혼했다. 그녀가 그의 첫사랑은 언제였냐고 물었다.

"그런 건 없다. 나는 오로지 공부만 했으니까."

몇 년 후 그는 그가 바라던 외과의학박사가 되었다. 그리고 얼마가 지나 몇 안 되는 의학계의 유망주에 올랐을 무렵 그가 고국으로 돌아가리라 결심을 했다. 아내와 여섯 살 된 아들과 두 살짜리 딸은 미국에 머물도록 했다. 전쟁 중이기도 했지만 조국에서 살아야 하는지 아닌지의 결정은 나중의 일이라 여겼기 때문이다.

"내가 필요할지도 모른다. 그건 국민의 의무이기도 하다."

그는 만류하며 우는 아내에게 다독이며 말했다. 그것은 독립군이 되자는 친구들에 대한 배신감을 덮기 위한 일종의 보상심리였다. 그리고 그것은 진심이었다.

병원은 부상자들의 신음소리와 비명소리로 가득했다. 병원이라는 이름 자체가 무색할 만큼 어둡고 습기 차고 열악한 환경이었다. 전쟁 통에 이렇다 할 수술 장비와 약품도 충분하지 않았다. 그렇기 때문에 그는 여독이 채 가시기도 전에 환자들에게 다가갔다. 군의관 하나가 그를 따르며 말했다.

"저 사람은 다리 부상을 입은 사람인데 상태가 좋지 않습니다. 점점 썩어 들어가고 있는데 의사선생님들이 모자라서 상태가 더 좋지 않게 되었지요."

너저분한 침대에는 고통으로 신음을 하고 있는 한 병사가 누워있었다. 머리에도 온통 붕대가 감겨 있는 그의 신음소리는 호흡을 들이마시고 내쉴 때마다 범현의 귀에 꽂혀왔다. 범현은 그의 다리의 상처를 바라보며 미간을 찌푸렸다. 퉁퉁 부어 썩어 들어가는 자리에는 악취와 고름이 가득했다.

"당장에 절단을 해야 하오. 준비해 주시오."

병사는 필사적으로 고개를 흔들었지만 아무도 그것을 못 알아보았다. 이윽고 수술 장비가 범현의 앞에 펼쳐졌고 그는 절단할 부위에 소독을 하라 지시했다. 간호사가 알코올을 부어댈 무렵 오십대 여자와 청년이 달려왔다.

"아이고! 안됩니다. 선생님!"

여인이 울부짖었다.

"우리 장손이오! 하나 밖에 없는 우리 집안의 장남인데 다리병신이 되어서야 되겠습니까! 안됩니다! 안돼요!"

여인은 아들의 머리를 감싸 안으며 통곡했다.

"어쩔 수 없습니다. 상처가 점점 썩어 들어가면 다리 무릎이 아닌 허벅지까지 잘라야 합니다."

범현은 눈짓으로 그들을 격리하라 지시했다.

"싫다잖아요! 하지 말라니까!"

젊은 청년이 메스를 잡은 범현의 손목을 잡아챘다. 범현은 놀랍기도 하고 당황되어 그를 돌아보았다.

"대체 왜 이러시오? 사람을 살려야 하지 않소?"

"글쎄 안 된다니까! 고모! 형 데리고 가요! 갑시다!"

그가 범현을 밀어치고 누워있는 사촌형을 들쳐 업었다.

"그래, 그래."

여인도 눈물을 엉기성기 닦아 내며 아들의 머리를 들었다.

"그렇게 귀한 아들이니 살려야 한단 말이오! 불구가 되어도 목숨이 붙어 있는 편이 낫지 않소?"

범현도 소리쳤다. 그러나 여인은 일절 마음의 동요도 없이 조카에게 아들을 맡겼다. 병사의 눈에는 눈물이 가득했다. 어머니의 얼굴에 안도하는 듯 했다.

"형. 아무 걱정마라. 아무 걱정 마."

"그러다 죽는단 말이오!"

범현이 다시 만류하자 다른 의사들의 시선이 그리로 돌려졌다.

"죽어도 다리는 못 잘라! 알아?"

청년은 범현을 밀어 쳤다. 등에 업히던 병사는 부상당한 다리를 파르르 떨며 동생의 어깨를 꽉 잡았고 그의 어머니는 다친 부위를 아무도 못 건들이게 양팔을 벌려 보호했다. 행여 나가는 것을 막을까 염려하는 듯 겁에 질린 눈빛이다.

"막으면 죽을 줄 알아! 다 비켜!"

그가 소리쳤다. 그럼에도 범현은 그들을 따라 나섰다.

"……그냥 두시오."

한 장교가 고개를 끄덕이며 범현의 팔을 잡았다.

"정말 무식이 용감이라더니……. 저러다 아들 잃고 나면 얼마나 울어댈까."

범현이 고개를 저어댔다.

"여기 좀 봐주십시오!"

멀찌감치 나는 소리에 범현은 서둘러 자리를 옮겼다.

■　　　■　　　■

솔잎을 잔뜩 가져온 인산은 안 씨와 이문도와 함께 황토방문을 열어보았다.

"창호지도 새로 바른 모양이구나."

그가 영옥을 돌아보았다.

"예, 바람이 들어오면 안 된다고 해서 미리 발라놓았어요."

"그래, 애썼다. 그럼 나는 여기서 시작하고 있을 테니 내일 날이

밝는 대로 다례를 데리고 오거라."

영옥은 소나무 장작을 꺼내드는 인산을 가만히 바라보았다.

"그런데 그 분은 누구예요?"

"응?"

인산이 돌아보았다.

"그 다례라는 분은 어떻게 아는 분이여요?"

안 씨는 솔잎을 골라내며 곁눈질했다.

"잘 아는 동생이라 했지 않냐. 그 아이 덕분으로 내가 목숨을 건진 일이 있다. 그러니 이제 내가 살려야 하지 않겠니."

영옥은 잠시 침묵에 들어갔다. 인산은 소나무를 쪼개어 차곡차곡 쌓아놓으며 입을 열었다.

"어서 가봐."

영옥이 멀어지는 것을 바라보던 안 씨가 허리를 폈다.

"여자들은 확실히 다른 뭔가가 있어. 그냥 낌새로 알잖아?"

"아주바이! 거 쓸 데 없는 말 하지 마오!"

인산은 장작을 패다 언성을 높였다.

"아니, 그게 아니라. 내가 뭐 언제 네 얘기 했냐? 그냥 네 처가 다례만 봐도 아는 거야."

"거참."

인산이 혀를 끌끌 차며 안 씨를 바라보자 그는 입을 삐죽거리며 돌아앉았다.

"치……. 누가 뭐라 했나."

그들의 모습에 이문도는 고개를 갸웃했지만 아무 말도 하지 않았다. 그때 안 씨가 이문도에게 귀엣말로 속삭였다.

"다례가 저놈을 지극히 사모했소."

"아주바이!"

인산이 소리치자 안 씨는 바닥에 그대로 주저앉았다.

"야이 썩을 놈아! 간 떨어지는 줄 알았다!"

"행여 그런 쓸데없는 말해서 영옥이 마음 아프게 하면 아주바이라도 가만두지 않을 거요! 아시겠소?"

"야! 서방이 왕년에 인기 좋았다고 하면 뿌듯하지!"

"그만하시오……."

이문도가 안 씨의 팔을 가만히 잡았다. 안 씨는 그제야 못 이기는 척 하고 계속 솔잎을 골라냈다.

인산은 가슴이 답답했다. 어린 신부를 맞이하고 고생만 시킨 것에 마음이 아팠다. 묘향산에서 서울로 다시 부산으로 다니며 아내를 챙기는 것보다 환자를 우선으로 두었다. 늦은 밤이나 혹은 새벽녘이 되어 허름한 집안으로 들어오면 가물거리는 호롱불 하나 켜놓고 꾸벅꾸벅 조는 모습에 속이 저렸지만 어쩔 수 없는 일이었다. 그것은 아내가 세상을 떠나면 두고두고 후회할 일이라는 것을 안다. 정치인이 된 동료들과는 달리 떠돌아다니며 궁핍한 삶을 사는 그에게 영옥은 싫은 내색 한 번 하지 않았다.

-속이 많이 상할 거이다. 미안하다……. 영옥아.

세진 한의원에는 사람들이 넘쳐났다. 의술 좋기로 소문도 났거니와 돈 없어 죽을 날만 기다리는 사람들을 받아준다는 이야기는 설령 죽음을 목전에 둔 환자들일지라도 그 자체가 은혜였다. 완쾌 된 사람은 무엇이라도 바쳐 은혜를 갚으려 애를 썼지만 모두가 배가 고프고 모두가 힘든 전시 상황에서는 그저 머리를 조아리고 고맙다는 눈물만 흘릴 뿐이었다.

"거, 인사는 그만하고 돌아가시오. 다음 환자가 기다리잖소!"

인산이 호통 쳤다. 이문도가 움찔거리며 돌아보았다.

"허, 자네는 어찌 그리 아파 죽어가는 사람을 보면 돌아서서 눈물 흘리고 가슴 치면서 다 나은 사람에게는 매몰찬가. 정말 알 수 없어."

"아, 다 나았다는 사람 붙잡고 할 말이 무어 있어? 저렇게 세월아 네월아 인사한답시고 울고 있는 동안 그 뒤에 있는 환자는 고통 속에 있잖아. 쯧."

이문도는 다시 고개를 설레설레 저어대자 그들의 대화를 듣고 있던 김 의원이 웃었다.

"대전도 댕겨 와야 하니 맘도 급해 그런갑다. 여게도 환자고 거게도 환자니 참말로 세상에 와이리 아픈 사람이 많노?"

"대전에는 무슨 일로 가나?"

이문도가 물었다.

"쑥뜸을 뜬 청년이 있는데."

인산이 잠시 말을 끊었다.

"거 참, 쑥뜸이라고 덤벙덤벙 아무 쑥이나 쓰니 그렇게 된 거야. 우리 떡 해먹을 때 쓰는 쑥 있잖아. 그걸로 뜸을 떴다 잖아."

"오메야……."

김 의원이 인산을 돌아봤다.

"우짤라꼬 그런 짓을 했노? 그래 우찌 됐는데?"

"팔이 마비가 됐단다."

"우짜노! 고칠 수 있는기가?"

"그게 불기운이 너무 세게 먹혔으면 속수무책이지. 어쩔 수 없다고 전해줬는데 한 번만이라도 와달라고 하잖아. 청년인데, 얼마나 불쌍해? 그러니 가서 한 번 보고 와야지."

"고칠 수도 없는데 우짤라꼬?"

인산은 가만히 허공을 주시하다 입을 열었다.

"어깨라도 다독이고 울면 눈물이라도 닦아줘야지."

그 때까지 입을 다물고 있던 안 씨가 인산에게 눈을 흘겼다.

"야, 이놈아. 거, 죽을 고생고생 하고 가서 고작 그 망아지 같은 놈 눈물이나 닦아주러 가냐? 엉? 네 눈에 밟히는 이 환자들은 어쩔래? 엉?"

"아주바이."

"뭐!"

"그 젊은 청년이 평생 불구의 몸으로 살면서 무슨 낙이 있겠소? 그러니 제대로 쑥뜸 뜨는 법을 가르쳐서 주변에 있는 환자라도 살릴 수 있게 만들어 주려고 하오."

안 씨는 인산의 말에 말문을 닫아버렸다. 이문도와 김 의원 역시 인산을 가만히 바라보았다.

"거 참 보람 찬 삶이 되겠구나!"

안 씨는 버럭 소리치며 방을 나갔다. 그리고는 마루턱에 털썩 주저앉아 한 손으로 빨게 진 눈가를 꾹 눌렀다.

"……미친놈. 하여간 미친놈이야. 지는 맨날 거지꼴로 살면서 하여간 미친놈이야."

"아주바이 무슨 일이오?"

영옥이 약재를 들다 말고 안 씨에게 다가갔다. 안 씨는 영옥의 목소리에 반쯤 돌아앉아 코를 훌쩍거리며 손 사레를 쳤다. 그 모습에 영옥은 잠시 빙긋 웃었다.

"그나저나 제수씨 몸은 좀 어떻소? 입덧이 심하진 않고?"

"괜찮습니다."

"뭐든 먹고 싶은 것 있으면 말하시오. 내가 요기, 요 탁배기 살 돈 꿍쳐놨으니까."

■　　　　■　　　　■

해가 바뀌어 봄이 되어도 전쟁은 끝나지 않았다. 범현의 손길을 기다리는 환자들은 날마다 늘어났다. 환자들이 일어나고 건강을 찾을 때마다 의사로서의 보람을 느꼈지만 한편으로는 이러한 경력이 재산이라는 것을 알고 있었다.

그는 막간의 틈을 타 병원 뒤뜰에서 잠시 쉬고 있었다. 봄 햇살이 눈 속까지 파고들었다. 맞은편에는 간호사의 부축으로 목발을 짚고 걷는 연습을 하는 병사가 보였다. 조금이라도 늦었더라면 그는 지금 이 세상에 존재하지 않았을 것이다. 그 때였다.

"저기 있다!"

한 청년이 분노에 찬 목소리로 벤치에 앉아 있는 범현을 가리켰다. 그 옆에는 건장한 청년 두 명이 따랐고 그들이 자기의 코앞에 달려오기 전까지도 범현은 자신과는 상관없는 사람인 줄 알았다.

"이 개새끼야!"

청년이 범현의 따귀를 세차게 쳤다. 그리고는 그의 멱살을 잡고 일으켜 세웠다. 바람을 쐬고 있던 환자들과 의료진들의 시선이 일제히 그리로 꽂혔다.

"이, 이게 무슨 짓이오?"

범현이 그의 손목을 맞잡으며 저항했다.

"네 놈이 우리 형 다리를 자르려고 했잖아! 안 자르면 죽는다며! 그런데 봐라!"

그가 고갯짓을 하자 뒤편에 있던 청년이 두 눈을 부릅뜨고 범현을 노려보았다.

"내 다리가 보이시오?"

범현은 어리둥절한 표정을 짓고 그의 다리를 쳐다보았다.

"뭔가 착각을 한 것이 아니오? 나는 조금의 가능성이라도 있는 사람의 다리는 자르라고 한 적이 없소"

범현은 청년의 손을 거둬내며 한걸음 물러섰다.

"날 봐. 모르겠나?"

청년이 한걸음 더 다가오며 눈을 부릅떴다.

"모르겠소. 알다시피 난 경상의 환자는 돌보지 않소"

"뭐여? 왜 저러는 겨?"

병실에서 목을 빼며 한 병사가 옆자리에 있는 환자에게 물었다.

"멀쩡한 다리를 자르려고 했나봐."

그 때 다른 사람이 말했다.
"아닝게로. 고게 아니라 저 사람은 확실하게 다리가 썩었거덩. 긍께 의사양반이 잘라뿌자 한겨. 고럴 때 저 옆에 있는 동상이 들쳐 업고 가부렸어. 고롷게는 못하긋다! 근디 지금 멀쩡해져서 저 의사를 개박살 내러 온 거 아니여."
순간 범현의 동공이 커졌다. 생각났다. 이 청년은 오륙 개월 전에 머리와 다리 부상으로 병실에 누워있던 자다. 절단을 하지 않으면 목숨을 잃는다는 말에 그의 모친과 사촌동생이라는 자가 막무가내로 그를 들쳐 업고 사라졌다.
"아니, 대체 이게 어찌된 일이오?"
"나야말로 묻고 싶소. 어떻게 이 다리를 자르겠다는 생각을 했소?"
범현은 난감한 표정을 지었다. 그 다리에 조금이나마 희망이 있었다면 그 역시 자르겠다는 말은 하지 않았을 것이 분명했다. 그러나 그 상태에서 운 좋게 회복이 되었다 하더라도 새 힘줄이 자라고 신경이 움직이고 발끝까지 혈액이 돈다는 보장은 없었다. 그것은 기적이 아니고서는 절대로 있을 수 없는 일이다.
병실에 있던 사람들이 하나 둘씩 고개를 빼고 창밖의 광경을 숨죽이고 지켜보았다.
"네 놈이 가망 없다는 다리를 고쳤단 말이다. 칼 하나 안대고 고쳤단 말이다!"
"그럴 리가 없소. 이미 썩은 다리였소."
범현이 단호하게 말했다.
"이 다리가 썩은 것으로 보이나?"

청년이 바지를 걷어 올렸다. 정강이 뼈 부분이 시커멓게 그을린 자욱이 보였다.

" 보시오. 썩은 내 다리를 칼 하나 안대고 고쳐냈단 말이다."

"아……."

범현의 얼굴에는 핏기가 사라졌다. 머리가 어지러웠다.

-육안으로 봐도 썩은 다리였다. 그건 결코 오진 아니다. 그럼 대체 어떻게 된 일이란 말인가.

그들 뒤로 별안간 통곡하며 우는 소리가 들려왔다. 간호사의 부축을 받던 병사가 목발을 집어던지고 땅바닥에 앉아 절규를 했다.

"보시오, 젊은이."

그 때 한 노인이 조심스레 청년의 팔을 잡았다. 노인은 미간에 주름을 잔뜩 만들었다.

"부탁이오……. 그 선생 좀 만나게 해주시오. 우리 손주도 다리를 잘라야 한다잖소."

노인이 울먹거렸다.

"세진 한의원이오. 거기서 김일훈 선생을 찾으면 됩니다."

"세진 한의원. 어떻게 가야 하오?"

청년이 바닥에 앉아 약도를 그리기 시작하자 여기저기서 멀찍감치 서 있던 사람들이 별안간 구름처럼 몰려와 다시 숨을 죽였다. 무리 가운데 낙오한 모습으로 그들 뒤에 떨어져 있던 범현은 혼란스러운 듯 이마를 짚었다.

-김일훈. 김일훈이란 사람은 대체 어떤 사람이기에 썩은 다리를 고쳤단 말인가. 남이 고칠 수 있다면 나 역시 고칠 수 있었을 것이

다. 하지만 내 판단은 정확했어. 이미 썩은 다리였어. 그저 썩은 고깃덩이였단 말이다. 도대체 어떤 짓을 한 거야.

고된 나날의 연속으로 눕기만 하면 잠에 빠지던 범현은 그 날부터 불면에 시달렸다. 많은 환자들은 범현의 회진조차 꺼려했다. 주춤거리며 환부를 억지로 보여주는 사람들도 있었지만 그의 진단을 전적으로 믿는 눈빛은 아니었다. 어떤 이는 노골적으로 다른 의사를 불러 달라 했고 누구는 다른 병원으로 옮겨달라고 하기까지 했다.

"여러분. 그건 박 의사의 실수가 아니었소! 우리 의사단들 모두가 내린 정확한 판단이었소. 유일하게 살 수 있었던 방법이었단 말입니다."

"그런데 안 잘라도 살았잖아유."

환자 중 하나가 말했다.

"그것도 사실입니다."

"그랑께 우리들은 여게 말고 거게로 가겠다는 말 아니요잉."

의사들은 입을 다물었다.

"그 방법이 과학적이라면 저희도 말리지 않겠습니다. 그러니 조금 시간을 주시오. 우리도 그것을 받아들일 만한 방법이라면 기꺼이 하겠소."

"그 사이 우리가 죽어 버리면 어쩌려고 그래요?"

"그러게."

"난 우리 아들 데리고 갈 테요."

노인이 말하자 여기저기서 나도, 나도 하는 소리가 연달아 들렸다. 그들은 청년의 사촌 동생이 그랬듯이 말리고 윽박을 지르는 의사들을 밀어붙이며 혈육을 등에 업고 하나 둘 병원을 빠져나갔다. 수 십 명의 환자들이 눈 깜박 할 사이 사라지자 그들을 바라보던 시선들은 범현에게 쏟아졌다.

"……당신들도 봤지 않소. 그 다리는 이미 생명력이 없었잖소."

"더 드시지요."

범현이 숟가락을 놓자 옆에 있던 군의관이 그를 쳐다보았다. 그러나 그는 아무 말도 안하고 자리에서 일어났다.

"앞으로도 많은 일이 있을 겁니다. 그저 운이 나빴을 뿐이라고 생각하세요. 한 번의 실수로 평생 쌓아왔던 노력이 수포로 돌아갈 순 없지 않습니까."

"하지만 난 실수를 한 것이 아니오."

범현이 그를 쳐다보았다.

"……정말 그렇군요. 그건 분명히 실수를 하건 아닙니다."

"그 청년의 다리는 잘라 내는 것만이 소생의 길이었는데……."

"그래도 환자들은 그렇지 않습니다. 못 고치니 잘라버리자는 의미로 밖에는 들리지 않았을 테니까요. 그렇게 가망이 없던 사람이 일어나면 그것은 무능한 의사 탓이 되어버리지요. 잠 기쁜 일이면서도 서글픈 일입니다. 기적은 의사를 무능하게 만드는 모양입니다."

"……그것이 과연 기적일까요."

"기적이지 무엇입니까. 한마디로 썩은 고기가 다시 멀쩡히 살아 움직이는 동물로 된 거와 진배없지 않습니까."

범현은 주먹을 꾹 쥐었지만 묵묵히 자리를 떴다. 그리고 의사 가운을 벗으며 밖으로 나왔다.
 -실수라니. 결코 실수가 아니었단 말이다. 나한테 이런 오명을 뒤집어 쓰게 하다니. 누구든지 용서 못한다.
 범현은 눈에 힘을 주고 바닥을 응시했다.
 -김일훈. 김일훈이라……. 그 사람은 어떤 방법으로 썩은 다리를 멀쩡하게 만들어 냈단 말인가. 한의원이라면 분명 갓을 쓴 노인이 틀림없겠지. 내 오늘 그 사람을 당장 만나러 가야겠다.
 범현은 빠른 걸음으로 지프가 세워져 있는 곳을 향해 다가갔다.
 "운전병!"
 그의 부름에 그늘에 앉아 있던 병사가 벌떡 일어났다.
 "급히 볼일이 있네."
 그가 차에 올라탔다.

 지프차가 시장을 지나 마을로 들어서자 여기저기 흩어져 있던 아이들이 차로 달려 들어왔다. 그들은 숨이 넘어가게 까르르 웃어대며 지프에 손을 대고 매달리기를 애썼다. 그런 아이들에게 손 한번 흔들어줄만 한 일이지만 범현은 미간에 인상을 잔뜩 쓴 채 생각에 빠진 표정이었다.
 "죄송합니다. 길 좀 물어보겠습니다."
 운전병이 허리를 편 채 큰소리로 범현에게 말했다.
 "그래."
 범현은 작은 목소리로 대답했다. 운전병은 차를 천천히 세우며 지나가는 행인을 물색했다. 그 사이 저만치 떨어져 있던 아이들이 벌

떼처럼 몰려와 까르륵 웃으며 차에 매달렸다. 범현은 그제야 아이들에게 웃어주었다.

"아저씨는 껌 없어예?"

꼬마들이 손을 내밀자 범현은 어깨를 으쓱해 보였다.

"급하게 와서 아무것도 없다. 다음에 오게 되면 꼭 갖다 주마."

아이들은 일제히 에이 하는 소리를 내더니 다시 까르륵 웃었다.

"세진 한의원이 어디에 있습니까?"

운전병이 한 아낙에게 물었다. 그녀는 머리에 광주리를 얹고 있었는데 고개와 어깨를 같이 움직이며 한 곳을 가리켰다.

"저기 있소. 사람들이 몰려 있는 곳이오."

그녀는 대답을 하면서 그것도 모르냐는 표정을 짓더니 종종 걸음으로 사라졌다. 범현은 심호흡을 하며 고개를 끄덕했다. 차가 다시 움직였다.

"아저씨, 다음에 꼭 껌 줘요!"

멀어지는 차를 향해 아이들이 외쳤다. 얼마를 지나니 인파들이 가득한 곳이 보였다. 바닥에 앉아 있는 사람. 누워 있는 사람. 앞뒤 좌우의 사람들과 무리를 지어 이야기를 하는 사람. 한의원 입구부터 골목 하나를 장악하고 그 줄이 다시 큰 도로까지 미쳐 있는 것이었다.

"어휴……"

운전병이 저도 모르게 탄식을 했다.

"여기서 기다리게."

"예!"

범현이 차에서 내려 인파 속으로 들어갔다. 어금니를 감싸 쥐고 있는 사람의 어깨를 부딪치자 그 사람은 신경질적인 표정으로 변해 범현을 노려보았다.

"줄 좀 서란 말이오!"

범현은 그제야 목례로 미안하다 했지만 곧장 대문을 비집고 들어섰다. 그 모습에 사람들이 아우성을 쳤다.

"저이는 뭐여? 뭔디 막 헤집고 들어가고 자빠진 겨?"

"보소! 여게 줄 선거 안보이요? 예?"

한 아낙이 아이를 안고 물었다.

"저는 진료 받으러 온 게 아니라 김일훈 의원을 만나러 왔습니다."

범현은 성큼 안으로 들어갔다.

"가면 뭐하노? 김 의원님은 안 계실 텐데……"

마당에도 사람들이 박작거렸다. 그 중에는 아픈 기색이 전혀 없는 무리들이 선물 꾸러미를 들고 앉아 있었다. 그들 맞은편에는 이문도가 난감한 표정으로 그들을 바라보고 있었다.

-저이가 김일훈 의원인가. 하지만 너무 젊어 보이는데.

범현은 그들을 지켜보았다.

"아이고. 제발 좀 받아 주십시오. 예?"

"어쩨 나한테 이럽니까. 김 의원이 오거든 그 때 직접 주시오."

"의원님 안 계시는 동안이 차라리 낫습니다. 그러니 모르는 척 하고 받아주세요. 예?"

"그러다 불호령이라도 떨어지면 그 뒷감당을 어찌하라고 이러시오."

"그래도 이런 방법이 아니면 갚을 길이 없단 말입니다."

"맞습니다요. 그 무서운 원자폭탄의 후유증에 이렇게 멀쩡히 살아나게 해주신 분인데. 제발 받아주세요. 예?"
　범현은 원자폭탄이라는 말에 눈이 동그래져서 그들을 바라보았다.
　"난 모르겠으니 어서 돌아들 가시오. 환자들이 저렇게 많은데. 이렇게 시간을 버릴 순 없소."
　이문도는 손을 저어대며 환자들에게 올라오라 손짓했다. 선물 꾸러미를 들고 있던 사람들은 서로를 바라보며 눈짓을 하더니 이내 옆으로 비켜 앉았다.
　"돌아가지 않고 무엇 하시오? 괜한 자리 차지하지 말고 김 의원이 오거든 그때 다시 오시오."
　그래도 그들은 못 들은 체 하며 귀를 긁거나 천정으로 눈을 굴렸다.
　"허어. 참……"
　이문도가 혀를 차며 고개를 돌렸을 때 범현이 보였다.
　"무슨 일이오?"
　이문도가 물었다. 범현은 침을 꼴딱 삼키며 입을 열었다
　"김일훈 선생을 뵈러 왔소."
　"김 의원은 대전에 가고 없는데. 무슨 일이오?"
　그가 다시 물었다. 김일훈이 없다는 말에 범현은 입이 밀렸다.
　"언제 쯤 그 분을 뵐 수 있소?"
　"무슨 일로 그러는지는 모르겠지만 이삼일은 되어야 올 것 같소."
　범현은 구석진 자리에 앉아 있는 무리들을 바라보았다. 그들은 이제껏 범현을 지켜보고 있었던 지라 그와 곧장 눈이 마주쳤다. 범현은 그들에게 천천히 다가갔다.

"뭣 좀 물어보겠소."
"그러시오."
"김일훈 선생님 연세가 어찌되오?"
"모르오. 우린 얼굴 한 번 본 적 없소."
"그런데 원자 폭탄 후유증이 나았다 하지 않았소."
"병이야 낫지만 그 땐 우리가 일본에 있을 적이지요. 왜놈이라면 치를 떨던 양반이라 한 번 와서 우리 동포들 좀 봐주십사 했지만 이쪽 방향으로 고개도 돌리지 않는다는 말에 우린 죽었구나 했죠."
"그랬지. 우린 죽는 줄 알았어."
"그런데 우리한테 황태를 보내주셨소. 이만큼 말이오."
오십 대 남자가 양팔을 있는 대로 벌리며 말했다.
"그거 고아 먹고 나았지 뭐요."
다른 이가 대답했다. 범현은 입을 벌렸다.
"……황태를 고아 먹었다고요?"
"예. 황태요. 우리 국 끓여먹는 북어 있잖아. 그거 고아 먹고 나았다니까요."
-황태 해독법. 그건 운룡이가 하던 방법이 아닌가.
범현은 마루턱에 넘어지듯 앉아 그들에게 얼굴을 바짝 댔다.
"정말이오?"
"정말이지."
"그 의원은 누구한테 그런 방법을 알았다고 합니까?"
"그 친구는 원래 그렇게 생겨 먹은 놈이오."
환자를 돌보던 이문도가 말했다.

"친구요?"

"그 친구에 대해 이야기 하려면 책으로도 수십 권 나올 거요. 할머님. 여기 화제 지어 놨으니까 늘 가시던 약재 가게 가서 달라 하세요. 예?"

"저 왔습니다. 오늘 생선이 좋아 가져왔습니다."

그 때 다례가 부엌으로 들어가는 것을 범현이 바라보았다.

"다례……?"

범현은 자기 눈을 의심하며 천천히 일어섰다. 이문도는 범현을 쳐다보았다.

"김 의원과 아는구먼."

"아니오. 모르는 분입니다."

"그럼 다례라는 이름은 어찌 아오?"

범현은 소스라치게 놀랐다.

"어찌 아난 말이오."

이문도는 군복을 입은 그가 갑자기 언짢게 느껴졌다. 행여 오래 전 다례를 알던 잔악한 놈들 중 하나가 아닌가 하는 생각이었다.

"다례가 맞소?"

"김 의원 누이요."

"누이? 다례는 오라비가 없는데."

"그럼 잘못 본 게요. 볼일 끝났으면 돌아가시오."

이문도는 별안간 냉랭한 말투로 돌변하여 다시 환자에게 손짓했다. 범현은 이문도의 말을 뒤로 하고 무엇인가에 홀린 듯 부엌 앞에 섰다. 다례는 부엌에 앉아 있는 영옥에게 도미를 건네주고 있었다.

"물건을 떼러 가다 하도 좋아 보여 몇 마리 가져 왔소. 요건 전혀 비리지도 않고 오래 씹을수록 닭고기 맛이 나오."

"제가 괜히 닭이 먹고 싶다 말했나 봐요. 고생스럽게."

"아니오. 전혀 아니오. 뱃속의 아이에게 고모가 뭐라도 먹이고 싶소. 그러니 요건 꼭 혼자 드시오."

다례가 웃자 영옥도 가만히 웃었다.

"고맙습니다."

"……다례야."

범현이 넋이 나간 듯 부엌에 들어서며 그녀의 이름을 불렀다. 다례와 영옥은 무심코 돌아보았다. 범현은 문간을 간신히 잡고 다례를 바라보고 있었다. 다례는 심장이 털컥 내려앉는 듯했다. 하지만 그것도 잠시다. 그녀는 돌연 냉랭한 표정이 되어서는 다시 영옥을 바라보았다.

"싱싱할 때 드시오."

영옥은 다례와 범현을 번갈아 보았지만 고개를 끄덕였다.

"다례야."

범현이 다가왔다.

"누구시오?"

이번에는 표정에 동요 없이 그를 쳐다보더니 이내 부엌을 빠져나갔다.

"다례야!"

범현이 다례 뒤를 좇았다. 대문 밖에 서있던 환자들은 멀뚱히 그들을 바라보며 자리를 비켰다. 다례는 그가 달려오는 소리에 소름이 돌았다. 증오라는 것은 단지 끓어오르는 뜨거운 기운 만이 아니라는 것을 새삼 느꼈다. 그 때 범현이 다례의 소매를 잡았다. 다례가 돌아보았다.

"……나이가 들었어도 여전히 곱구나. 변한 게 없다."

다례는 아무 말도 않고 한참이나 범현을 쳐다보았다. 하지만 그것은 범현의 눈을 바라보는 것이 아니라 자신의 동공 너머의 무엇인가를 바라보는 듯 했다. 그게 무엇일까.

다례는 범현의 눈을 통해 지난 세월 속의 자신의 모습을 바라보았다. 어린 나이에 만나 도망가고. 버림받고. 시집가서 남편에게 죽지 않을 정도로 맞고. 중국 땅에서 일본인 병사들을 상대하고. 죽을 병 걸려 죽다 살아나고. 그 비참한 길로 밀어 버린 장본인이 지금 나타났다.

다례는 눈을 깜빡였다. 이제 눈앞의 범현을 바라보기 시작했다. 그는 다례가 샅샅이 자기를 꿰뚫어 보고 있다는 느낌을 받았다. 마치 용하다는 무속인 앞에서 자신의 치부가 드러나는 것처럼 어찌 보면 모욕을 당하는 듯 한 그녀의 눈빛에 범현은 당황했다. 그러한 시선은 평생 받아 본 적이 없었다. 그러나 어찌된 게 그는 시선을 피할 수도 눈을 감을 수도 없었다. 마비가 된 듯 그렇게 다례가 삼아당기는 침묵 속에 빠져버렸다. 그리고 그 긴 침묵은 범현을 괴롭게 만들어버렸다. 차라리 자신의 뺨이라도 때려준다면 그렇게 고통스럽지는 않았을 것이다. 그때 다례는 귀찮다는 듯 팔을 저어 빼며 등을 돌렸다. 점점 더 멀어지는 다례를 바라보고 있었을 때 그는 그제야 최면에서 벗어난 듯 입을 열었다.

"다례야! 다례야. 용서해다오."

범현은 다시 다례를 좇았다. 순간 다례가 우뚝 멈춰 서서 돌아보았다. 범현은 다례와 눈이 마주치자 시선을 떨어뜨리고 자신의 발끝을 바라보았다. 그러한 시선은 두 번 다시 마주치고 싶지 않은 두려움에서였다.

"……사람말도 할 줄 아오?"

범현이 고개를 번쩍 들었다. 다례는 그의 눈을 싸늘한 시선으로 바라보고 있었다.

"당신 덕분으로 나는 사람을 사랑하는 법을 알게 되었소. 그리고 그 사람을 평생 사모하게 되었소."

범현은 다례의 입에서 〈그 사람〉이라는 말이 나오는 순간 인산의 얼굴이 떠올랐다. 다례 역시 범현이 인산을 떠올린 것을 알아챘다.

"맞소. 운룡오라바이오."

"그럴 리가 없다."

"이제는 내 감정까지 부정하고 밟아버릴 생각이오?"

다례는 그에게 등을 돌려버렸다. 범현은 다시 넋이 나간 표정이 되어 다례의 뒷모습만 쳐다보았다.

"김일훈 의원님 보러 왔다더니. 다례아씨 보러 왔네."

아낙들이 킥킥거리고 웃자 범현이 그네들을 쳐다보았다. 아낙들은 웃음을 멈추고 다른 곳을 바라보았다.

"여기서 대체 무엇 하시오? 아직도 안 갔소?"

이문도가 소리쳤다.

"……다시 오리다."

범현이 멀어지자 이문도는 수심에 찬 표정으로 바뀌었다.
"박범현이라……. 대체 뭐하는 사람인고."

범현은 병원으로 돌아오는 길 내내 한 마디도 안하고 골똘히 생각에 잠긴 표정이었다. 김일훈이라는 사람을 만나보겠다고 찾아갔지만 전혀 생각지도 못했던 다례를 만나게 되었다.
-다례의 오라비라. 다례는 오라비가 없다. 그리고 북어 해독법은 운룡이가 쓰던 방법이다. 그럼 내가 떠난 후 다례는 어찌어찌 하다 운룡이와 호형호제하던 자의 누이가 되었단 말일까. 그럴 수도 있겠다. 그렇게 혼자 덩그러니 남겨졌으니 운룡이가 그것을 모른 체 할 수 없었고 또 자기도 쫓기는 몸이니 그 아이 성격이라면 그렇게 했을 지도 몰라.
그렇다면 김일훈이라는 사람은 한의원을 하며 운룡이에게 몇 가지 방법을 배우고 이 길에 들어선 자겠구나.
범현은 고개를 천천히 끄덕였다.
-그래, 그럴 수 있는 거야.

■　　■　　■

"으어어억!"
소녀는 입에 거품을 물고 눈을 뒤집어 깠다. 온 몸의 경련은 마치 귀신이 괴롭히는 듯 한 몸짓이었다. 소녀의 부모는 어쩔 줄 몰라 울기만 했다. 인산은 거품을 걷어 낸 후 다시 난반을 먹였다. 처음 두

세 번은 하도 괴로워 고개를 떨며 안 먹겠다 버텼지만 이젠 버틸 힘도 남아있지 않았다. 그의 어미가 다가와 소녀의 머리를 잡았다.

"그런데 선생님. 간질이면 머리가 이상한 게 아닌가요? 왜 위가 이상이 있다고 하시는지."

"위에 담이 있는 거이 간질이오. 위는 사람의 중심이라 거기서 이상이 생기면 뇌로 가야하는 공급원도 문제가 나는 거요. 그런데 담은 마치 살처럼 생겨서 배를 갈라보아도 드러나지 않지요. 아예 딱 붙어서 안보인단 말이오. 그래 그게 뇌로 가야 할 공급원을 차단시키니 사람이 정상인가. 고장이 나지. 내 말이 참인가 아닌가는 이 난반 요법 쓰고 나서 보시오."

인산은 소녀가 뱉은 거품을 받은 수건을 펼쳐 보였다.

"요거 보이오? 물끄덩한 점막질."

"예."

"요게 담이요. 요게 위벽을 싸고 있는 거. 요게 다 뱉어지고 새살이 나면 괜찮아지오."

인산의 말이 떨어지기가 무섭게 소녀는 다시 속을 게워 냈다. 그는 토사물을 받아 수건으로 소녀의 입가를 닦아 주었다.

"언제부터 이런 거요?"

"예닐곱 살 됐을 때부터 그랬소."

"아이를 가졌을 때 맞은 적이 있소?"

"예?"

"심하게 맞아 놀라거나 한 적이 있난 말이오."

"제 어머니가 성품이 좀……."

아비가 주눅이 든 목소리로 중얼거렸다.

"길게 잡으면 오년이고 빠르면 이년 안에 완치될 거요."

"오년이나요?"

부부는 울상을 지으며 인산을 쳐다보았다.

"완치가 되는데 그깟 오년이 대수겠소. 이렇게 아직 어린 나인데 오년이면 나이 차고 시집갈 수도 있는데 뭐 그리 걱정이오."

"맞는 말씀이지만 이렇게나 애가 괴로워하는데……."

"그럼 관두던지."

인산이 냉정한 말투로 자리에서 일어났다.

"아이고, 아닙니다 선생님. 잘못했습니다. 이놈의 주둥이가 망발을 했습니다. 용서하세요!"

인산은 아비 되는 사람을 한참이고 쳐다보았다.

"어찌 그리 단순하오? 아이가 발작하며 평생 마음 편하게 친구 하나 못 사귀고 가는 게 불쌍하오, 아니면 일생 중 오년동안 병을 고치기 위해 몸부림을 치는 것이 불쌍하오. 하나는 병에 발작을 하는 것이고 하나는 낫기 위해 발작하는 것인데. 쯧쯧. 그렇게 단순하게 사는 방법 좀 알려주시오."

"아이고. 그러니까 제가 잘못했다고 하지 않았습니까. 제발 노여움을 푸세요. 예?"

인산은 짧은 한숨을 쉬었다.

"내가 이곳을 작정을 하고 온 것이 아니라 집에 돌아가는 길이었소."

"예, 예. 압니다. 저희가 붙잡아서 이렇게 됐습니다. 용서하세요."

"쯧쯧. 그 뜻이 아니오. 내가 정리 할 것도 있고 해서 집으로 가긴 가야하니 며칠 내 다시 오겠소. 그동안에 속을 따듯하게 해주고 여기 화제가 있소."

"예."

"약방가면 그리 지어 줄 테니 내가 시키는 대로 먹이시오. 더하지도 빼지도 말고 딱 그렇게 지어 먹여야 하오. 알겠소?"

"예, 예. 고맙습니다, 어르신."

간질이라는 병을 고친 것은 그에게 여러 번의 경험이 있었다. 물론 완치된 것은 말할 것도 없다. 생면부지의 그 사람들이 병고에 괴로워하는 것을 볼 수가 없어 다가가 병을 고쳐 놓으면 으레 돌아오는 것은 외면이었다. 병력이 문제가 되어 시집 장가 못 갈까봐 아예 병을 고쳐준 은인을 외면하는 것이 자녀의 미래를 위해 낫다는 것이 보통 사람들의 생각이었다. 인산은 이들 부부 역시 그렇게 될 것이라는 것을 안다.

"그런데 왜 고쳐주고 지랄이니? 지랄은!"

안 씨가 눈알을 부라리며 마루턱에 앉아 부부의 방을 돌아보았다.

"그럼 어쩔까요. 고쳐주는 조건으로 나 좀 알아달라고 하면 됩니까? 그게 사람입니다."

"내말이 그 말이라니까. 야, 까치도 은혜 갚는다고 지 새끼들하고 종에 대가리 박고 죽는데 새대가리만도 못한 것들을 왜 고친다고 지랄 하냔 말이야."

"아주바이. 나는 살고자 하는 마음이 없는 사람은 도와주지 않을 거요. 살고 싶은 사람만 살릴 거요. 그게 내가 지난 사십년 간 터득

한 경험이오."

"살고 싶다고 하는 모양이지?"

"갑시다."

인산은 바지자락을 턱턱 털어내며 일어섰다.

"아이고. 이제 가는구나."

인산과 안 씨는 예정일 보다 일주일가량 늦게 부산으로 돌아왔다. 전쟁 중에 이렇다 할 통신수단조차 없으니 세진한의원 식구들은 모두 근심에 쌓여 밤잠을 설쳤다. 동이 틀 무렵 인산과 안 씨가 대문을 열고 들어서자 꾸벅꾸벅 졸던 그들 모두가 일제히 일어나 맨발로 뛰어나갔다.

"아주 말려 죽이뿔라카나."

김 의원이 무뚝뚝한 말투로 인산과 안 씨를 바라보더니 손짓했다.

"퍼뜩 들어 온나. 밥 묵자."

"아이고, 대전 끄트머리에서 간질병 걸린 여자애를 고친다고 그렇게 된 거지 뭔가."

"아무튼 어서 들어가세."

이문도가 인산을 재촉했다. 방으로 들어가는 인산을 가만히 바라보던 영옥은 그제야 눈물을 뚝뚝 흘리며 부엌에 갔다.

점심때가 되어 다례가 세진한의원을 찾아왔다. 다례 역시 인산의 행방에 근심하였지만 대놓고 티를 낼 상황은 아니었다. 그저 영옥의 손을 잡아주며 별일 없을 것이다, 오는 중일 것이다 하는 것이 전부

였지만 속이 타 들어가는 것은 마찬가지였다. 그런데 그가 드디어 왔다는 소식이 들렸다. 다례는 점심 무렵 한의원 앞에서 서성였다. 한의원 앞에는 여전히 많은 사람들이 진을 치고 있었다.

"어서 들어오지 뭐하세요?"

영옥이 마당에서 환자들의 이불을 널다 다례를 바라보았다.

"오라바이가 무사하오? 왔다는 소리는 들리는데 어디 다친 곳은 없소?"

"예, 무사합니다. 들어가 보세요."

다례는 안도의 한숨을 크게 내쉬었다.

"아니오. 그럼 됐소. 그게 궁금하여 왔소. 가게에 가봐야 하니 내 다시 오리다."

돌아서는 다례에게 영옥이 다가왔다.

"그러지 말고 들어와서 수제비라도 같이 들어요."

그 때 범현이 또다시 찾아왔다. 다례는 마당에 들어서는 범현을 못 본체 했다.

"계십니까. 김일훈 의원을 만나러 왔소."

다례는 서둘러 방에 들어왔다. 큰일이라도 난 듯 방에 미끄러져 들어온 다례의 모습에 모두가 어안이 벙벙한 표정이다.

"범현 오라바이오."

다례가 인산을 바라보았다. 구석진 자리에서 꾸벅꾸벅 졸던 안 씨가 눈을 번쩍 떴다.

"뭐? 그 우라질 놈이 왔다고?"

"범현 오라바이가 여기 왔소. 며칠 전에도 보았소."

"범현이가 어찌 알고 왔을까."

인산이 중얼거렸다.

"모르고 온 것이오. 오라바인 줄 모르오."

방안에 있던 의원들은 도대체 무슨 일인고 하는 표정으로 일제히 인산을 바라보았다.

"야, 내가 나갔다 오마. 제수씨 소금 한 바가지만 주시오."

"거참 아주바이. 왜 그러시오?"

"몰라서 묻냐? 지가 어디라고 여길 찾아와?"

"있으시오."

인산이 성큼 걸어 나갔다. 안 씨는 점잖은 체 앉아 있다가 인산이 신을 신는 소리를 듣자마자 방문 앞에 눈을 내밀고 바깥을 살폈다.

범현은 한의원을 찾은 환자들에게 이것저것 물어보고 있었다.

"그래서 나왔다는 말이오?"

"나왔다마다요. 그래서 내가 이렇게 사람들을 끌고 왔잖소. 이 사람도 첫날은 들것에 실려 왔었는데 지금은 제 발로 걸을 수 있소."

제 발이라는 말에 옆에 있던 자는 손바닥으로 자기 다리를 철썩 치며 크게 웃었다.

"우리 김일훈 의원님은 죽은 놈도 살리는 분이라오."

범현은 여전히 경직된 표정으로 그들을 바라보았다.

"저짝에 앉아 졸고 있는 할배 보이지예? 얼굴이 새카마쿠로 붓어처럼 겨우 벌꿈벌꿈 숨 쉬었는데 보소. 멀쩡하지예?"

범현은 할머니가 가리키는 방향으로 고개를 돌렸다. 그 때 그의 시야에 익숙한 걸음걸이의 사람이 다가왔다. 그는 아까부터 자신을 바라보며 다가오는 듯 했다.

―누구를 닮았다. 그게 누구였던가.

범현이 기억을 더듬는 순간 그의 머릿속은 갑자기 진공상태가 되었다. 심장이 별안간 쿵쾅거렸고 귀에서 윙하는 소리가 났다. 손발 역시 마비가 된 듯 꼼짝달싹할 수 없었고 입속이 바짝 타들어갔다.

인산은 공포에 질린 듯한 눈빛으로 자신을 바라보는 범현의 동공에 시선을 꽂았다. 범현은 숨통이 죄여왔다. 그는 후욱 하고 숨을 몰아쉬더니 이내 가슴을 주먹으로 쳤다. 인산이 틀림없다.

"오랜만이구나. 잘 지냈냐."

인산은 뒷짐을 쥔 채 범현을 바라보았다. 범현은 인산의 말에 아무런 말도 할 수 없었다. 인산은 한걸음 앞서며 범현에게 고개 짓으로 따라오라 했다. 범현은 여전히 충격에 휩싸였다. 그는 천천히 다리에 힘을 주고 일어섰다. 하지만 다시 주저앉고 말았다.

인산은 그를 힐끔 쳐다보았다.

"계급을 보니 장교구나. 군의관이냐."

범현은 목소리가 나지 않았다. 그는 뻑뻑해진 목을 한 손으로 잡았다.

"우리는 끝과 끝에서 헤어지고 만나는 사이가 되었구나. 압록강에서 다시 부산이라니."

범현은 천천히 인산을 따랐다. 인산은 뒷짐을 쥔 채 환자들을 뒤로 하고 천천히 걸었다. 그는 어지러운 머리를 잡고 인산을 따랐다.

"그러는 너는 이곳에 어쩐 일이냐. 다례가 있던데."

인산은 아무 말도 하지 않았다. 범현이 다시 물었다.

"그간 함께 있었냐."

앞서 걷던 인산이 별안간 우뚝 섰다. 범현 역시 발걸음을 멈췄다.

"다례는 여러 번 죽을 뻔 했다."

"무슨 일로?"

"그걸 모르면 넌 헛살았다. 너 같으면 그 당시 어떻게 했을 것 같냐."

범현은 그 당시라는 말에 다시 숨통이 막혔다. 죽을 듯이 괴로웠다. 다례에 대한 죄책감이 아닌 그렇게 살아버린 자신이 수치스럽기 때문이었다.

"나도 편치 않았다."

"그래야지."

그는 냉소적으로 범현을 쳐다보았다.

"난 너에게 정죄당하기 싫다. 난. 나는 김일훈 의원을 만나러 왔을 뿐이야. 네가 여기 있다는 것은 알지도 못했다. 그분을 만나게 해다오."

"무엇 때문에?"

"그분에게 물어볼 것이 있다."

"들어보고."

범현은 분노가 치밀어 오르는 것을 간신히 참고 다시 입을 열었다.

"병사 하나가 다리를 절단했어야 했다. 썩었고. 고름 났고. 신경도 죽었었다. 그런데 살려 놨다. 어떻게 그 썩은 다리를 멀쩡하게 고쳐 놓았는지 나는 그것을 물어보고 싶다."

"쑥으로 뜸을 뜬 거지."

"그분에게 직접 듣겠다."

그러나 인산은 아무 말 없이 그의 눈을 뚫어지게 바라보았다. 범현은 그 눈빛에지지 않으려는 듯 그것을 이겨내고 있었다. 인산은 그런 범현을 보고 잠시 웃었다. 그러자 범현은 성이 난 목소리로 그에게 소리쳤다.

"나는 지금 당장 그 분을 만나야겠단 말이다! 너와는 이야기 할 것이 없단 말이야!"

범현은 인산의 눈빛에 심한 모욕이라도 당한 듯 그것을 거부하려 괴성을 질러대기 시작했다.

"말해! 김일훈 어딨어!"

범현은 인산의 멱살을 잡고 그의 눈앞에 바싹 다가왔다. 그러나 인산은 범현의 눈을 가만히 바라만 보았다.

순간 범현은 내쉬던 숨을 멈춰버렸다. 그는 순식간에 몰려오는 이상하면서도 익숙한 기운 속으로 빨려들었다. 그러면서 그의 시선은 빠르게 동요했다.

-이 기분이 무엇이냐. 전에도 이러한 느낌을 받은 적이 있었다. 그게. 언제였더라. 언제.

인산은 한손으로 범현을 가볍게 밀어 쳤다. 범현은 중심을 잃고 두어 걸음 밀려나 넘어졌다. 그런 자신 앞에 우뚝 서있는 인산은 그야말로 커다란 산처럼 느껴졌다. 그 심한 공포감에 범현은 다시 벌떡 일어나 인산에게 달려들었다.

"김일훈을 만나게 해달란 말이다! 지금 당장!"

범현이 또다시 멱살을 잡을 무렵 인산이 그를 쳐다보았다.

"쑥이라고 했다."

순간 범현은 움찔거렸다. 별안간 온몸에 소름이 돋았다.

-쑥이라고 했다.

귓전을 때린 인산의 목소리는·다시 한 번 커다란 파도처럼 그를 집어 삼켰고 자신의 존재는 그 거대한 파도 속에서 허우적대는 초라한 미물로 전락했다.

인산은 범현의 눈을 차분한 표정으로 바라보았다. 인산의 눈 속에 범현의 모습이 비추어졌다. 인산의 눈동자에 박혀있는 또 다른 범현이 그의 귀에 대고 속삭였다.

-넌 아직 멀었어. 한참 멀었어. 죽을 때까지도 따라잡을 수 없을 걸.

"그, 그럼……. 네가……."

"그래, 내가 김일훈이다. 네가 찾고 있는 김일훈이가 나다."

범현은 또다시 휘청거렸다. 그는 옆에 있는 나무를 집고 몸을 지탱했다.

-이럴 수가……. 그게 너란 말이지. 또다시 나에게 이런 모욕을 주는구나. 또다시 나한테.

인산은 뒷짐을 쥔 채 그의 행동하나하나를 주시하고 있었다. 범현이 고개를 들어 인산을 바라보았다.

-그래, 예전에도 그랬지. 아주 오래 전에. 이러한 기분이 들었던 적이 있다. 물에 빠져 죽은 청년을 살려냈을 때. 나는 죽었다 했지만 운룡이는 그를 살려냈지. 그래, 그때도 이러했다.

범현은 주저앉고 말았다.

그 때 안 씨가 달려 나왔다. 안 씨는 인산이 주먹이라도 날렸는지 알고 통쾌한 웃음마저 보였다.

"에라이! 부끄러운 줄 알아라!"

"아주바이!"

안 씨가 범현을 향해 주먹을 휘두르려는 찰라 인산이 그의 손목을 잡았다.

"아이고, 아이고! 놔라! 놔! 손목 부러진다, 이놈아!"

"대체 왜 그러시오?"

"아고고고. 안 그럴게 이거 놔라. 놔라……. 놔주세요. 예?"

안 씨가 점점 더 땅으로 몸을 숙이며 인산을 힐끔 올려봤다. 인산은 손을 놓았지만 안 씨에게 계속 시선을 두었다.

"그러지 마시오."

"썩을 놈. 이놈은 나이만큼 힘이 세지나. 아이고, 아파라……."

안 씨가 눈을 흘겨댔다. 인산은 범현에게 손을 내밀었다. 범현은 눈앞에 펼쳐진 인산의 손 넘어 그의 눈을 바라보았다. 인산의 표정에는 그를 무시를 하거나 반감, 증오는 없었다. 그럼에도 범현은 못 견딜 만큼의 모욕감이 밀려들었다. 그는 그의 손을 신경질적으로 밀어 치며 일어섰다. 두어 걸음 비틀거리며 걷던 그는 두 다리에 힘을 주었다. 범현은 인산의 눈을 마주했다.

"아이고, 의원님. 우리가 을매나 걱정했는줄 아십니꺼? 우리 버리고 가뻔는 줄 알고 속이 썩었으예. 썩었어."

인산은 환자들이 그를 보며 반가워하자 가만히 고개를 끄덕였다.

"도망은 뭣하러 가오?"

"그러게 말입니더. 도망을 말라꼬 가노?"

범현은 그들이 말하는 〈도망〉이 마치 자기를 두고 하는 듯 했다. 그렇다. 인산의 앞에서, 다례의 앞에서. 아니 그 전에 자기를 알고 있는 모든 사람들은 범현을 도망자라고 부를 것이 틀림없다. 그러나 그는 또다시 도망치듯 한의원 마당을 가로질렀다.
 "꼴에 자존심은 있어가지고."
 안 씨가 입을 삐죽거렸다.
 "……그래도 어렸을 적에는 세상에 둘도 없는 다정한 벗이었소."
 인산은 그의 뒷모습을 씁쓸하게 바라보다 돌아섰다.
 범현은 속에서 올라오는 분노를 주체할 수 없었다. 그는 대문을 나서자마자 부산을 떨며 자기 순서를 기다리는 사람들의 어깨를 신경질적으로 밀쳤다.
 "아고고."
 밀려난 사람들은 범현에게 눈을 흘겼다. 그 인파를 빠져나온 범현은 차에 올라타자마자 갑자기 일어난 현기증에 머리를 기댔다.
 인산에 대한 공포감이었다. 존경심이 질투심으로 그리고 그 실체 앞에서는 커다란 공포를 느꼈던 그 감정이 다시 꿈틀거리고 올라왔다.
 최고라 자부했던 그가 또다시 하루아침에 부너진 것이다.
 -하지만 어디 두고 보자. 선진의학과 주술 같은 네 의술 중 어느 것이 이기는지.
 그는 충혈이 된 눈으로 세진한의원의 간판을 노려보듯 바라보았다.

■   ■   ■

"의원님요. 이 얼라들 좀 봐 주이소."

저녁에 될 무렵에 한 할머니가 세진 한의원에 찾아왔다. 아홉 살 그리고 열두 살 가량의 아이들이었다. 아이들은 추위에 코가 땡땡 얼어 빨갛게 되었다.

"무슨 일이오?"

인산이 일어나 올라오라 손짓했다.

"아, 이 얼라들 어무이가 이래 아이들을 두들겨 패는깁니더. 소문에는 맨 위의 얼라 하나도 어릴 때 죽었다 카든데. 우째 이라는지."

할머니가 말하는 동안 인산은 아이들의 안색을 살펴보았다. 어찌나 맞았는지 몸 여기저기에 멍투성이다.

"친 어마이냐."

작은 아이는 인산의 말에 형의 뒤로 숨었고 형은 고개를 끄덕였다.

"그래 더 기가 차지 안 찹니꺼. 친 엄마라예."

인산은 아이들을 이리저리 살펴보더니 이내 돌아가라 손짓을 했다. 할머니는 고개를 갸우뚱했다.

"와예?"

"가서 먹고 싶다는 것 있으면 먹게 해 주시오. 이 난리 통에 먹을 것이 그리 있는 것은 아니지만 하다못해 눈깔사탕이라도 입에 물려 주시오."

"그럼 괘안습니꺼?"

인산은 아무런 말을 하지 않고 다시 손짓을 했다. 할머니는 아이들을 번갈아 보며 가슴을 쓸어내렸다.

"아이고, 야야. 다행이다. 가자."

"싫어요."

두 아이는 손을 꼭 붙들고 고개를 저었다.

"와? 무섭나?"

할머니 말에 아이들은 고개를 끄덕였다.

"그럼 내랑 가자. 내캉 오늘 잔다캐라. 알긋나?"

아이들이 할머니 손을 잡고 일어섰다.

"할마이는 동네 분이오?"

"예. 한 열 다섯 가구가 붙어 있는데 요래 구여운 얼라들을 그리 구박하니 속이 썩어뿔라캐서 오늘은 이리 데리고 왔습니더."

인산은 고개를 끄덕끄덕했다. 아이들은 인산에게 인사를 하고 그대로 돌아갔다. 그를 지켜보던 이문도가 입을 열었다.

"보아하니 좋지 않아 보이는데 왜 돌려보낸 건가?"

"늦었어."

인산이 고개를 흔들었다.

"무엇 때문에 그런가?"

"어릴 때부터 때린 모양이다. 골병이 들은 거지. 뼈도 상하고 혈관도 상해서. 내장이 상한 건 말 할 것도 없다. 들었지? 큰애가 죽었단다. 필시 피를 토하고 죽었을 거다. 맞아서 그래."

"허, 그것 참. 그럼 저 아이들도 피를 토하고 죽게 된다는 말인가?"

"그럴 거야. 그래서 먹고 싶은 거나 먹이라고 했다."

그 말을 끝으로 그들은 아무 말도 하지 않았다.

"아까부터 뭘 그렇게 쳐다보오?"

쑥을 털던 인산이 중얼거렸다. 안 씨는 반시간도 넘게 모퉁이에 앉아 인산을 바라보고 있었다. 그는 뭐가 그리 좋은지 입을 반쯤 벌리고 흐뭇한 표정이었다. 인산의 물음에 한동안 대답을 안 하던 안 씨가 아예 그의 옆에 와서 앉아 인산의 얼굴을 한참 쳐다보았다.

"뭐요?"

인산이 안 씨를 쳐다보았다.

"야, 기특해서 그런다. 기특해서."

"참 내."

"거 생각 할수록 희한한 놈이야. 네 머릿속엔 대체 뭐가 들었니? 응? 너는 아픈 사람을 탁 보면 견적이 나오냐? 그 속에 병이 너한테 뭐라 뭐라 하는 거야? 응?"

"거 쓸데없는 얘기 말고 요거나 같이 텁시다."

인산은 광주리에 털어 놓은 쑥똥을 치우며 새로 한 아름 끌어 당겼다.

"쓸데없는 얘기가 아니고 그게 정말 궁금하다니까. 병균이 보이냐?"

"아주바이. 나는 병균을 죽이는 걸 목표로 잡고 환자를 보는 것이 아니고 생신(生新)을 위주로 하오. 새롭게 살린다는 말이오."

"뭘 살려? 사람을?"

"약과 영양이 반반이란 말이오. 아프고 병든 살이 새롭게 나는 신경과 피와 살에 밀리면 자연적으로 없어진단 말이오. 나는 이제껏 그러한 방법으로 사람을 살린 거요. 중병일수록 영양을 크게 잡아 하오."

"아……. 그래서 나한테 오리고기를 그렇게 먹였구나. 약은 뭘 썼는데?"

"나는 천연성분만 쓰오. 한의학이 원래 천연성분으로 약성을 잡아 사용하긴 하지만 나는 그것을 합성을 한단 말이오. 요놈과 조놈의 좋은 점을 배가 시켜 중요한 것만 환자에게 먹인다는 거지요. 그래 아주바이한테도 유황을 먹인 오리를 먹인 거요."

"흐억. 유황?"

"아주바이. 사람이 병이 걸리면 당연히 무서워하오. 내가 죽을지도 모르니 얼마나 무섭겠소. 하지만 병을 무서워하지 말고 그저 내 피와 살이 새로 나올 힘이나 받으라는 것이오. 옛날에 원시인들이 어떻게 병을 고쳤겠소. 다 땅에서 나는 음식 중에 약성을 먹고 나은 것이오. 하지만……."

"응."

"전쟁이 났으니 더 심각할 것이오."

"뭐가?"

"공기가 그만큼 더 나빠졌다는 거요. 일본만 보시오. 원자탄 터졌으니 그 여파로 온갖 희귀병이 생길 거요."

"병 생기면 너 더 바빠지겠구나."

"아주바이. 세상이 그리 나를 달갑게만 맞아주는 것은 아니오."

"그게 무슨 말이냐."

"내가 병이 낫는 방법을 알려줘도 그것을 그대로 받들이리는 사람들은 적다는 소리요. 나중에 죽을 때 쯤 돼서 지푸라기라도 잡자는 심정의 사람이 아니고서야 나는 뒷전이오. 하지만 그런 이유 때문에 그만 둘 생각은 없소."

"그럼 이제 여기서 말뚝 박고 한의원이나 키우면서 살아라. 여기서는 네 이름에 평판이 자자하니 앞으로 먹고 살 걱정 없을 거다."

"그럴 생각은 없소."

"뭐?"

"전쟁 중이니 지금이야 여기 머물고 있지만 여기서 뿌리 내려 살 생각은 없소. 올해 안으로 부산도 뜰 생각이오."

"야, 제수씨 배부른데 어딜 또 떠돌아다니려고 그러냐? 이놈은 가끔 정신이 있는 듯 하다가 어떻게 보면 아닌 거 같단 말이야. 야, 이놈아. 왜 굴러 들어온 복을 차고 다니냐. 네 눈엔 복덩이가 돼지 오줌보로 보이냐? 엉?"

인산은 안 씨를 힐끔 쳐다보며 웃었다.

"어유, 내가 아주 저럴 대마다 속이 끓는다, 속이 부글부글 끓어."

그 때 이문도가 마당 건너편에서 인산에게 손짓을 했다.

"어이! 여기 좀 와 주게!"

그는 손바닥을 털며 곧장 이문도에게 다가갔다.

"아주바이, 고 잘 덮어 놓으시오."

안 씨는 인산의 말이 끝나기가 무섭게 한손으로 광주리를 아무렇게나 집어 던졌다.

"저, 저."

"아, 알았어!"

안 씨는 그제야 두 손으로 털어 놓은 쑥을 보자기로 잘 덮었다.

"여기에 있어야 잔심부름 하며 내가 옆에 있을 구실이라도 생기지. 노상 옆에서 등골 빨아먹을 수도 없고 말이야."

인산은 누워있는 환자와 이런저런 대화를 하더니 이문도를 바라보았다.
"술독이구만. 토종오이 생즙 짜서 세 홉만 먹이면 되겠다."
"오이라."
"술은 화독과 같이 잡으면 된다. 전에 말했듯이 화상 입은 사람한테 오이가 좋다는 것과 같은 이치야. 하지만 이런 화상에는 오이 얼마큼을 먹어야 한다는 것은 모르지. 사람들이 보기엔 그냥 오이일 뿐이고 의사들이 보기엔 그냥 채소에 불과하니까. 하지만 화상에 우리나라 토종오이처럼 좋은 것은 없다."
"아무 화상이라도?"
"전에 영도에 있는 병원 지나다 봤는데 아주 온 몸이 그을려서 고깃덩이처럼 된 사람을 보았다. 양의사들이 어찌하는지 아냐."
"모르지."
"알코올을 온 몸에 부어 수세미 있잖아. 그걸로 피부를 강제로 벗겨낸다. 알코올이 열을 내리게 하니까 그러는 건데 우습지. 심한 화상 입은 사람은 기도도 달라붙어 숨도 못 쉬거든. 그럼 그 사람한테는 물도 안준다. 하지만 오이즙 갈아 먹여봐라. 먹을 때마다 살아나는 느낌이 들 테니. 몸도 마찬가지야. 병을 고치려면 병에 끌려 다니지 말고 자연을 끌고 다녀야 해. 세상 천지에 병 고칠 재료가 깔렸는데 이것저것 화학 약품 만들어 먹이니 몸이 그걸 견디면 얼마나 견디냐. 당장에는 나아 보여도 결국 내성이 쌓여서 더 넣어야 해. 하지만 자연은 그렇지 않아. 독초도 잘 쓰면 약이 된다."

그들이 이야기 하는 것을 한의원 입구에서 목을 빼고 바라보는 사람이 있었다. 요사이 세진 한의원에 환자를 부쩍 많이 빼앗긴 임성문이라는 자였다.

"저 자가 김일훈이라는 사람인데 보아하니 뜨내기 의원 같더라고요. 어디서 듣도 보도 못한 방법으로 사람을 낫게 하는데 화제를 지어줘도 돈 안 드는 걸로 지어준다고 사람들이 좋아하더라니까요."

"그런데 병이 진짜 낫는다는 말이지?"

"그러니 별꼴이 아니겠습니까. 전쟁 통에 온 나라 환자들이 바짝 다가와 있는데 눈앞에 놓고 빼앗기는 꼴이 되었으니……"

"그럼 저 옆에 있는 사람은 뭔가?"

"저 사람하고 또 하나 있어요. 대구에서 온 의원. 그 두 사람도 저 사람 말이라면 아이고 하고 듣는다니까요. 저 보십시오. 난다 긴다 하는 의원 밑에서 배운 자가 저 사람 말에 귀를 기울이는 거 봐요."

"그럼 저자만 쫓아내면 되겠구나."

"그렇지요."

순간 인산이 고개를 돌려 멀리 있는 그들을 바라보았다. 둘은 눈이 마주치자 이크 하는 소리를 내고 대문 뒤로 숨더니 이내 얼굴을 다시 내밀었다. 인산은 허리를 펴고 앉았다. 임성문은 뒷짐을 쥐고는 천천히 마당을 가로질러 그들 앞으로 다가왔다.

"무슨 일이오?"

이문도가 물었다.

"나는 근방에서 한의원 하는 임성문이라는 사람이오."

"그렇습니까."

"듣자하니 이곳에 정통으로 한의학을 공부한 사람이 아닌 자가 진료를 하고 있다 들었소."

"그게 나요."

인산이 대답했다. 당당한 그의 말투에 임성문은 되레 주춤했다.

"나한테 볼 일이 있는 모양이오."

"이 사람은 독립 운동가였소."

이문도가 벌떡 일어나 격앙된 말투로 이야기 했다. 임성문은 그런 이문도를 멀뚱하니 쳐다보았다.

"나라를 위해 일하느라 그럴 여력이 없었소. 하지만 이 친구의 조부는 김면섭이라는 유학자 출신의 명의였소. 우리는 같이 일을 하지만 아무런 문제없소. 오히려 우리가 배우는 입장이오. 쓸데없는 이야기 하려거든 돌아가시오."

"하지만 듣도 보도 못한 방법으로 사람을 고친다 들었소."

"그래서 그게 문제가 되더이까?"

"뭐꼬?"

이문도의 큰소리에 김 의원이 나왔다.

"와 이라노? 뭐꼬?"

김 의원은 임성문을 위아래로 훑어보더니 이문도를 바라보았다.

"아무리 전쟁 중이지만 검증 안 된 사람을 의원이랍시고 앉혀두면 그 여파는 결국 모든 한의원에 화살이 오는 것을 모르시오?"

임성문도 허리를 죽 펴고 언성을 높였다.

"그라믄 문제가 생겼다는 사람을 데불꼬 오소."

김 의원이 코웃음 치며 말했다. 임성문은 입을 다물었다. 그 때 인산이 입을 열었다.

"보아하니 시장에서 흔히 살 수 있는 재료들로 사람들을 처방해주는 통에 당신 수하에 있는 약재상인들이 죽는 소리를 하는 것 같소."

임성문 옆에 있던 자가 얼른 뒤로 숨어버렸다. 임성문은 얼굴이 벌갛게 달아올랐다.

"아니 이 자가!"

"보소. 돈 벌이 목적으로 사람을 고치는 거야말로 의원이 아닌기라. 부끄럽지도 않는갑소?"

"뭐요?"

"이야기 요지가 무엇이오?"

이문도가 다시 언성을 높였다.

"이 사람은 신의(神醫)요. 당신이 신의를 목전에서 만난 적이라도 있소? 그 낯만 보고 병을 알고 고칠 수 있냔 말이오!"

그 때 안 씨가 임성문을 밀어 쳤다.

"내가 죽을 뻔 하고 살아난 놈이다! 내가! 폐가 문드러져서 죽을 무렵에 이 사람이 나를 살렸다!"

그쯤 되니 밖에서 순서를 기다리던 환자들도 목을 빼고 안을 들여다봤다.

"무슨 일이래?"

"김일훈 의원한테 시비를 건 모양이야."

"저 사람은 누군데?"

"근처에서 한의원 한다는 사람이래."

"약이 올라 온 모양이지."

"근데, 김일훈 의원이 의원이 아니라고 하잖아."

"그건 또 무슨 말이래?"

"한의학을 공부한 사람이 아니라는 거야."

"그럼 뭐야. 가짜라는 말이야?"

사람들의 동요를 느낀 인산은 방안으로 들어가 버렸다. 밖에서는 이문도와 안 씨 그리고 김 의원이 임성문과 다투는 소리가 계속 들려왔다.

-이러다가는 세진 한의원에도 문제가 생기겠구나.

"여기 또 발 들여 놓으면 그땐 내가 침을 놓을 테니 그리 알아!"

안 씨가 소리를 치는 것으로 마당은 잠잠해졌다. 이문도와 김 의원이 안 씨를 멀뚱하니 바라보았다.

"내 이제껏 듣던 말 중 가장 무서운 협박이었소."

사람들이 웃었다. 그러나 인산은 여전히 무거운 표정으로 허공을 주시했다.

"문디, 한의원하면서 장사 해 묵을라카나. 신경 쓰지 마라."

김 의원이 방문을 닫았다.

"지금은 전쟁 중이니 그나마 덜 할 것이야. 내가 여기 있다가는 더 큰 문제가 날지도 모른다."

"와 쓸데없는 생각을 하노? 누가 그카는데?"

"봐라. 앞으로 그런 일이 생기나 안 생기나."

"그럼 자격증 따문 되지 뭐시 그게 문제겠노. 안 그라나?"

그러나 인산은 묵묵부답이었다.

제 2 장

"화공독?"

"공기에 독소가 섞여 그걸 사람이 마시면 어떻게 되겠냐.
히틀러가 유태인 죽일 때 독가스 대량으로 뿌려 한 번에 죽어 나갔지만
넓은 공간에 그걸 조금씩 뿌려봐. 갑자기 안 죽는다. 서서히 죽어가는 거야.
머리가 아프고 숨쉬기 힘들고 그러니 폐가 온전해지나.
폐가 병이 들면 오장육부 상하는 건 금방이지.
그러니 그걸 보호하고 막으려면 폐의 해독력이 있어야해.
돼지 창자도 대단한 놈이다. 그놈들도 구정물에 못 먹는 거 없잖아.
다 먹고 산다. 그러니 창자에 그 독을 분해하는 분자가 있다는 거야.
그러니 고놈도 먹어주면 몸에 정화가 되어 산단 말이지."

새벽부터 한의원 대문을 요란하게 두드리는 소리에 모두가 눈을 떴다. 영옥은 잠에서 덜 깬 눈빛으로 일어나 앉아 몸서리를 쳤다. 그 사이 건넛방에 있던 이문도의 아내가 뛰어나갔다.
"누구시오?"
"사람 좀 살려주세요. 예?"
한 여인이 울부짖었다. 이문도의 아내는 그 소리에 소름이 돋았다.
"내가 갈 테니 임자는 들어와."
이문도의 아내는 빗장을 열고 곧장 이문도의 뒤로 달려갔다. 거기에는 파리한 낯빛을 가진 여인이 아이 하나를 등에 업고 있었다.
"살려주시오. 살려주시오."
여인이 비틀거리며 들어섰다. 이문도는 달려가 아이를 받아 안았다. 얼마 전 노파의 손을 잡고 온 두 아이 중 작은 아이였다. 아이는 숨을 몰아쉬고 있었다.
"어찌된 거요?"
"모르겠습니다. 어제 밤부터 이렇습니다."
"무슨 일인가."
그 때 인산이 나왔다. 인산은 이문도가 안고 있는 아이를 바라보더니 이내 혀를 끌끌 찼다. 옆에는 고개를 숙이고 울고 있는 아이의 엄마가 있었다.
"아이를 그리 때리니 그 어린 몸이 성하겠소!"
인산이 호통을 쳤다. 인산의 말에 여자가 고개를 들었다.
"예?"
인산은 그녀를 무서운 눈으로 바라보고 있었다. 그러나 서로를 마주 본 그들을 한동안 아무 말도 잇지 못했다. 가회다.
"……운룡이 아니니?"
가회가 무엇인가에 홀린 듯 한걸음 다가왔다.
"운룡이구나."
인산은 기가 막혔다. 아이를 저렇게 만든 사람이 가회였다니. 어쩌다 저리 됐을까. 그러나 가회는 오래전에 그런 것처럼 자기의 가슴을 두드렸다.
"나 가회다."
"……그래."
가회는 안도라도 한 듯 긴 숨을 쉬더니 울음을 터뜨렸다.
"다행이다. 운룡아. 너라서 다행이니 내 아이를 살려다오! 살려다오!"

가회가 땅바닥에 엎드려 울부짖었다. 인산은 그런 가회를 물끄러미 바라만 볼 뿐이었다. 그 사이 이문도는 아이를 마루에 눕혀 놓았다. 영옥과 이문도의 아내는 마루턱에 서서 그들을 가만히 쳐다보았다.

"가서 따듯한 물에 죽염 한 술 넣어 가져와라."

이문도가 아내를 쳐다보자 그녀는 부엌으로 들어갔다.

"소용없다. 그냥 물만 먹여라."

인산이 냉정한 말투로 말했다. 마당에 있던 사람들은 모두 인산을 바라보았다.

"틀렸다니? 그게 무슨 소리야."

가회가 고개를 들어 인산을 바라보았다.

"못 살린다. 아이의 간 주변에 피가 찼어. 그 피를 토하면 간다. 삼 사일 후 새벽 네 시경에 갈 거이다. 이 아이가 큰 아이보다 어리니 먼저 간다. 돌아가서 마음의 준비나 해라."

"그럼 큰아이는? 큰아이도 그럼 소용이 없다는 거냐."

가회가 절규하는 듯 외쳤다.

"그래."

가회는 혼을 놓은 듯 표정이 사라졌다. 마당에는 한동안 정적이 흘렀다. 인산은 방안으로 들어갔다. 영옥과 이문도의 아내는 가회를 쳐다보았다. 가회는 멍한 표정으로 아이를 돌아보았다. 그리고는 천천히 기기 시작했다. 그녀는 죽어가는 아들을 바라보며 그렇게 기어왔다.

"아가야……. 내가 죽일 년이다. 내가 죽일 년이야. 아무 죄 없는 너한테 내가 왜 그랬을까……."

가회는 무릎을 꿇은 채 그대로 마루에 누워있는 아이의 발을 어루만졌다. 이문도가 자리에서 일어났다. 가회는 아이의 발에 입을 맞추더니 커다란 소리를 내어 울기 시작했다.

"영옥아. 들어와라."

인산이 방에서 소리쳤다. 영옥은 움찔하더니 이내 종종 걸음으로 방안에 들어섰다.

"볼 필요 없는 것은 보지 말아야 한다. 추우니 이불에 들어가."

인산이 이불을 걷어주었다. 영옥은 빨갛게 달아오른 눈시울을 소매로 훔쳤다.

"가여워요."

"쓸데없는 생각이야."

영옥은 인산을 물끄러미 바라보다 입을 다물었다. 인산은 초점 없는 시선으로 깊은 생각에 잠겼다.

-어미 없는 오리 한 마리도 제 품속에 기르던 아이였는데 제 배 아파 낳은 아이를 죽게까지 만들다니. 참, 사람은 알 수 없는 거다. 그렇게 미련한 짓을 하다니. 가회답지 못하다.

영옥은 다시 인산을 바라보더니 조심스레 입을 열었다.

"그런데 왜 새벽 네 시 라고 하셨어요?"

인산은 생각에서 벗어나 영옥을 바라보았다.

"간이 속한 시간이다. 간의 생명이 끝나는 시간이라는 말이다. 간 때문에 온 병이니 그 시간에 사람의 생명도 가져가는 것이야."

인산은 영옥에게 이불을 덮어주며 깊은 한숨을 쉬었다. 가회의 울음소리는 그치지 않았다. 인산은 방문을 열었다.

"돌려보내."

그 때 김 의원이 방에서 나왔다.

"뭐꼬? 뭐가 이리 시끄럽노?"

"진짜 안 되는 건가?"

"어린아이는 뼈가 연골이라 밤에 자고 나면 뼈가 커진다. 또 살은 유성혈육이라 혈관과 신경보호에 부족하다. 그래서 아이는 혈관이 파열되면 사혈은 간장과 심장에 모아진단 말이다. 간장에 병이 생기면 어릴 때는 간경풍, 간질오고 나이 들면 간장염 간경화 내지는 간암으로 가고 어혈로 신경통 관절염과 척추염 골수염. 그리고 죽든가 한다. 심장은 구종심통증이 생기고."

인산이 잠시 말문을 닫고 가회를 바라보았다.

"봐라. 네 아이가 코피가 나고 목에도 피가 올라오지 않냐."

가회는 눈물 범벅 된 얼굴을 들어 고개를 끄덕였다.

"그 아이는 아래턱 승장혈에 검은 기운이 심하니 장에 죽은피가 고였다. 고치기 힘들다."

인산은 방문을 닫았다. 이문도의 아내는 부엌에서 따듯한 물을 가지고 올라왔다. 가회 옆에 물을 놓은 그녀는 조심스레 그녀의 등을 어루만져 주었다. 김 의원은 팔짱을 끼고 근심스런 표정으로 아이의 얼굴을 바라보았다.

"마이 상했구만."

그가 중얼거렸다.

현섭은 가회의 신여성적인 매력에 빠져 결혼했지만 그 역시 어쩔 수 없는 가부장적인 남성이었다. 외출하는 것을 싫어하고 남성들과 정치 토론을 하는 것도 못마땅했던 그는 어느 날부터 그녀에게 전통적인 여성으로 살기를 명령했다. 가회는 심한 모욕감을 느꼈다.
"나는 그렇게는 절대 못 사니 그리 아시오."
그러나 현섭은 가회에게 아이가 생기면 변할 것이라는 생각을 했다. 하지만 그렇지도 않았다. 가회는 결혼한 지 이년이 지나도 아이를 가질 생각이 없다고 했다. 이번에는 현섭이 모욕감을 느꼈다. 그쯤 되니 가회의 시부모들도 가만히 손을 놓고 기다릴 수는 없었다. 닦달하는 그들의 입을 막기 위해서 가회는 아이를 가졌다. 그렇게 아이를 낳고 일이년이 지나니 가회는 숨통이 막혔다. 하지만 그 생활에 서서히 적응 했다. 사실 적응이 아니라 포기를 한 것이다. 그렇게 세월을 지내다 보니 별안간 초라해진 자신의 모습을 바라보게 되었다.
학당 동창 하나는 미국 대사관에서 통역을 하는 일을 하게 되었고 다른 친구는 계몽 활동을 하며 책을 내는 작가가 되어 있었다. 아무도 가회가 그렇게 살 것이라는 생각을 하지 못 했다. 그녀는 그 원인을 현섭에게 두었고 화풀이는 아이들에게 퍼부어대기 시작했다. 그것이 십년이 넘은 것이다.
그 사이 광복되고 일제로부터 연명하던 재산은 빼앗기고 전쟁 통에 그나마 보존하고 있던 세간마저 사라졌다. 통역을 하던 친구는 미국에 갔고 작가인 친구 역시 프랑스로 갔다는 소문이 들렸다. 친일파 후손이라는 낙인이 찍힌 현섭은 어디에고 발붙일 곳이 없었다.
가회는 피난을 와서 술을 가까이 하게 되었고 그때마다 아이들을 더 모질게 때렸다. 호사스럽게 살던 시절이 그리웠다. 인물 좋은 재산가 남편은 무능한 기회주의자가 되어버렸고 신여성의 표본이 되겠다고 큰소리치던 가회는 술주정뱅이로 전락했다. 그리고 지금 그 결말이 가회의 눈앞에서 일어나고 있다.

"내가 죽일 년이다."

가회는 통곡에 몸을 떨었다. 그 소리에 영옥은 몸을 움찔거렸다. 인산은 괜찮다는 듯 손등을 두어 번 토닥였다.

"여기서 떠나야겠다. 아픈 사람도 아픈 사람이지만 아이 가진 몸으로 별 꼴을 다보니 영옥이 너한테 좋을 게 하나 없구나."

"나는 괜찮아요."

인산이 웃었다.

"하기야. 이미 나도 너한테 못 보일 꼴을 많이 보였다. 굶기고 추위에 떨게 하고 생판 모르는 사람 뒤치다꺼리 하고……. 고생이 많다. 아이를 낳을 때까지 본가에서 지내도록 해라."

영옥은 미간을 찌푸렸다.

"또 떨어져 있어야 하오?"

"너한테 나은 거야."

영옥은 그렇지 않소 하고 말하려다 입을 다물었다. 시어른들은 영옥을 끔찍하게 아껴주었다. 인산의 말대로 그것이 영옥한테는 좋은 길이다.

"거, 아직도 안 보냈냐."

인산이 다시 일어섰다. 방문을 열자 가회는 여전히 아이를 안은 채 울고 있었다. 인산은 혀를 찼다. 그는 생전 처음 미움이라는 감정을 겪었다. 그것은 일본강점기 때 겪은 애국심에서 빠져나온 미움과는 달랐다.

　그가 병을 고칠 때는 늘 병고에 시달리는 사람을 사랑하고 불쌍히 여기는 마음으로 다가갔다. 그는 병을 미워했고 사람을 사랑했다. 하지만 지금 그의 눈앞에 있는 가회는 그 병을 제공한 사람이다. 그래서 가회가 미웠다.

　"돌아가라."

　가회는 인산의 말에 울음을 천천히 그쳤다.

　"……못난 꼴 보여 미안하다."

　가회가 인산을 바라보며 중얼거리듯 말했다. 김 의원은 멀뚱거리며 가회와 인산을 바라보았다. 가회는 긴 한숨을 몰아쉬더니 힘없이 아이를 들쳐 업었다. 가회가 휘청거리는 사이 김 의원은 아이를 바로 잡아주었고 가회는 다시 중심을 잡고 마당을 가로 질렀다. 이문도가 인산을 바라보았다.

　"자네도 못 고친다는 병이 있구면."

　"내가 신인가. 나는 고칠 수 있는 병만 고쳐. 그러나 그것도 힘들 것이야. 지구 공기가 바뀌고 별놈의 전쟁이 다 나면서 희한한 무기로 사람을 죽일 테니."

　"그럼 만약 그 아이가 그 지경까지 안됐다면 고칠 수 있었는가?"

　"고칠 수 있지. 그건 백년이상 된 산삼을 먹이거나 아니면 토종 웅담 한 돈 중하고 토종 사향 한 돈 중, 잘 보고 사야지 안 그러면 봉변당한다. 그리고 청심환 하나에 웅담 한 푼 중과 사향 한 푼 중을 타서 두 번 먹이면 토혈은 멈추고 혈분은 오 일간 계속 되다가 약 먹으면서 오일 만에 나을 거다."

"웅담은 혈관파열에 좋고 청심환은 경풍과 간질에 좋지만 사향은 신경마비 이외 어느 용도로 쓰이는 것이냐."

"피부안의 손상된 부분을 회복시키는 힘이지. 각종 난치병은 웅담과 사향과 청심환의 힘으로 안전하게 되는 법이다. 인술을 외면하는 것이지."

"조금이라도 일찍 왔더라면 좋았을 것을. 아이가 가엾네요."

이문도의 아내가 중얼거렸다.

"그래, 와 저래 아를 두들겨 팼노."

김 의원이 혀를 끌끌 차며 방으로 들어갔다.

사흘 뒤 인산의 말대로 아이가 새벽에 피를 토하며 죽었다는 소문이 들렸다. 환자의 맥을 잡고 있던 이문도는 고개를 번쩍 들었다.

"거참……. 고칠 수 없는 병은 죽는 시간을 맞추는구나."

"봐라. 내 뭐라캤노. 갸가 안 되는 거는 안 된다 하는 이유가 다 있는 기라."

김 의원이 중얼거렸다. 인산은 그 소식에 마음이 무거웠다.

그러나 이러한 일로 아이들을 때리던 부모들은 자숙을 하는 계기가 되었고 이미 죽음의 증상이 보이기 시작한 아이들에게는 인산의 화제로 살아난 아이들도 있었다.

■　　■　　■

현은 영도에 있는 육군 3병원으로 파견되었다.

기존에 있던 병원도 그랬지만 이곳에는 더 많은 병사들과 일반 환자들이 가득했다. 장비를 보나 기술면으로 보나 그쪽 병원보다 훨씬 나은 환경이었다.

"어서오시오. 훌륭한 선생을 모시게 되어 기쁩니다."

"박범현이라 합니다."

선하게 생긴 또래의 의사가 범현의 손을 맞잡았다. 그러나 그는 자기 이름을 알려주는 것조차 잊은 듯 바쁘게 자리를 옮겼다.

"차차 이야기 나누고 저는 이만 실례합니다."

그가 사라지자 그를 소개 시켜준 군의관이 고개를 저어댔다.

"저 양반 때문에 아주 골머리 썩고 있소."

"왜요?"

"돈 없는 사람 무료로 봐주는 건 기본이고 아무리 전쟁 중이라 해도 낼 돈은 내야 병원이 유지되는데 돈 없다 울고 있으면 병원 뒷문으로 환자를 도망시키는데 아주 기절할 노릇이오. 하지만 워낙에 유능한 탓에 이러지도 저러지도 못하고 주의만 주는 데 선생님이 가끔 따끔한 이야기 좀 해 주시오."

"저 양반 이름은 무엇이오?"

"장준호라는 사람입니다. 서울에서 의학을 공부하고 일본에서 의학을 마치고 왔습니다. 평양에서 부상자들을 돌보고 있는데 일사 후퇴 때 국군이 모시고 왔습니다."

"말투를 보니 고향이 평북이던데."

"아마 선생님과 동향사람일 것입니다. 북에 처와 아이들이 남아 있소. 차남은 같이 왔지만…… 그것 때문에 밤마다 눈물을 흘린다오. 동향분이니 서로 이야기도 많이 나누시고 또 위로도 해주세요."

"……그렇군요."

그는 장준호라는 의사의 뒷모습을 바라보며 고개를 끄덕였다. 어딘지 인산과 비슷한 면이 있긴 해도 당당한 모습의 인산과는 달리 유순해 보였다.

"하지만 나는 동정심으로 환자를 돌보는 것은 질색하는 사람이오. 몸이 아파 불쌍히 여기는 것은 의사로서 당연한 일이겠지만 돈이 없다 하여 덮어 놓는 것은 미련한 짓이오."

그는 인산을 떠올리며 고개를 저어댔다. 옆에 있던 의사는 범현을 의아한 시선으로 바라보았다. 그러나 범현은 병원의 시설을 둘러보느라 그가 내뱉은 말에는 신경조차 쓰지 않는 모습이었다.

"아주 불과 물이 만난 꼴이 되겠구만."

그의 뒷모습을 바라보던 의사가 고개를 저어댔다.

예상대로 장준호 의사와 범현은 사소한 일로 부딪히는 일이 잦아졌다.

"보시오. 그렇게 환자 손을 잡고 기도를 하는 시간을 조금이라도 아껴서 집도 먼저 하는 게 낫지 않소? 그러다가 중요한 시간을 놓쳐버리면 그 책임을 어찌 감당하라는 것이오?"

"하지만 의사인 내 손 이전에 필요한 손이 있습니다. 그 손이 없으면 나는 아무 것도 아닙니다. 이건 내 방식이니 아무런 말씀 마십시오."

늘 유순하고 부드러운 표정의 장준호 의사가 담담한 말투로 범현의 눈을 바라보았다. 뚜렷한 의지와 소신이 있는 그러한 눈빛에도 진저리가 난 상태라 입을 다물고 말았다. 범현은 그의 눈을 피해 걸었다. 저러한 눈빛은 한 명이면 충분했다. 그들을 바라보던 병원 원무과장이 범현의 뒤를 따라갔다.

"동정심이라는 것은 그리 나쁜 것만은 아니오. 무턱대고 불쌍히 여긴다는 것은 인권유린이 될지도 모르지만 상황이 여의치 않아 곤란에 빠진 사람에게 느끼는 장 의사 동정심은 귀감 살 일입니다."

범현은 원무과장을 돌아보았다.

"왜 나한테 그런 말을 하시오? 내가 모질어 보입니까?"

범현의 공격적인 말투에 그는 잠시 주춤했다.

"그런 뜻이 아닙니다. 두 분 다 나름대로 소신이 있으신 분인데 제가 이러쿵저러쿵 말씀드릴 처지는 아니지요."

"병원비를 내지 않아 장 의사에게 볼멘소리를 한다는 양반이 어째 나한테는 그런 말을 하시오?"

"다른 뜻이 아닙니다. 그저 그런 부분을 인정해 달라는 부탁입니다."

"의사는 의사다우면 됩니다."

범현은 싸늘한 말을 내뱉으며 앞서 걸었다. 그는 잠시 할 말을 잃은 채 범현의 뒷모습만 바라보았다.

"뭣 하러 그런 말을 하나? 저 양반 고집도 보통은 아니라던데. 저 당당한 것 좀 보게. 전에 있던 병원에서 문제를 일으켜서 이리로 왔다는데 말이야."

"하지만 그건 실수를 한 게 아니라고 들었어. 어느 한의사가 기적적으로 사람을 소생 시킨 게 이유라면 이유지 절대로 실수는 아니었어."

"듣자하니 그 한의사도 돈을 안 받고 사람을 고친다고 들었네. 피치 못할 사정으로 약값이 들면 최소한의 금액이 들면서 최대의 효과를 보게 처방을 한다지. 오죽하면 우리 집사람이 아픈 사람을 보면 우리 병원이 아니라 그리로 가라 일러주겠는가."

"그거야 내가 무서워서 그런 거겠지."

■　　　■　　　■

"뭘 그리 쓰나?"

책상머리에 앉은 인산에게 이문도가 물었다. 인산은 아무 말 없이 종이를 이문도에게 보였다.

"그건 뭔가."

"요놈들이 오리 만큼 해독이 강한 동물이다. 독을 약으로 쓸 수 있는 방법이 요놈들한테 있거든."

이문도는 인산이 펼쳐놓은 종이를 돌려 보았다.

"닭, 염소, 오리, 돼지, 개……. 자네는 개를 먹는 사람이라면 질색을 하지 않나."

"병을 고칠 목적으로 먹어야 하는 건 어쩔 수 없지. 독사도 필요한 걸?"

"허허. 뱀도 질색을 하는 사람이……."

"뱀은 직접 먹는 것이 아니고 독사, 구렁이를 잡아다가 거기에서 구더기가 나오면 고놈을 닭한테 먹일 셈이야. 그럼 닭들한테 그 독성이 중화되고 사람이 직접 먹어도 상하지 않고 합성된 약성만 먹게 되는 거지."

"그건 어떤 사람한테 먹이려는데?"

"폐. 호흡기. 이제 봐라. 내가 예전에 말했지. 전쟁 나고 차들이 다니면 공기가 나빠진다고. 나는 그걸 화공독이라고 부를 거야."

"화공독?"

"공기에 독소가 섞여 그걸 사람이 마시면 어떻게 되겠나. 히틀러가 유태인 죽일 때 독가스 대량으로 뿌려 한 번에 죽어 나갔지만 넓은 공간에 그걸 조금씩 뿌려봐. 갑자기 안 죽는다. 서서히 죽어가는 거야. 머리가 아프고 숨쉬기 힘들고 그러니 폐가 온전해지나. 폐가 병이 들면 오장육부 상하는 건 금방이지. 그러니 그걸 보호하고 막으려면 폐의 해독력이 있어야해. 돼지도 창자가 대단한 놈이다. 그놈들도 구정물에 못 먹는 거 없잖아. 다 먹고 산다. 그러니 창자에 그 독을 분해하는 분자가 있다는 거야. 그러니 고놈도 먹어주면 몸에 정화가 되어 산단 말이지."

"그걸 어떻게 증명해 보일 셈인가."

"내가 먹어봐야지."

"그러다 잘못되면?"

"이게 있는 게 잘못되나."

그가 자신의 머리를 톡톡 쳤다.

"절대로 잘못 되지 않아. 잘못 될까봐 이렇게 동물들한테 합성시켜 먹는 거잖아. 그리고 폐병 환자한테 먹일 거야."

"그 동물들을 사서 기르고 잡고 하면 시간이 꽤나 걸릴 텐데."

"걸리지. 그러니 당장 시작해도 시간이 모자랄 판이야."

그 때 안 씨가 밖에서 소리쳤다.

"가자! 난 준비 다 했다!"

"어딜 가려하나?"

이문도가 일어나는 인산을 바라보았다.

"돼지 창자 사러가지. 오전에 본 환자한테 쓸 거다. 그리고 그 몇 년 후에는 그 간을 채취해서 고놈들을 섞을 거야. 다섯 가지 동물들의 간을 섞어서 화공독 걸린 사람들 고쳐야지."

"하지만 나는 공해독이라는 걸 들어본 적이 없는데? 그런 게 과연 생길까?"

"생긴다. 장담하지. 영국 봐라. 산업 혁명 나고 나서 하늘이 시커멓게 됐다. 공기 나쁘니 하늘 컴컴하고 머리 아파지고. 그러니 사람들이 우울증 걸리고 병들어 죽는 거다. 그건 영국뿐이 아니고 머지않아 전 지구상에서 그런 일이 일어날 거야. 그 나쁜 공기가 폐를 타고 돌아봐. 혈액에 그 공해독이 타고 다녀 무슨 병이건 꼭 걸리고 만다. 일본에 원자탄이 터져서 사람들이 그거 맞고 죽기도 하지만 그 여파로 병에 걸려 죽는 사람이 더 많은 법이지."

"나오라니까!"

안 씨가 다시 소리쳤다.

"예, 갑니다. 가요."

이문도는 잘 다녀오라고 손을 흔들면서도 고개를 갸우뚱했다.

"화공독이라……."

인산이 말한 〈화공독〉은 공해를 뜻했다. 인산은 아직 공해라는 단어조차 생기지 않은 시절 그는 공기에 섞여 다니는 독소를 일컬어 화공독이라는 말을 사용했다. 비록 전쟁 통에 폐허가 되고 여기저기 불이 피어나도 설마 공기 중에 독소가 날아다닌다고는 아무도 생각하지 못했다. 설령 그렇게 떠다녀도 소멸되기 때문에 나와는 아무런 관계가 없을 것이라 생각했을 시절이다.

안 씨는 인산이 돼지 창자를 살 동안 막걸리를 한 가득 받아 왔다.

"요걸 웬일로 사라고 하냐. 히히."

안 씨가 막걸리를 끌어안고 인산에게 다가갔다.

"고놈하고 같이 먹일 테요."

"나도 좀 먹어도 되지?"

"그럼요, 되고말고요. 먹어서 나쁠 것 하나 없소."

그들은 시장에서 오는 길에 다례의 생선가게에 들렀다. 다례는 생선 몇 마리를 챙겨 주었지만 인산은 손을 저어댔다.

"아이고, 손 민망하게 그러지 말고 받으시오."

다례 대신 홍이가 안 씨에게 건네주었다.

"그, 그럴까."

"그건 뭐요? 오늘 잔치라도 하오?"

홍이가 막걸리를 보며 물었다.

"요거 환자한테 먹일 거야. 돼지 창자로 국 끓여서. 너도 북쪽에서 살 때 먹어 보았지 않느냐. 그걸 고기를 빼고 창자로만 만든 국이다."

"그건 어디에 쓰는 겁니까?"

다례가 물었다.

"내성을 강하게 할 때 쓰려한다. 이미 발병한 사람한테도 좋지만 건강한 사람이 먹어 두면 좋거든."

"돼지 창자국이요?"

"그래."

다례는 가만히 그것을 쳐다보며 생각에 잠겼다.

"저, 오라바이."

"응."

"그럼 그걸로 북에서 끓일 때처럼 국으로 끓이면 된다는 거지요?"

"그래."

그 때 안 씨가 입을 열었다.

"그런데 네가 직접 끓일 테냐? 거 누린내는 어쩌고. 제수씨도 본가에 가고 없고 김 의원 댁도 아파 누워 있잖아."

"참내, 내가 어렸을 적에는 할마이랑 된장도 만들었소. 걱정 마시오."

"그럼 제가 가서 끓일까요? 저도 돕고 싶어요."

"애, 나도 가자. 나도 볼 테다. 그래도 되지요?"

홍이의 말에 인산은 고개를 끄덕였다.

"아이구……이거 맛이……"

"거 몸 낫게 하는데 그 정도는 감안해야지. 어서 드시오."

인산이 다시 국사발을 환자에게 내밀었다. 다례는 환자와 인산을 교대로 바라보더니 조심스레 입을 열었다.

"저 오라바이."

"응."

"그거에 양념 간을 하면 어찌되나요? 생강이나 마늘을 넣고 보통 국밥 할 때처럼 하면 약성이 떨어지나요?"

"그건 아니다. 마늘을 넣으면 좋지."

"그럼 이리 줘보세요. 제가 끓여올게요."

그러자 환자는 제발 그렇게 해달라는 듯이 고개를 끄덕였다.

"다례야, 이왕 하는 김이 왕창 끓여서 오늘 저녁 먹어보자."

안 씨가 히죽 웃었다.

부엌에는 홍이가 부뚜막에 걸터앉아 코를 감싸 쥐고 있었다.

"그걸 먹을 리가 없지."

홍이가 얼굴을 찌푸렸다.

"내 안 그래도 간을 해서 새로 한다 했소."

"아이고. 난 냄새에 질려서 간이고 뭐고 싫다."

"그럼 바깥 공기 좀 쐬고 있어요. 그 대신 간 볼 때는 도와야 하오."

홍이는 뒤도 안돌아 보고 고개만 끄덕이며 나갔다. 다례는 곧장 마늘과 죽염을 꺼내어 놓고 간을 맞춰 보았다.

다례가 국을 끓이겠다고 나선 것은 환자를 돌보겠다는 이유도 저녁상을 보기 위해서도 아니었다.

만주벌판에서도 총칼을 옆에 세워 놓고 수많은 사람들의 병을 고친 사람이 인산이다. 지옥 같은 날날 속에서 살고자 하는 의지를 불어 넣어 준 그에게 다례는 어떻게 해서든지 은혜를 갚고 싶었다.

-나는 무식해서 약재를 살 줄도 화제를 지을 줄도 모르오. 하지만 이것이 약이 되고 사람을 살리는 일에 보탬이 되는 것이라면 누린 내가 아닌 더 한 것도 맡을 수 있소. 그렇게라도 돕고 싶소.

별안간 다례는 고개를 들고 부엌을 뛰어 나왔다.

"언니. 홍이 언니."

홍이는 마루턱에 나와 있는 안 씨와 이야기를 나누고 있었다. 다례가 부르자 두 사람 모두 고개를 빼고 그녀를 바라보았다.

"됐니?"

홍이가 부엌에 들어서자 다례는 문을 닫고 홍이를 바라보았다.

"언니. 우리 생선가게 정리하고 국밥집 열어요."

"뭐?"

"그만큼 생선 팔았으면 작은 가게 하나 열 정도는 되지 않겠소?"

"그거야……."

"생각해 보시오. 우리 둘 다 남의 집 더부살이 하면서 방값 내는 통에 차라리 쪽방이라도 달린 가게 하나 얻어서 먹고 자고 하면 되지 않겠소?"

"뭘로? 이걸로 국밥집을 열자는 소리냐?"

"나나 언니나 할 줄 아는 것이라고 무엇이 있겠소. 술장사가 쉽다 하지만 그건 싫소. 그러니 이보다 좋은 게 어디 있소. 사람도 구하고 은혜도 갚을 수 있으니 도와주시오."

홍이는 다례를 가만히 쳐다보다가 국자를 집어 들었다.

"맛을 보고 가게를 차리든 말든 하자."

홍이가 별안간 눈을 휘둥그레 뜨더니 다례를 보았다.

"그러고 보니 누린내가 나지 않는구나. 어떻게 한 거니?"

"북에서는 이렇게 끓이오. 그 맛을 살려 끓인 것이오."

홍이는 한술 떠서 맛을 보았다. 허공을 주시하던 홍이가 짭짭 소리를 내더니 고개를 끄덕였다.

"맛있다. 요건 뭐니."

"양념장을 따로 만들었소. 건강한 사람들은 고걸 넣어서 먹으면 될 것 같아서 그리 했소. 냉면 양념처럼 한 것인데……"

홍이는 그것을 찍어 맛을 보았다. 그리고 양손에 힘을 주어 부르르 떨었다.

"맛있다! 그래. 한 번 해보자."

다례는 홍이의 말에 활짝 웃었다.

"이상하다. 이 사람은 왜 이렇게 열이 갑자기 오르는 것일까."

인산은 서둘러 쑥뜸을 다시 내려놓았다.

"제가 본래 열이 좀 많은 몸입니다."

"나 역시 열이 많소. 겨울에도 얇은 옷 하나로 버티니 열이야 당신보다 내가 더 많을 것이오. 당신 같은 경우는 처음이오. 무슨 병을 앓은 적은 없소?"

"글쎄요. 특별히 아파서 앓아 누운 기억은 없습니다."

인산은 골똘히 생각에 잠겼다. 옆에서 지켜보던 이문도는 인산을 근심스런 표정으로 바라보았다. 그 때 인산은 급히 자리에서 일어났다.

"전에도 이런 일이 있었지 않나."

이문도가 인산을 바라보았다.

"그러게."

"그럼 쑥뜸이 안 받는 체질이 있다는 이야길까."

"몸에 열이 많은 이유가 특별히 없다면 그러한 체질은 분명 쑥이 안 받는 것이다. 소양인에게 꿀과 인삼이 안 받는 것처럼 말이지."

"이 사람은 보아하니 소양인인데……. 전에 그 사람도 소양인이었다."

인산은 잠시 생각에 빠져 있다가 고개를 들었다.

"병원에 좀 가야겠다."

"병원에? 어디 병원?"

"가서 도움 좀 구해야겠다. 가서 혈액형을 실험하는 것 좀 얻어와야겠어."

"아니, 자네가 웬일로……."

"나는 양의학하고 웬수지간이 아니야. 늘 말했지만 한의악과 양의학의 조화야 말로 음양의 조화란 말이야. 서로 좋은 것을 가려 새로운 것으로 만들면 얼마나 좋은 일이겠어. 하여간 난 병원에 좀 다녀와야겠네."

"무슨 일로? 같이 갈까?"

"놀러가나? 영도까지 갈 텐데."

"영도? 이 옆에 있는 병원에 가면 될 것을 왜 그 먼 곳으로 가나?"

"요 옆에는 범현이라는 친구가 있다. 나랑 마주치면 좋지 않을 것 아니야."

"하지만 영도는 여기서 끝인데?"

인산은 한의원을 나서자마자 전차에 올라탔다.

-그럴 수도 있어. 혈액형과 사상체질과 무슨 연관이 있을 거야. 그 둘을 오늘 자세히 알아봐야겠다.

그는 다시 한 번 고개를 끄덕이며 버티고 있던 한 팔을 다른 팔로 바꿨다. 그의 옆에는 한 노인이 간신히 매달려 있었다. 인산은 노인의 뒤로 넘어와 그를 감쌌다. 이가 빠진 노인은 인산을 힐끔 보더니 이내 큰 소리로 인사했다.

"아이고 김 의원님 아닙니꺼. 어데 가요?"

"예, 볼일이 있어 병원에 좀 갈까 합니다."

"병원에예? 아, 거게 의원님 친구 있지예?"

"예."

"아이고. 으째 의원님 친구님도 그래 의원님과 똑같습니꺼? 예? 우리 할매 친구가 돈이 없어 치료도 못 받고 있는데 장 선상님이 그냥 봐줬다 캅니더. 대신 고맙다고 꼭 좀 전해 주이소. 예?"

"장 선생이요?"

"예, 장준호 선상님 말입니더."

"제 친구가 아닌데요."

"아이고, 아니긴 뭐시 아닙니꺼. 그 사람을 보면 친구를 알 수 있다캤어예. 아이긴 뭐시 아이라? 그 선상님도 불쌍한 사람 보면 그래 울면서 공으로 고쳐준다 소문났다 아입니꺼."

인산은 멀뚱하니 노인을 바라보았다. 그러나 노인은 여전히 기분 좋은 웃음을 짓고 있었다.

노인은 몇 분 후에 전차에서 내려 인산에게 모자를 벗어들고 손을 흔들었다.

육군 병원에 도착한 인산은 뻐근해진 팔을 흔들며 입구로 향했다.

병원에 들어서자 알코올 냄새가 코를 찔렀다. 인산은 사방을 둘러보고는 외과 병실에 들어섰다. 여기저기 사람들이 비명을 지르고 신음하는 소리가 들려왔다. 화상을 입은 한 병사는 붉은 살갗을 드러내며 괴성을 지르고 있었고 그 몸부림을 억제 하느라 서너 명의 장정들이 장갑을 끼고 그를 눌러댔다. 인산은 그 모습에 한숨을 내쉬었다. 그는 당장이라도 그를 들쳐 업고 도망을 치고 싶었다. 하지만 눈을 질끈 감고 돌아 나왔다. 그는 막상 혈액형 테스터를 구하려 했지만 어디에 가서 어떻게 구해야 할지 몰라 잠시 복도에 서있었다.

그 때 장갑을 벗으며 범현이 나왔다. 범현은 옆에 있는 간호사의 이야기를 듣고 있던 중이었는데 인산을 보자 우뚝 멈췄다. 그들은 서로를 바라보며 한동안 서있었다. 범현은 천천히 인산에게 다가왔다.

"어쩐 일인가. 나한테 볼 일이 있나?"

"글쎄. 그럴 수도 있고."

범현은 웃음이 나왔다.

"무슨 일로?"

"혈액형을 실험하는 것 좀 얻었으면 하네."

"그건 뭣 하러? 한의원에서 혈액형에 관심을 갖기라도 했나?"

"좀 도와주게."

"하기사. 아무리 날고 기는 솜씨라 해도 맥을 잡고 혈액형을 알 수는 없지."

인산은 범현의 말에 분노가 치솟았다.

"네 힘을 빌리러 온 것은 아니다."

범현은 잠시 입을 다물었다.

"미안하지만 나는 그런 자잘한 물건에는 신경을 쓸 여력이 없다. 바빠서 이만 가네."

범현은 인산의 어깨를 치며 다시 빠른 걸음으로 복도를 걸었다. 인산은 그런 범현을 돌아보았다. 한참을 걷던 범현도 슬쩍 돌아보더니 이내 회심의 웃음을 지었다. 기가 막힐 노릇이다. 참으로 유치하기 그지없지만 인산은 그저 그렇게 서있기만 했다.

"무슨 일이시오?"

안경 낀 또래의 의사가 인산에게 다가왔다.

"무슨 도움이 필요하시오?"

"혈액형을 실험하는 것을 얻었으면 합니다."

"누구의 혈액형이오? 본인이오?"

"아니오. 나는 한의원에서 일하는 사람입니다. 환자의 혈액형을 알아야 합니다."

"한의원에서 혈액을 검사하다니. 그런 것은 처음 들어보오."

"그러게 말입니다."

"그 사람을 데리고 왔으면 좋았을 것을."

"유독 한 사람이 아니고 한 무리를 검사해봐야 하오."

"그럼 좀 곤란하오. 아시다시피 현미경은 내 개인의 것이 아니라서 말이오."

그는 잠시 생각에 잠기더니 인산을 바라보았다.

"손잡이가 부러진 현미경은 있소. 내가 학생 시절에 쓰던 것인데 기념으로 가지고 있는 것이오. 쓰고 나서 반드시 돌려줘야 하오."

"고맙습니다. 꼭 돌려 드리겠습니다."

그는 따라오라는 듯 손짓 했다. 그리고 복도 중앙에 미닫이로 된 회색 문 앞에 서서 주변을 둘러보았다.

"들어오시오."

그러나 그 문 앞에는 관계자 외 출입금지라고 써놓은 팻말이 붙여 있었다. 인산이 잠시 머뭇거리는 사이 그는 빨리 들어오라 손짓을 했다.

책상에는 수북이 쌓인 책들과 해골로 된 사람의 모형이 놓여 있었다. 인산은 그것을 가만히 들여다보았다.

"메스는 있소? 요것 말이오."

인산이 돌아보았다.

"없소. 병원에서 볼 수 있는 것은 없소."

그는 알코올과 거즈 핀셋 등을 챙겨 봉투에 담아냈다. 그가 이리저리 움직이는 사이 인산은 그의 가운에 쓰여 있는 한문으로 된 이름을 바라보았다.

장준호.

-아, 이 사람이 장준호라는 사람이구나.

"평북 출신인 모양입니다."

그가 종이를 꺼내들며 말했다.

"그렇소. 자란 곳이 평북이고 태어난 곳은 함경도요."

그가 허리를 펴며 인산을 바라보았다.

"언제 내려왔소?"

그는 혹시 떨어져 있는 가족들의 생사를 알 수 있을까하는 바람으로 인산을 바라보았다.

"전란 이년 전에 왔소."

"아……"

그는 실망한 듯 씁쓸한 표정으로 고개를 끄덕이며 다시 입을 열었다.

"반갑소. 전란 통에 고향 사람들도 많이 볼 듯 한데 어찌된 게 생각보다 만나기가 힘이 드오. 이것 받으시오."

불룩하니 담긴 봉투를 그에게 건네주었다.

"반응법은 아시오?"

"잘 모릅니다."

그가 책상에 앉아 종이와 펜을 꺼내어 들었다.

"그저 혈액형만 구분하면 되오?"

"그렇소."

"그럼 간단하게 쓰겠소. 혹시 수혈을 한다거나 그런 것은 아니지요?"

"아닙니다."

그가 고개를 끄덕이며 칸막이를 네 개 그어댔다. 그리고 큼직한 영어로 알파벳 에이. 에이 비. 비. 오 라는 글을 쓰고 자잘한 글씨로 그 분류법을 써내려갔다.

"옆에 비슷하게 그림을 그려놨소."

인산은 벽에 붙어있는 인체의 혈관을 바라보다 돌아보았다.

"자, 요것을 읽으면 되오. 지금 쓴 것이라 잉크가 번질지도 모르오. 잘 펴서 말리시오."

"고맙습니다."

"그럼 살펴가시오."

"예, 정말 고맙습니다."

그는 의사 가운을 벗으며 고개를 끄덕였다. 인산은 닫혀 진 문 앞에서 입가에 미소를 지었다.

"자, 이제 나 해봐라."
안 씨가 손가락을 내밀었다. 인산은 소독한 메스 끝으로 손끝을 땄다.
그가 현미경에 그것을 대고 조리개를 조절할 때마다 방에 있던 네 명의 머리가 일제히 한곳에 모아졌다.
"오형."
"내랑 같네."
김 의원이 말했다.
"거참 희한하다. 어떻게 사람이 이렇게 네 가지 피로 나누어졌냐."
안 씨가 히죽거렸다.
"자, 그럼 실험을 한다는 것이 무엇이냐?"
"이제 요 혈액형으로 사상체질을 한 번 분류해 볼 생각이다. 태음인은 주로 어떤 혈액형이고 소양은 어떤 혈액형인가 하는 것 말이다."
인산은 일어서서 대문 밖에까지 서있는 환자들을 바라보았다.
혈액형에 관한 자료는 꼬박 일주일이 넘게 걸렸다. 그리고 그것을 다시 사상체질로 분류하여 나누었다.
"이것 봐라. 소양인 대부분이 혈액형에 오형 반응이 나타났다."
"그럼 소양인은 뜸을 뜨면 안 좋다는 소린가?"
"그렇지. 태양인은……. 나 같은 체질은 주로 에이비형이 많다."

인산은 그가 써내려간 종이를 이문도에게 돌려 보였다.

"그런데 요 에이비를 보면 어느 쪽이 더 강한가를 알아야 한다. 에이 아니면 비에 가까운 경우가 있을 테니까. 그런데 요 오형이 문제다."

인산은 팔깍지를 끼고 가만히 생각에 잠겼다.

-안 씨 아주바이한테 쑥뜸을 뜨지 않은 것은 다행일지도 몰라. 아주바이가 오형에 소양인이니까 분명히 열이 올랐을 것이야. 그럼 그걸 중화 시킬 수 있는 것은 어떤 것이 있을까. 쑥뜸 만큼 영험 있는 치유법도 없는데 말이지.

인산은 고개를 돌려 부엌을 바라보았다.

"마늘이다."

"응?"

인산의 말에 이문도가 고개를 들었다.

"쑥의 열을 못 견뎌 내는 사람들한테는 마늘로 뜸을 떠야겠어. 내가 당장 실험 해봐야겠다."

"누구한테?"

"나한테 하지 누구한테 하나?"

"하지만 자네는 오형에 소양인도 아니잖아."

"그 기운이 어느 정도인지는 알아봐야 하지 않겠어? 또 오형의 소양인에 쓰일 만한 것을 한 번 만들어 봐야겠다. 열이 많은 사람들은 조심해야 해."

그들은 충혈 된 눈으로 서로를 바라보다 이내 웃음을 터뜨렸다.

"자네 눈이 너무 빨갛게 되었네."

"그나저나 현미경을 사야하는데 말이야. 이렇게 일주일 넘게 보물처럼 아끼는 것을 써야 되겠나."

"어떻게든 돈을 마련해서 구하도록 하세. 새것이 아니라도 되니 말이야."

이듬해에는 시댁으로 보낸 영옥이 아들(侖禹)을 낳았다. 인산은 그 소식에 회한의 눈물을 흘렸다. 첫딸 부남(富男)을 잃은 지 사년이 지나서였다.

그는 곧장 아이를 보기 위해 부산을 떠났지만 세진 한의원 식구들은 그가 부산을 아예 떠났다고는 생각지 못했다.

돌아올 때가 되어도 오지 않는 그를 기다리던 이문도는 어느 날 인산에게로부터 온 편지를 받았다.

"뭐라 썼노?"

김 의원이 목을 빼며 물었다.

"공주에 있다고 하네. 거기서 지낼 생각이래."

"공주? 거게는 와? 뭐한다꼬 가 있노?"

"기왓장 기술을 가진 친구가 있는데 거기서 목재 나르는 일하면서 전에 말한 동물 간에 대해서 연구를 한다고 한다."

"참말로. 마, 그래 떠나버리는 게 어됐노?"

김 의원이 입을 씰룩거리며 편지를 받아 들었다.

"그럼 나는 어쩌라고."

안 씨가 눈을 멀뚱거리며 의원들을 쳐다보았다.

"우짜긴요? 하던 대로 약재 고르고 사고하는 거 도와주면 되지예."

"전쟁이나 끝나면 그때 찾아 가던가 하셔야지요. 보아하니 저 혼자 공주 땅에 가서 일하면서 연구하는 모양인데. 아마 아무런 방해를 받고 싶지 않아서 그렇게 했을 지도 모릅니다."

안 씨는 풀이 죽어 어깨를 늘어뜨렸다.

"방해……."

순간 이문도는 아차 하는 표정으로 안 씨를 바라보았다. 그 때 안 씨가 다시 고개를 번쩍 들었다.

"아, 나를 가지고 실험을 하면 될 것을! 내가 유황오리랑 돼지 창자국도 먹어줬는데!"

"그라도 전쟁 끝나면 가소. 예? 그놈아가 연락 끊을 친구도 아이고, 여게서 우리랑 지내면서 좀 도와주소. 예?"

안 씨는 별안간 위엄 있는 표정을 짓더니 할 수 없다는 듯이 고개를 끄덕였다.

"뭐, 자네들이 내 도움을 원한다니 할 수 없지."

■　　　■　　　■

53년 여름에 접어들자 휴전 협정에 관한 이야기로 나라가 들끓었다. 종전도 아닌 휴전이라는 말에 국민들은 망연자실했다. 전쟁의 충격보다 휴전이라는 혼동기에 사람들은 갈피를 잡지 못했지만 그나마 난리 통에 목숨이라도 보존한 것에 대해 다행으로 여겼다.

"이승만 대통령은 휴전은 곧 죽음이라고 하더니 어제 라디오 들었어?"

"그러게. 언제 또 터질지도 모르는 상태로 뭘 해먹고 살아야할지 모르겠수."

"그래도 별 수 있나. 무너진 건물 세우는 막일이라도 뛰어들어야 처자식 먹여 살리지. 안 그래?"

"자네들은 그래도 돌아갈 고향이라도 있어서 좋겠다."

북이 고향인 사람은 눈시울을 붉히며 다리사이로 고개를 파묻었다.

"이봐. 그만 울고 자네 고향 맛 좀 먹어보려 안갈 테야?"

"응?"

그가 고개를 들었다.

"시장 앞에 국밥 집이 하나 생겼어. 먹어보니 기가 막히더라고. 내가 살 테니 가자."

다례의 돼지국밥집은 사람들이 들끓었다. 피난길에 올라 부산까지 간 사람들은 고향의 맛을 느끼기에 이보다 좋은 곳이 없었고 생소한 이름의 다례가 만든 국밥 맛에 끌린 사람들은 하루 건너 다례의 집에 와 국밥을 먹었다. 다례가 주방에서 국을 끓이고 홍이가 비좁은 식당을 가로지르며 그릇을 나르기를 석 달 만에 밀려오는 손님에 그들은 두 명의 아낙을 썼다. 사람들이 하도 많아 그릇도 배로 장만해야 했고 설거지만 죽어라 하는 아낙은 허리가 아파도 펼 시간이 없었다.

게다가 얼큰한 국밥에 술이라도 한 잔 걸치러 오는 사람들을 위해 오밤중까지 가게를 여는 통에 그들은 교대로 눈을 감아야 할 지경이었다.

"언니. 저 손님만 받고 문을 닫을 테니 먼저 자요."

다례의 말에 홍이는 턱을 괴고 있던 손을 놓고 웃었다.

"얘, 난 이렇게 돈이 굴러 들어와서 그런지 피곤한 것도 모르겠다. 그래서 말인데 우리 자리가 너무 좁지 않니. 매일 밖에서 기다리는 사람들 봐라."

"아직까지는 넓은 곳으로 가기에 무리요. 벽에 나무판 박아 놓고 거기에 일렬로 앉히는 수밖에는 없소."

다례는 식당을 둘러보았다.

"그렇게 해야겠소. 내일 새벽에 목수를 불러야지."

"난 그보다 여기저기서 우리 국밥집을 따라 만든 곳이 생긴다고 해서 분통이 터진다."

"난 그렇게 생각 안하오. 돼지 창자국을 먹어야 사람한테 좋다니 나는 좋소. 그게 운룡 오라바이 소원이니 나름대로 보람도 느끼오."

"퍽이나 좋겠구나."

그 때 가게 문이 열리면서 여자 손님이 들어왔다. 비틀거리며 들어오는 폼이 보통의 여인처럼 허기를 달래러 온 손님으로 보이지 않았다. 홍이도 고개를 돌려 그녀를 바라보더니 다례에게 속닥였다.

"저 여자 주정뱅이인 모양이다. 돌려보내자."

다례도 고개를 끄덕였다.

"미안한데 오늘은 더 이상 안하오."

여자가 눈을 들어 다례를 바라보았다.

"그저 한잔만 하고 돌아갈 테니 받아주시오."

다례는 손을 저어대며 다가가다 가만히 섰다. 오랜 세월이 흘렀지만 그 자태와 말투는 가회였다. 다례는 심장이 덜컥 내려앉았다. 그렇게 아름답고 도도한 아가씨가 주정뱅이의 모습으로 이십 여 년이 훌쩍 지나 나타난 것이다. 다례는 가회의 손을 덥석 잡았다.

"가회 아가씨 아닙니까?"

가회는 고개를 바로 하고 다례를 쳐다보았다.

"맞는데……"

가회가 손을 비틀어 빼며 미간에 주름을 만들었다.

"누구신지 모르겠네요."

"아가씨, 저 다례라고……"

다례가 목이 매여 입술을 질끈 깨물었다.

"모르겠소? 서울에서 남편에게 매를 맞아 죽을 지경에 두 번이나 아가씨가 나를 도와주셨소. 모르겠소?"

가회는 다시 고개를 저어댔다.

"아가씨. 왜 나를 몰라보시오? 예? 아가씨가 인력거도 태워 나한테 과자를 주었소. 매 맞고 죽을 무렵에 아가씨가 나를 잡아끌고 집에 가자 했소. 그리고 양과자를 주고 십 원이나 되는 돈을 주었단 말이오."

다례가 울음을 터뜨리며 가회의 흐트러진 머리를 어루만졌다.

"아가씨 왜 이렇게 됐소? 그렇게 고왔던 아가씨가 어찌 이리 됐소?"

다례는 가회를 잡아끌고 의자에 앉혔다. 다례는 지금 가회가 자신을 기억하고 말고는 중요하지 않았다. 그녀는 분명 가회이기 때문이다.

"홍이 언니 여기 국밥 좀 얼른 내어주시오."

멀뚱하니 그들을 바라보던 홍이는 부엌에 들어가 불을 올렸다. 가회는 그럼에도 그저 술은 먹을 수 있겠구나 하는 마음에 다례가 내어준 자리에 앉아 주변을 둘러보았다.

"이 가게가 제일 유명하다 하오. 한 번 오고 싶었는데."

가회가 주머니에서 돈을 꺼냈다.

"내가 겨우 받았소. 이 정도면."

"아가씨!"

다례가 엎드리며 소리 내어 울었다.

"아가씨 어찌 이리 됐소. 왜 나를 모르시오. 나는 아직도 아가씨가 준 과자 맛과 아가씨한테 나던 좋은 냄새를 기억하는데 왜 나를 모르시오."

가회는 어깨를 들먹이며 울고 있는 다례를 가만히 바라보았다.

"사람을 기억 못하오. 그게 예전에는 안 그랬는데 이렇게 됐소. 술이 그렇게 만든 모양이오. 섭섭해 하지 마시오."

다례는 고개를 저어댔다.

"그럴 리가 없소. 아가씨가 얼마나 똑똑하고 좋은 분인데. 그럴 리가 없소. 기억해 보시오. 하찮은 나를 기억해 보시오."

다례가 가회를 바라보며 가슴을 쳤다. 다례의 눈을 바라보던 가회가 고개를 돌리며 눈물을 흘렸다.

-알아요. 나 아주 잘 기억하지만 내가 너무 부끄러워서. 이렇게 살고 있는 내가 너무 부끄러워서 부정하고 말았네요.

"미안하오."

가회가 시선을 돌리며 손등으로 눈물을 닦았다. 오래전 가회가 다례의 손 등을 토닥거린 것처럼 다례가 가회의 손등을 토닥거렸다.

"먹고 싶은 것 얼마든지 말하시오. 아무 걱정 말고. 홍이 언니 국밥 다 됐소?"

"응, 그래. 나간다."

홍이가 쟁반에 국밥과 술을 들고 나왔다.

■   ■   ■

"얘, 다례야. 저이는 왜 노상 저렇게 술만 먹고 움직이지도 않는 거니? 너한테 은혜를 베풀어준 사람이라 해도 무턱대고 이렇게 돌봐줄 수는 없다."

홍이는 가게 문을 닫을 때가 되어도 멀찌감치 앉아 꿈쩍 않고 있는 가회를 보며 눈살을 찌푸렸다.

"고통이 큰 사람이오."

"아무렴 너나 나처럼 고통이 클려고."

"자식을 연달아 잃었다고 하오."

다례가 마늘을 까다 말고 한숨을 쉬었다.

"아시오? 저 아씨가 얼마나 멋있는 여성이었는지."

"아씨 좋아하네. 아무리 네가 그렇게 불러도 남이 보기에는 그저 중년의 아주마이다."

"그렇지 않아요. 나한테는 가회아씨는 그런 보통의 아낙은 절대 될 수 없소. 어서 가게 문 닫고 우리도 밥 먹읍시다."

"저이는 또 술이나 달라고 하겠지. 어쩌면 여자가 그리도 많이 마시나 모르겠다. 내 보다보다 저렇게 술을 털어 넣는 여자는 처음 본다."
　"술이 고통을 잊어준다고 하지 않소. 가게 문 걸어주시오. 나는 상을 볼 테니."
　다례는 주방에서 가회가 반주로 마실 술 한 병을 꺼내어 들고 식탁으로 나왔다. 가회는 벽에 기대어 앉아 담배를 피다가 다례를 보자 비벼 껐다.
　"괜찮아요. 마저 태우셔도 되는데."
　"미안하오. 도움을 못주고 매일 술에 밥이나 축내고 지내는 꼴이."
　다례가 웃었다.
　"그런 말마시오. 나는 아씨가 여기서 지내 주는 것만 해도 고맙소."
　홍이는 가게 문을 닫고 손바닥을 털다 입을 삐죽거렸다.
　"나도 오늘은 좀 마실란다."
　홍이는 술자리를 빌어 가회에게 하고 싶은 말이라도 할 심사로 술을 마셨다.
　"오늘은 얼마나 마셨니."
　"늘 똑같지요. 두병 반이오. 이것까지 하면 세병이고."
　"몸 생각해서 이제 서서히 줄이도록 하시오. 예?"
　다례가 가회를 근심스런 표정으로 바라보았다.
　"미안하오."
　가회가 다례를 쳐다보았다.
　"가회야. 그런 거 미안하면 너도 손님들 쏟아질 때 물 잔이라도 나르는 게 어떠니."

"그러고 싶지만 술 냄새 풍기며 손 덜덜 떠는 꼴에 손님들이 좋아 하겠소."

"하지 마시오. 괜히 술이나 한잔 받아 먹으라하고. 그런 꼴을 당하느니 방에 앉아 편하게 있으시오. 나는 아무렇지도 않으니."

"그러게. 남편이 아니고는 술잔을 따르지도 말라 가르치니 택도 없데이!"

홍이가 별안간 경상도 사투리를 하며 웃어댔다.

"글쎄요. 나는 좀 달라요."

가회가 입을 열었다.

"그저 내가 사랑하는 사람한테만은 따라도 될 것 같아요. 그게 남편이건 아니면 연인이건 아버지건. 그냥 내가 좋아하는 사람한테는 술을 따라도 좋지요."

"하지만 여기서 그렇게 해봐라. 여기저기서 나는 왜 안 따라 주나 시비 걸지."

"여기서의 일이 아니고 그저 내 생각이 그렇다는 것이오. 내가 사랑하는 사람. 그 사람 다시 한 번 만나고 싶은데……."

가회가 별안간 턱을 괴고 허공을 바라보았다.

"남편?"

홍이가 물었다. 그러자 가회는 고개를 천천히 저어댔다. 다례는 가회를 바라보며 눈을 동그랗게 떴다.

"그래요? 아씨도 그런 사랑을 했단 말이군요."

"철없을 때 좋아해서. 아주 어릴 때. 그런데 그게 착각인지 환상인지. 그 사람한테 내 감정을 잔뜩 실어 내가 키워버린 사랑이 되어버렸소. 내 맘대로 내가 사랑을 만들어 버린 꼴이 되었지요."
 "그래 그 사람하고는 어떻게 헤어졌는데? 나는 지독하게 사랑을 하다가 헤어지는 아픔이라도 겪어봤으면 좋겠다. 그런 슬픔도 없는 사람은 서글퍼."
 홍이가 술잔을 비우며 물었다.
 "헤어지고 뭐고 없었소. 시작도 못했으니까. 말했잖소. 내가 착각을 하며 키운 사랑이라고. 내 머릿속에서 그 사람을 자라게 했소. 나와 더불어. 우습지요. 열여섯 살에 떠나보내고 십 년 후에 만났는데 그 사람은 나를 알아보지도 못했소. 아예 나라는 존재를 잊고 있었소. 왜 그런지 아오?"
 홍이와 다례가 고개를 저어댔다.
 "내가 말했잖소. 내 머릿속에서 내 멋대로 키운 사람이라고."
 가회가 웃음을 터뜨리며 고개를 저어댔다.
 그러나 다례는 미간에 주름을 만들며 슬픈 표정으로 가회를 바라보았다.
 "하지만 아씨라면 사랑을 꼭 이룰 것 같았는데. 나는 아직도 아씨가 얼마나 멋있는 여성인가를 생각해요."
 "행여나! 지금 이 모습이 멋있는 여성이라고 할 수 있어? 그러니 가회 너도 털고 일어나야지."
 "그리고 싶소. 머리가 아파 일어날 무렵에는 술병을 집어 던지고 싶지만 또 언제 그랬는가 정신이 나간 사람처럼 술병을 끌어안고 있지요. 나도 이런 내가 징그럽소."
 다례는 가회를 가만히 바라보다 그녀의 손을 토닥거렸다.

"아씨. 정말 아씨가 술을 멀리하고 싶다면 내 부탁 한 번 들어주시오."

가회가 다례의 검은 머리카락에 초점 없는 시선을 두었다.

"내가 잘 아는 분이 아주 훌륭한 의술을 가지고 있소. 그분 덕에 내 목숨은 두 번이나 살아났소. 목을 맨 적이 있었소. 어릴 적이지만."

가회는 비로소 다례의 눈을 바라보았다.

"목을 맨 적이 있다고?"

"어릴 적이오. 결혼하기 훨씬 전에. 그 당시에는 나도 가슴 아프게 사랑을 했었지만 내가 사랑한 사람은 그 분이었소."

홍이는 술잔을 들어 다례에게 따랐다.

"그 때 그 분이 나를 살렸고. 그리고 전란 때 다시 또 나를 살렸소. 그러니 아씨가 술을 끊고 싶다면 그것쯤이야 아무 것도 아닐 것이오."

가회가 턱을 괴었다.

"그건 그렇지 않을 것이오. 나는 죽은 사람처럼 누워있지 못하니까. 일어날 기력이 없는 상태가 아니니까. 내가 작정을 하면 다시 술병을 들 수 있으니까. 그러니 나는 고치지 못 할 것이오. 그 사람이 누구든지 간에."

홍이가 고개를 천천히 끄덕였다.

"역시 신교육 받은 여성은 멀리 생각하는구나. 하지만."

홍이가 가회의 이마를 톡 쳤다.

"그렇게 머릿속에 이것저것 계산을 하니 기회를 차버릴 수도 있다. 아니? 모르는 게 차라리 낫다. 나 같으면 정말 내가 술을 끊고 싶다면 당장에 그분한테 데려다 달라고 할 것이다."

"형님 말씀도 맞소."

가회가 웃었다.

"아니오. 정말 그분은 고칠 수 있을 것이오."

"그 사람도 그런 재주가 있었소. 사람을 기가 막히게 고쳐주는 재주. 그걸 재주라고 하긴 뭐하지만 남들이 못하는 것을 그 사람이 하니 재주는 틀림없는 것 같소."

가회가 술잔을 다시 채웠다.

"그래, 네가 사랑했던 그 머릿속에서 키웠던 사람 이야기나 해봐라. 나도 머릿속에 사랑이나 키워보자."

홍이가 웃었다. 다례는 홍이를 쳐다보다 가회에게 물었다.

"짝사랑이었소?"

가회가 고개를 끄덕였다.

"참 이상하오. 아씨 같은 사람을 못 본척하고 아무런 감정이 없었다는 게 믿어지지 않으오."

"이상 할 것 없소. 그 사람은 독립군이었고 나는……. 우리 집은 일제에 아부하여 재산을 늘린 집안이었으니."

"뭐야?"

홍이가 주먹을 불끈 쥐고 가회를 노려보았다. 다례는 홍이의 손을 잡으며 눈짓을 했다.

"다 지난 일이오. 왜 돌이켜 생각을 하시오. 그러면 언니만 상할 뿐이오."

"죄인이지요. 그걸 죄라는 것을 알았다면 두 번째 만났을 때 무릎을 끓고 빌었을 텐데."

"그 때가 너를 기억 하지도 못했다는 거 아니야? 그럼 빌어도 소용없지."

"그러게 말이예요. 내가 가회라고 했을 때 한참을 생각하다 오리를 준 아이가 아니냐고 묻더군요. 어렸을 적에……. 그 사람의 할아바이가 의원이었소. 평북에서 아주 유명한 명의라서 우리 집에 가끔 오곤 했소. 우리 할아바이가 유난을 떨던 양반이라. 함께 오곤 했는데. 그 때부터 그 사람을 좋아했소."

"그 사람 할아바이가 의원이었소?"

가회는 고개를 끄덕였다. 다례는 가회가 말한 그 사람이 혹시 인산을 말하는 게 아닌가 싶었다.

"그 사람은."

가회가 씁쓸하게 웃었다.

"세 번째 만난 것이 이곳이었소. 나는 아이를 살려달라고 했고, 그 사람은 냉정했소. 아이는 못 살린다고 했고 나를 경멸했소. 내가 아이를 죽게 만들었기 때문이오."

다례는 가회의 말에 경악했다.

"놀랄 일이지요. 어미가 자식을 죽게 했다니."

그러나 다례는 고개를 흔들었다.

"운룡 오라바이요."

가회가 고개를 천천히 돌려 다례를 바라보았다.

"운룡 오라바이요. 열여섯에 독립군이 되어 사방을 다니며 사람을 살리고, 내 목숨도 살린 그 분이오."

가회가 눈을 감았다. 홍이 역시 입을 막으며 두 사람을 번갈아 바라보았다.

"뭐야. 그러니까. 가회 머릿속의 그 사랑이 다례가 평생 못 잊는다는 그 사람인거야?"

세 사람은 잠시 침묵에 빠졌다. 그러다 가회가 먼저 작은 소리로 웃었다. 다례 역시 눈가에 눈물을 닦으며 웃음을 터뜨렸다. 그들이 울면서 웃음을 터뜨리자 홍이는 긴 한숨을 내쉬었다.

"너희들 미친 건 아니지?"

가회와 다례는 서로 손을 저어대며 웃음을 터뜨렸다. 홍이도 그들을 바라보다 웃음이 나왔다. 셋은 한참을 그렇게 웃어댔다. 가회는 별안간 다례를 안으며 서럽게 울어댔다. 다례 역시 가회의 등을 토닥거리며 눈물을 흘렸다.

"나를 기억하고 있지요? 그렇지요?"

다례가 가회를 바라보았다. 가회는 눈을 감은 채 고개를 끄덕였다.

"그래요. 이런 꼴이 부끄러워서 모른다고 했소. 미안하오."

다례가 고개를 저어댔다.

"완전 형님 동생 꼴 났구나."

홍이는 그들을 바라보며 하품을 했지만 사실은 눈물이 난 것을 숨기기 위한 것이었다. 세 사람은 그날 새벽이 되도록 오랜 담소를 나누었다. 가게 문 유리창에 비춰진 그들의 모습은 오랜 친구가 만난 것처럼 행복해 보였다.

며칠 후 다례가 숨이 넘어가도록 가회의 존재에 대한 기쁨에 전화통을 붙잡고 울음을 터뜨렸을 때 인산은 희미한 웃음을 지었다. 인산은 다례에게 가회의 이야기를 들으며 사람의 연은 참으로 알 수 없는 것이라 생각했다.

-그래, 그 때 너를 보듬어 준 여인이 가회였구나. 가회는 분명히 따듯한 심성을 가진 아이였다. 그러나 세상은 참 서글프다.

"창이자(蒼耳子)를 쓰면 된다. 주로 피부병이나 치통 비염에 쓰는데 차처럼 마시면 알코올 중독을 고칠 수 있다. 알이 찬 씨앗 백 한 개를 연한 불에 볶아서 물에 넣고 여섯 시간 달여서 그 물을 수시로 차처럼 마시고. 씁쓸한 맛이 날 텐데 감초 대추 밤을 넣으면 은은하고 단 맛이 난다. 하루에 세잔 씩 마시면 술독이 풀리면서 오래 마시면 구역질이 나 술을 끊게 한다. 북어국은 말 할 것도 없이 좋고."

"예, 고마워요. 오라바이. 건강하시지요?"

"아, 시끄럽다. 요금 많이 나오니까 끊어라."

"그래도 한 시간이나 넘게 기다려서 통화 한 거야요. 아깝다면 이게 아깝지 전화비가 아깝겠소. 내 고마운 표시로 생선 한 보따리 보내게 주소나 알려주시오. 보시라요, 내가 이렇게 오라바이 덕에 똑똑한 여성이 되었소. 지금 내가 받아 적는 글을 보고 동네 어르신들이 박수를 치고 있소."

다례의 자신감 넘치는 낭랑한 목소리에 인산이 웃음을 터뜨렸다.

■　　■　　■

"거기서 망 좀 던져주게."

인산이 김가에게 손짓했다. 김가는 기왓장을 나르다 말고 옆에 있는 망을 들어 인산에게 건네주었다.
"아이구 끔찍해라. 내가 다시는 뱀을 잡아 먹나 봐라."
"하하."
인산이 파 놓은 구덩이 안에는 죽은 독사 대여섯 마리와 구렁이 서너 마리가 있었다. 그것을 잡아 배를 가른 후 그 속에서 쉬가 올라오게 하는 중이었다.
"아이고. 그 징그러운 작업은 언제쯤 끝낼 텐가? 한바탕 했으면 됐지 또 해? 저기 저 대머리 되서 돌아다니는 닭들 좀 보게. 칠면조도 아니고 대머리가 되어서 흉악스러워 죽을 노릇이야."
"그래도 폐병 환자한테 먹여봐라. 딱 두 번만 고아 먹으면 거뜬하게 일어날 테니."
"나 같으면 안 먹을 테야."
사실 인산 역시 그것을 보기에 역겨웠다.
"그래도 어쩌겠나. 약으로 만들려면 필요한데."
"그건 뭐에 좋은데?"
"이건 오형의 혈액형 가진 사람들한테 좋지. 오형은 열이 많으니까 쑥뜸을 오래 뜨지 못하거든."
"나는 무슨 소린지 하나도 모르겠다."
"하여간 바쁘다, 바빠. 조금 후에 친구가 부산서 오는데 그 친구한테 보일거야."
"그 친구도 기절하겠구만."
잠시 후 이문도가 양손에 보따리를 들고 마당에 들어섰다.

"나 왔네."
"어라, 어찌 여기까지 왔나? 왜 이리 일찍 도착한 거야?"
"어차피 움직일 것 밤에 이쪽으로 간다는 사람 차에 올라탔지. 그리고 이것 받게."
"이건 뭔가."
"아주머니가 찬 좀 보내주었어."
"다례가?"
"요즘 국밥집이 잘 되는 모양이야."
"그거 다행이구나."
"여기저기서 국밥집이 생겼긴 한데 그 집에 사람이 북적인다."
"아주바이는?"
"잘 계신다. 염려 말아라."
"아, 김가야. 이 친구가 이문도라는 친구다."
"올라오느라 고생 했소. 어서 가서 저 징그러운 것들이나 보시오."
그가 손사래를 치며 고개를 저어댔다.

"여기다."
이문도는 인산이 가리키는 곳을 내려다보았다.
"이크."
이문도가 코를 감싸 쥐며 인상을 썼다.
"거 보면 아무도 먹지 않게 생겼다."
"닭들은 먹지. 하하."
그 때 뒷마당에 있던 닭들이 이문도 앞으로 하나 둘 씩 나왔다.

이문도는 닭들의 모양새에 입을 떡 벌리고 바라보았다.

"저게 뭔가? 무슨 새야?"

"닭이다. 저놈들한테 독사에서 나온 구더기를 먹였어. 약성이 아주 좋다."

"환자에게 먹여 본 일 있어?"

"있지. 광부한테 먹인 적이 있는데 한 번 먹고 일어났어."

"거참 효과가 금방 나는 구나."

"지금은 그래도 앞으로 공해독이 심각해지면 세 번은 먹어야 할 것이다. 독을 직접 쓰던 때랑은 달라. 내가 어렸을 때는 폐병 환자를 까치독사한테 물려 낫게 한 적이 있거든. 그런데 요즘은 공해 때문에 위험해졌다. 그러니 간접으로 먹는 방법이다. 동물에게 먹여 내성을 기른 후 그 성분이 축척되어있는 간을 먹이는 편이 훨씬 안전해."

인산은 그 말을 끝으로 물끄러미 털 빠진 닭들을 바라보았다.

"저러고 보면 참 불쌍하다. 흉측한 꼴이 되어서 잡혀 먹고."

"하여간 자네는……. 여전히 명복을 빌어주며 잡나?"

"이쪽으로 와봐. 내가 보여줄 것이 있어."

이문도는 인산을 따라 뒷마당에 갔다. 허름하지만 단단하게 지어진 창고가 보였다.

"여기가 자네 연구실인가?"

"거창하게 무슨 연구실……. 들어오게."

문을 열어보니 여느 부엌과 다를 바 없게 생긴 구조물이 나왔다.

"이거 봐라. 여기서 오핵단(五核丹)이라는 것을 만들었다."

"오핵단은 뭔데?"

"오리 돼지 개 닭 염소에 약성을 합성해서 만든 것이다. 그 다섯 가지 동물의 호흡활동을 이용해서 공간 색소 중에 섞여 있는 약성분의 핵만 합성해서 알약을 만든다는 말이야."

이문도는 인산을 멀뚱하니 바라보았다. 인산을 만난 지 이십 년이 다 되어가지만 그는 아직도 알 수 없는 말을 한다.

"약성이 강한 동물들이 숨을 쉰다고 그 성분이 흡수가 될까?"

"난 그것을 아주 어렸을 때 알아냈어. 좋은 땅에서 나는 산삼. 그 기운이 공중을 떠다니다 비가 오면 땅에 떨어지고 흡수하고 또 올라가서 공기 중에 흩어져 있고. 그 공기만 많이 마셔도 병이 나지 않을 거다. 우리 땅 공간 색소 중에 산삼(山蔘)분자 부자(附子)분자 등 각종 약분자들이 얼마나 많은 줄 아나? 꼭 해보고 싶었던 실험이었는데 당시는 식민지라서 꿈도 못 꿨어. 광복 직후에 한 번 만들어 보았다가 이번에 본격적으로 만들기 시작했다."

인산은 나무 상자 안에서 작고 동그란 모양의 환을 꺼내어 이문도에게 보였다.

"지금 한의원에 폐암하고 간암 환자 누워있지?"

"응."

"요걸 갖다 먹여봐라."

"이걸 그 환자한테 먹이라는 말인가?"

"봐라. 이제 별 놈의 암이 다 생길 테니. 전쟁에 차에서 나오는 화공독에. 예전에는 내가 난반이라는 걸 만들어서 위암을 구역질하게 해서 고쳤는데 이제는 그게 듣지 않아. 공해독 때문이야. 그래서 이걸 만들어 보았어. 요게 강한 해독을 하는 동물들의 간으로 만든 거다. 이게 체내에 들어가서 먼저 원기(元氣)를 북돋아주고 혈액 속에 타고 들어가는 병균을 잡아내는 거야. 암을 잡아낸다고."

"암이 혈액을 타고 가나? 암은 피부 장기에 자리 잡아 점점 번지는 것이 아닌가."

"그건 양놈들 얘기지. 내 생각으로는 결국은 혈액을 타고 들어가서 어느 장기에 자리를 잡아 퍼지는 거다. 그러니까 암은 혈액을 타고 들어가는 독이라는 말이야. 그게 전이 된다 뭐다 하지만 피가 몸에서 돌고 도니 여기 있던 것을 없애면 그게 다시 다른 곳으로 돌다가 자리를 잡는 거야."

"이걸 만드는데 얼마의 시간이 들어가는데?"

"새끼 때부터 데리고 와서 키우고 합성하는데 삼년 걸린다."

"허, 그럼 당장에 필요한 사람은 기다려야 하는 구나."

"그러니 미리미리 만들어 놔야지."

"삼년간 먹이 주는 비용도 만만치 않을 텐데."

"하지만 그 약성이 최고가 되었을 때 써야하니 어쩔 수 없어."

"그럼 이걸 판다 해도 그 값은 엄청 날 것 아닌가."

"길렀을 때 들어간 금액만 받으면 되지. 그래야 다음 놈들을 준비시킬 수 있으니까."

이문도는 걱정스러운 표정으로 인산을 바라보았다.

"자네는 언제까지 그렇게 밑지는 일만 계속 할 텐가. 이제 아이도 생겼으면 가산에 보탬이 되는 일을 해야 하지 않나?"

"이런. 아, 함지박 깎고 약초 캐고 훈장 노릇 하면서 벌고 있잖아. 당장에 굶어 죽는 일 없으니 염려 말아."

"그러지 말고 다시 돌아오게. 응? 부산이 싫다면 서울로 가든 어디로 가든 같이 일을 해보잔 말이야."

"이 사람아. 나는 이런 것을 위해 태어난 사람이야. 누가 이런 미친 짓을 한단 말이야? 한의원에서 닭 돼지 기르고 뱀 썩히고 있으면 퍽도 좋은 소리 듣겠다. 그러니 아무 말 하지 말아."

"농장 하나 만들면 되지 그게 별거야?"

"됐어. 난 이게 편해."

이문도는 그의 고집을 꺾을 재간이 없다는 것을 알기에 입을 굳게 다물었다.

"꼭 먹여보고 결과를 말해주게. 난 요 며칠 전에 폐암 환자한테 먹여봤는데 기가 멕히게 잘 들었어. 병이 나았단 말이야."

"초기에 먹였나?"

"하여간 낫는다. 가져 가봐."

이문도는 나무 상자 안의 환을 다시 들여다보았다.

"인간과 약은 뿌리가 같다. 다 같이 색소의 합성물이고 살아서나 죽어서나 같이 이 공간에 있게 된다는 말이야."

인산은 이문도의 얼굴을 쳐다보았다. 여전히 그는 이해를 못하는 표정으로 인산과 오핵단을 번갈아 보고 있었다.

"우주간의 영묘한 약의 원리를 수용하고 이해하란 말이야."

"그러니까 자네는 늘 하던 말대로 이 땅이 온통 약성분이 가득하다. 그러니까 그것을 묶어 놓아 약으로 만들어야 하는 것인데 이렇게 강한 해독성을 지닌 간을 가지고 있는 동물에게 먹여 그것을 사람이 먹는다는 말이잖아."

"그렇지."

"그럼 결국 단백질 덩어리 밖에 뭐가 더 있을까?"

"공기가 보이나? 그러니 그렇게 밖에 보일 수 없지. 하지만 그걸 먹여봐. 죽을 사람이 살아난단 말이다. 그게 약분자를 먹었다는 증거야. 다시 말해서 대기 중에 있는 이 에너지를 활용해서 질병에 위축되어 있던 기운에 활력을 넣는 것이다. 아주 빠른 속도로 사람의 건강을 회복시켜주는 약이 이 오핵단(五核丹)이라는 거야. 그러니 초기건 말기건 암에 잘 듣는다는 것이지. 우주의 생기(生氣) 에너지를 농축시켜서 먹이는 것인데."

"그러한 기계를 만들어 내는 것은 어떤가."

"글쎄. 공간 색소 중에서 약분자를 합성 시킬 기계를 만들 수나 있나 모르겠다. 차라리 이 동물들이 초정밀 기계라고 할 수 있지. 어찌나 정밀한지 사람은 몇 백년가도 그와 같은 걸 만들 수 없을 거야. 풀빵 찍어내듯 만들어 외형상은 그렇게 보일지는 몰라도 그 신경 순환기 어느 하나 흠잡을 때 없이 완벽한 게 생물의 몸이다. 그 다섯 가지 동물의 몸에서 이것을 만들어 낸 거야."

"그 동물들에게 무엇을 먹여야 하나."

"인삼, 부자, 옻 등을 먹여서 폐의 기능을 최대로 키우는 거야. 공기를 잘 흡수 할 수 있도록 말이다. 예로 개한테 인삼을 먹이고 돼지한테는 부자를 먹이고 염소한테는 음양곽을 먹이고 그렇게 먹이면 생약 속에 있는 독성을 제거하면서 공간 색소계의 산삼분자 부자분자 음양곽 분자들을 그 몸에 비축을 하게 되는 것이야. 영약(靈藥)이란 말이야."

"솔직히 나는 좀 이해가 안 간다. 섭섭하게 생각하지 말게. 자네와 같은 머리를 갖지 못한 나로서는 어쩔 수 없는 것이니까. 하지만 난 이걸 그 환자들한테 먹일 것이야. 그건 자네를 믿기 때문이야. 내가 그 원리를 이해 못 하는 것과 자네를 믿지 못하는 것과는 다르다는 것을 알아주게."

"미친 놈 소리 들으면서 반평생 넘게 살아왔어. 그런 거 마음에 두었다면 이렇게 하지도 않았겠지. 그저 죽을 사람만 살릴 수 있다면 난 그걸로 족해. 그러니 꼭 먹여봐."

이문도는 나무상자를 감싸 쥔 채 인산을 바라보았다.

"그래, 이걸 여기서 만들어 본 건가?"

"그래. 그런데 여기는 보다시피 아무런 시설도 갖추지 못했어. 뭔가를 만들어 내기에는 열악한 조건이지. 하지만 시설이 훌륭하게 갖춘 상태에서 한다면 더 좋은 방법이 있을 거야."

인산이 주변을 둘러보며 입을 열었다.

"이걸 만들려면 일단 토종이어야 해. 그리고 각 동물의 특성대로 그 약재가 달라지지. 예로 흑염소 같은 경우는 매년 음력 오월오일 이전에 따서 말린 음양곽 백 근이 필요해. 그중에서 삼십 근을 분말해서 알코올로 그 원액을 뽑아내야 해."

"그걸 여기서 했단 말인가."

"그럼 어디서 했겠나."

"그만한 돈은 또 어디서 충당을 했나. 흑염소 뿐이 아니고 여러 동물들한테 들어가는 것도 만만치 않을 텐데."

"글 공부 시키고 함지박 깎고 막노동에 안 해 본 거 없다."

"아, 그럼 나한테라도 연락을 했어야지."

이문도가 갑자기 소리를 버럭 질렀다.

"시끄러워. 하여간 돼지는 너무 큰놈도 작은 놈도 안 되고 오십 근 정도 되는 중간 놈이 제일 낫더라. 그게 제일 효과가 좋았어."

"돼지에게는 무얼 먹이나."

"부자. 생부자를 잘게 썰어서 삼일 간 담가 놓으면서 매일매일 한 번씩 물을 갈아주는 거야. 그게 삼일. 생부자, 유황 이십 근 그리고 인삼 열 근. 마른 옻 껍질 서른 근. 그렇게 일 년간 먹이는 거지. 누렁개한테는 부자랑 옻 껍질 빼고 보리밥에 먹이고."

"저 닭은. 닭은 저런 방법으로 먹이나?"

"인삼도 먹이고. 그런데 독사는 입추가 지난 후에 걸 잡아다 먹여야 해. 안 그러면 독이 한참 올라서 죽는 수가 있어."

"그런데 생부자를 쓰면 그게 독 때문에 동물들이 견뎌 내나?"

"돼지는 견뎌. 그런데 오리는 아니거든. 오리한테 먹일 경우는 동해산 마른 북어 두 마리에 초오 한 근을 넣고 독성을 제거해야 해. 그거 나오면 인삼 세 근, 마른 옻 껍질 세 근, 유황세 근, 그렇게 갈아서 보리밥에 먹이는 거야."

"그럼 이건 그 동물들의 어디에 해당되는 것인데?"

"간(肝)이지. 사육이 다 끝나면 간만 떼 내어 시루에 푹 쪄. 그리고 잘 말려서 가루를 내지. 그걸 토종꿀에 반죽해서 요 하나의 무게에 두 돈 중씩 되도록 알약을 만들어."

"그럼 이게 어느 병이건 다 듣는단 말이지?"

"그 부위별로 섞는 비율은 좀 다르다. 간암 신장암 당뇨 중풍에는 염소 간을 위주로 만들고 폐암 기관지 결핵은 개간을 위주로 해서 다른 것 보다 반 정도 더 넣는 거야. 닭과 오리의 간은 그 중에서 팔분지 이를 넣는 것이고."

인산의 말에 이문도는 다시 나무 상자를 열어보았다.

"그럼 이건 개의 간을 위주로 한 것이구나. 폐암에 쓸 약재이니."

"그렇지."

"그럼 그 나머지는 어떻게 쓰나."

"간이 최상품이야. 그 다음 내장들은 중품이고 뼈와 고기는 하품. 그걸 실험해 봤는데 정말 현저하게 차이가 난다. 그래서 하품은 초기에 쓰고 중품은 중기 그리고 말기 때 손을 쓸 수 없을 정도로 상한 사람한테 요 상품을 먹이면 된다. 그러니 어느 하나 버릴 것 없는 것이 이 오핵단이야."

인산은 밖으로 나가며 이문도를 돌아보았다.

"그런데 그거 말고 다른 것도 만들어 볼 거다."

"어떤 걸?"

"그 오핵단을 위해 만들어진 각각의 동물 간에 다른 약재들을 넣는 거지. 그러니까 염소 간에 백단향 자단향 생강 죽염을 넣고 만들면 당뇨 고혈압 중풍에 좋거든. 또 닭은 관절 신경통 척수 기관지고 뭐고 다 좋고. 내가 그걸 서른 살 정도 된 남자한테 먹여봤는데 병이 싹 나았다. 폐암에 잘 들어. 또 오리 간은 신경통하고 신장 질환에 좋고."

"이미 다 실험을 했단 말인가?"

"그렇지. 부산에서 관절염 방광병 환자한테 유황오리 간을 먹였어.

환으로 빚어서."
"어, 그래. 그 사람 생각난다. 일어서지도 못하던 환자 하나가 낫지."
이문도가 다시 환약을 쳐다보았다.
"그 사람한테 오리 간을 환으로 만든 것을 먹여 보게나."
"그래. 내가 꼭 먹이고 그 사람 살았다는 소식을 전해주겠네."

제 3 장

"당신은 살고 싶은 사람은 살려주고
의지가 없는 사람은 고쳐주기는커녕 맥 한번 안 봐준다면서요."
"그렇다."
"나는 더 살고 싶지 않아요. 이 세상에 별 미련이 없어요."
"아이를 안고 무슨 말을 그리 하는 거냐."
영옥은 다시 인산을 바라보았다.
"……힘들었어요, 너무."
인산은 하늘이 무너져 내리는 듯 했다.

"일어나라 학교 가야지."

영옥의 말에 아이들은 이불을 돌돌 말며 움츠렸다.

"너무 추워요."

좁은 단칸방에 줄줄이 누워있는 아이들이 서로 이불을 잡아당기며 몸을 비틀어댔다.

"일어나라."

"가기 싫어요."

아들의 말에 인산은 그들을 돌아보았다.

"춥다고 학교를 안갈 테냐. 어서 일어나."

인산의 목소리에 아이들은 잠이 깨버렸다. 며칠 간 안보이던 아버지가 갑자기 집에 계신 것이다. 보고 싶던 아버지의 음성을 듣자니 반가웠지만 앞으로 물동이를 지고 잔심부름을 해야 할 상황에 한숨부터 나왔다. 이 십리 길을 걸어 학교로 가고 자정이면 약수터로 물을 길러 가야하는 생활이 다시 시작인 것이다.

"일어나자."

첫째가 입을 열자 둘째는 이불 사이로 눈을 내밀었다.

작년에 태어난 셋째는 이불에 누워 두 형을 쳐다보았다.

"네 팔자가 제일 좋구나."

첫째가 일어나 눈을 비비며 말했다. 인산은 아이들을 깨우느라 부산을 떨던 영옥의 음성이 들리지 않자 방에서 일어났다.

"어딨소?"

그러나 영옥은 대답이 없었다. 인산은 불안한 마음으로 부엌으로 다가갔다. 영옥은 부뚜막 앞에서 배를 움켜쥐고 동그랗게 누워있었다.

"영옥아!"

인산이 서둘러 영옥을 안아 세웠다. 이마에는 땀이 흥건했다. 요사이 복통은 좀 더 잦아졌다.

"……꼼짝을 못하겠어요."

"들어가자."

인산은 영옥을 안아 방으로 들어왔다. 아이들은 놀란 눈으로 그들을 쳐다보았다.

"너희들은 밥 먹고 빨리 학교 가거라."

"어머니는요?"

"엄마는 괜찮으니 어서 밥 먹고 학교가라."

영옥의 말에도 아이들은 한동안 자리에서 움직이지 않았다.

"학교 늦는다. 어서 가야지."

"네."

아이들은 얼음같이 차가운 물에 고양이 세수하듯 닦고 수북이 쌓인 보리밥을 폈다. 입에서 뱅뱅 도는 보리쌀은 넘어갈 생각을 하지 않는다. 그러나 그것은 보리밥 때문이 아니라 누워있는 어머니의 모습 때문이었다. 영옥은 아이들과 눈이 마주치자 고개를 희미하게 끄덕해 보였다. 인산은 아내의 손을 잡고 있다가 아이들을 돌아보았다. 아버지와 눈이 마주치자 그들은 서둘러 입에 보리밥을 넣었다. 별안간 콧등이 시큰해졌다. 요사이 어머니가 많이 힘들어한다.

"그 때 그네 뛰지 말라고 했을 때 말을 들을 걸 그랬나 봐요."

"누가 그네 줄에 톱질을 한 걸 알았나."

"……그래도 떨어지기 전까지는 좋았어요."

영옥은 희미하게 웃었다.

"그네 또 뛰려면 병이 나아야 하니까 쑥뜸 한 번만 뜨자. 응?"

영옥은 인산을 가만히 바라보더니 고개를 저어댔다.

"그네도 싫고 뜸도 싫어요."

영옥은 첫째 아이로 얻었던 딸 부남(富男)을 네 살 되던 해에 잃고 그 이듬해인 1952년 초가을 두 번째 아이 윤우(侖禹)를 공주 마곡사 건너편 지와막에서 얻었는데 그가 큰 아들이다. 그 뒤 계룡산으로 거처를 옮겨 논산(論山)군 상월(上月)면 상도(上道)리 도화(桃花)동 감나무골 용화사(龍華寺) 옛터에 임시로 지어진 정두채씨의 초가(草家)에 곁방살이로 들어가 살면서 1955년 여름 세 번째 아이를 얻게 되는데 그가 둘째 아들 윤세(侖世)이다. 영옥은 이곳에 살 때 고향인 평안북도 구성군 천마면에서 틈만 나면 그네를 즐겨 타던 시절을 회상하며 그네를 타곤 했다. 그런데 하루는 어찌된 일인지 그네를 매단 밧줄의 상단 부분이 톱으로 반 쯤 쓸려 있었는데 그런 사실을 까마득히 모른 채 그네를 타고 하늘 높이 솟았다가 줄이 끊어지면서 떨어져 하마터면 목숨을 잃을 뻔한 중상을 입었다. 그 때 장 파열이 심해 인산은 응급처치를 하고 어혈(瘀血) 푸는 약을 써서 가까스로 목숨은 구했으나 뱃속에 차 있는 죽은피와 고름의 뿌리는 남아 있었기에 인산은 영옥에게 뒷날 반드시 쑥뜸을 떠야만 덧나는 것을 막을 수 있다고 누누이 강조한 바 있었다. 뒷날 그 후유증이 나타나면 목숨을 잃기 십상이기 때문이었다.

이후 영옥은 1959년 초여름에 넷째 아이(삼남 侖壽)를 낳았고 이 무렵 그네 낙상을 입었을 당시 아물었던 상처가 다시 도져 출산 이후 1년여 기간을 심한 복통에 시달려온 것이다.

"미안해요. 당신께는 정말 미안해요. 그러나 이제 이 세상이 싫어졌어요. 쑥뜸은 사양하겠어요. 당신과 아이들에게는 참으로, 참으로 미안하지만 저는 하루 속히 이 세상을 떠나고 싶답니다. 이 세상이 어떤 세상인지 당신도 잘 아시잖아요? ……쑥뜸을 뜨고 더 산다는 것, 정말 안하럽니다."

인산을 바라보며 영옥이 다시 말했다.

"다녀오겠습니다."

아이들이 그들의 눈치를 보다 줄줄이 일어났다. 서로 손을 잡은 채 그들은 한동안 어머니를 쳐다보았다.

"다녀 오거라."

인산이 말했다.

"그런데 아버지."
"응."
"오늘도 재넘어 가서 물 떠와야 해요?"
"그래."
두 아이는 동시에 '아유' 하는 표정으로 바닥에 시선을 떨어뜨렸다.
"오늘은 어머니를 위해서다."
인산이 한결 부드러운 목소리로 아이들을 바라보았다.
"그럼 시키지 말아요. 날도 춥고. 아이들 고생시키면서 내 몸 돌보기 싫어요."
"이 사람아. 당신 몸이 건강해야 앞으로 아이들도 편할 것 아니야."
"맞아요, 어머니. 걱정 마세요. 오늘은 발에 날개 달고 다녀올 테니."
아이들이 한꺼번에 방을 빠져나가자 별안간 방안에는 적막이 흘렀다. 옹알이를 하던 막내는 입에 주먹을 넣고 발을 허공에 흔들어댔다. 인산은 그 작은 발을 가만히 바라보더니 쓰다듬었다.
"땡땡 얼었구나."
"이 아이는 당신을 닮았는지 덮어 놓으면 걷어내고 덮어내면 또 걷어내요."
"하하."
인산이 간만에 소리 내어 웃었다.
"쑥뜸 한 번만 더 뜨자. 응?"
그가 다시 아내의 눈을 바라보았다. 그러나 영옥은 고개를 저었다.
"너 그러다 죽기라도 하면 어쩌려고 그러냐!"
별안간 인산이 호통을 쳤다. 그 소리에 아이는 깜짝 놀라 인산을 바라보다 이내 울음을 터뜨렸다.
"아이가 놀라잖아요."
영옥은 품에 누워있던 아이를 토닥이며 끌어안았다. 그녀는 아들을 품에 안은 채 인산의 눈을 가만히 바라보았다.
"당신은."
영옥이 잠시 숨을 내쉬었다.
"그래."
"당신은 살고 싶은 사람은 살려주고 의지가 없는 사람은 고쳐주기는 커녕 맥 한번 안 봐주는 분이잖아요."
"그렇다."
"나는 더 살고 싶지 않아요. 이 세상에 아무런 미련이 없어요."
"아이를 안고 무슨 말을 그리 하는 거냐."
영옥은 다시 인산을 바라보았다.
"……힘들었어요. 너무."
인산은 하늘이 무너져 내리는 듯 했다.
-힘들었어요. 너무.
가녀린 목소리로 속삭이듯 말했건만 그것은 거다란 울림으로 인산의 귓전에 한동안 머물렀다. 인산은 도망치듯 방에서 나왔다.
-힘들지 않았다면 거짓말이겠지. 왜 안 힘들었겠어. 나 같은 사람을 서방이라 모시면서 가슴앓이 하느라 싫은 소리 한 번 안하고.
인산은 목이 메여왔다. 방에서는 아이한테 자장가를 나지막이 불러주는 아내의 목소리가 들렸다.
-그 사랑하는 아이들을 더 이상 못 보는 것을 알면서도……. 그것

을 포기 할 만큼 세상을 살기가 힘든 것이냐……. 저 세상이 차라리 편하니까. 여기서 이렇게 사는 것 보다. 그런 거냐, 영옥아.

그는 얼굴을 가리고 쪽마루에 앉아 어깨를 들먹였다.

-불평 한 마디 안 하던 네가 나에게 내리는 형벌은 세상을 뜨는 것밖에 없는 것이냐. 그래, 나는 네 앞에서는 완전한 죄인일 수밖에 없다. 미안하다.

그가 눈물로 범벅이 된 얼굴을 들었다. 손마디 사이로 반짝이는 눈물이 말라갔다.

"보소"

낡은 쪽문 사이로 중년의 여인의 목소리가 흘러나왔다. 인산이 자리에서 일어나 문을 열자 곱게 차려입은 귀부인이 서 있었다.

"무슨 일이오."

"처음 뵙겠습니더. 요 아래 사는 강씨 소개로 왔는데예. 와 있잖습니꺼. 얼라가 소아마비라 캤는데 뜯떠서 나은 사람 말입니더."

"아, 예."

"우리 아도 소아마빈데예, 강씨 얼라처럼 팔이 아이고 다립니더. 우째 좀 봐주실랍니꺼. 소문 듣고 이제 막 부산서 올라 왔심니더."

그녀는 두 손을 모으고 미간에 잔뜩 주름을 만든 채 인산을 바라보았다. 인산은 잠시 영옥이 누워있는 방을 돌아보았다.

"저는 괜찮아요. 다녀오세요."

중년의 여인은 방안에서 흘러나오는 영옥의 목소리에 그쪽을 흘낏 쳐다보았다. 그러나 인산은 우뚝 서서 아무 말도 하지 않았다. 영옥은 인산이 움직이는 소리가 나지 않자 몸을 천천히 일으켜 세워 방문을 열었다.
"저는 괜찮으니 어서 다녀오세요."
그녀는 자신의 목소리가 들리지 않았을 것이라 여겨 같은 말을 반복했다. 인산은 그런 영옥의 눈을 가만히 바라보았다.
"나는 괜찮아요. 정말이에요."
"아이고, 죄송합니더. 안주인이 편찮으신 가보네예."
"아니에요. 괜찮아요."
영옥은 다시 인산을 바라보았다.
"나는 당신이 그만 두는 것은 원하지 않아요."
인산은 잠시 바닥에 시선을 두더니 이내 한걸음 움직였다.
"갑시다."
"아, 그리고 이거예."
여인이 뒤에 두었던 보따리를 들어 쪽마루에 올려놓았다.
"이게 뭐요?"
"전복이라예."
"아니, 그 귀한 걸."
영옥이 탄식하듯 여인을 바라보았다.
"우리 아이 아버지는 이러면 성을 내는데……. 그냥 가져가세요."
그녀가 인산을 힐끔 올려보았다. 하지만 여인은 허리를 굽혔다.
"제발 받아 주이소. 보시다시피 먹고 사는 데는 지장 없습니더. 얼라 고치는 거라 카면 돈이고 뭐고 다 써도 안 아까웠습니더. 그러면 뭐캅니꺼. 돈도 소용 없어예. 안주인께서 편찮으시니 이걸로 죽이라도 끓여 드이소."

인산은 잠시 전복을 바라보았다. 그리고 그는 난생 처음으로 그것을 받아들였다. 영옥은 그 모습에 깜짝 놀랐다.

"고맙소."

"우째 일나 끓일 수나 있습니꺼? 손은 다 봐왔는데."

여인은 부엌을 한 번 둘러보았다. 하지만 이 집에는 쌀조차 없어 보였다.

"아이는 어디 있소?"

"차에 있어예. 그리고 인근 절에 자리도 잡아 놨습니더."

"그럼 갑시다."

인산이 문을 열자 여인은 그를 따라 나갔다. 그리고 영옥에게 눈인사를 했다. 또다시 적막이 흘렀다. 영옥은 아이를 바라보았다.

"저걸 어떻게 먹는 거니, 아가야."

영옥이 가만히 웃었다.

몇 분 후 쌀이 집에 배달되었다.

"이게 웬 거예요?"

"몰라요. 어떤 아줌마가 이 집으로 배달해 달라고 해서 왔어요."

영옥은 가슴이 아팠다. 괜한 소리를 한 것 같았다. 평소에 같으면 노발대발하며 뿌리쳤던 인산이 그녀의 힘들다는 말 한마디에 순순히 그것을 받아들였다는 사실에 죄를 지은 느낌이었다. 그 여인이 차에서 내려 쌀가게로 들어갔을 때의 남편의 모습이 머릿속에 그려졌다. 아무 말도 안하고 괴로운 심정으로 창 밖 아무 곳에 시선을 떨어뜨렸겠지.

영옥은 가슴을 쳤다. 그가 가진 소신 중 하나를 그녀 자신이 꺾었다는 죄책감에 그녀는 쌀가마를 그대로 부엌에 내버려두었다.
　자신을 더 이상 힘들지 않게 하기 위해 그 대가를 받았다는 사실에 영옥은 힘없이 자리에 누웠다. 속이 답답해지더니 눈물이 쏟아져 나왔다.
　-그러게. 내가 결국 그 분의 앞길을 막는 것 밖에 더 되겠나. 정말 더 이상 살고 싶지 않아.

　늦은 밤 집 앞에서 들리는 자동차 시동 소리가 들려왔다. 아이들은 이불 속에서 눈을 댕그랗게 뜨고 귀를 기울였다. 잠시 후 문이 열리는 소리가 났다.
　"아버지다!"
　큰 아들이 외치자 줄줄이 이불을 걷어 방문을 열었다.
　"안녕히 다녀오셨습니까."
　아이들은 합창을 하듯 인사했다. 인산은 아이들을 바라보며 고개를 끄덕거렸다. 그의 몸에는 쑥냄새가 묻어있었다.
　"그래. 아직도 안 잤냐."
　"자려고 했어요."
　"어머니는?"
　"아직 누워 계세요."
　인산은 고개를 끄덕이며 문간 바로 옆에 있는 부엌에서 물을 받아 씻기 시작했다.
　"오셨어요?"
　영옥이 일어나 앉은 채로 부엌을 내다보았다.

"응. 몸은?"

"괜찮아요."

"뭣 좀 먹었고?"

"예. 순덕이네가 전복죽 만들어 줬어요."

아이들은 저녁에 먹은 쌀밥을 생각하며 히죽 웃었다.

영옥은 인산의 뒷모습을 가만히 바라보다 방문을 닫았다. 오늘은 하루 종일 우울했다. 그나마 죽도 서너 숟가락 들고 남겨 놓았다. 배가 고파도 목구멍에서 넘어가지 않았다. 나머지는 옆에 누워있는 아들에게 조금씩 떠 먹였다. 영옥은 아이가 받아먹는 것을 보고서야 비로소 배가 불러왔다.

인산은 이삼일 간격으로 소아마비 아이를 고치러 다녔다. 그 사이 절에는 용한 의원이 나타났다는 말에 줄을 지어 그를 만나러 온 사람들이 즐비하게 늘어섰다. 그 중에는 간질병에 걸린 처녀 총각들도 있었고 눈먼 사람과 중풍환자가 있었는데 인산은 그러한 질병은 이미 오래전부터 고쳐왔던 것이라 틈이 나는 대로 그들을 돌봐주었다.

집안에 숨어있는 괴물처럼 꼼짝달싹 못하던 그들이 서서히 마을을 돌아다니고 그것을 목도한 사람들은 그 여부를 물었다.

"도대체 어떻게 된 거야? 순덕이네가 시집을 갈 준비한다는 거야?"

"그렇다니까 그러네. 그래서 허겁지겁 멀리 이사 간 거 아니야."

"아니 그 거품 물고 발광하던 애가 어떻게 병이 낫다는 말이야? 정말이야?"

"싹 나았대. 싹!"

"어떻게 한 건대? 아니 그런 병이 대체 어떻게 싹 나을 수가 있냐는 말이야."

"쑥뜸 떴다는데. 그런데 그거 뜨는 동안 아주 괴성을 지르고 난리도 그런 난리가 없었다더라."

"나도 뜸을 떠봤는데 왜 그랬지? 간질은 그런가?"

"거 우리가 알고 있는 뜸하고 다르다고 하던데. 우리는 그냥 쑥 기운을 쐬는 거 아니야. 쑥통에 올려놓고 말이야. 그런데 그걸 그냥 생살에 올린다잖아."

"직접 놓는다는 말이야?"

"그렇다네."

"세상에. 아니 그 뜨거운 걸 어떻게 견뎌?"

"그래도 병이 낫는다면 그것 못 할까."

"에구. 난 무서워. 그런 거라면 난 안할 것 같아."

"그래도 했으니 병이 낫지."

"소아마비도 나았으니 그게 효과가 있는 모양이야."

"난 못 믿겠어. 어떻게 그런 방법으로 사람이 낫나? 약을 먹든가 주사를 맞아야지."

절에서는 쑥 냄새가 그리고 사람들 사이에서는 인산에 대한 소문이 무성하게 장안으로 퍼져 나갔다.

인산은 밤늦게 마을에 들어섰다. 저 멀리 아이들이 서서 인산을 기다리고 있었다.

"아버지!"

그들은 인산을 보자 다급하게 달려왔다. 인산은 의아한 표정으로 아이들을 바라보며 다가갔고 불현듯 아내에게 무슨 일이 생겼다는 것을 감지했다.

-드디어 올 것이 왔구나.

인산은 고개를 들어 집을 바라보았다. 아이들은 인산의 옆에 서서 울음을 터뜨렸다.

"들어가자."

좁은 집에는 아이들의 외가 식구들이 영옥의 옆에서 그녀의 손을 잡고 있었다. 인산은 그들에게 인사를 하는 둥 마는 둥 하며 영옥의 옆에 앉았다. 무주 사는 올케는 눈물을 닦으며 앉은 채로 자리를 비켜 주었고 인산은 영옥의 이마에 맺힌 땀을 손으로 쓸어주었다. 인산은 겁이 덜컥 났다. 그의 환자들조차도 그의 목전에서 숨을 거둔 적은 없었다. 그런데 지금 그의 소중한 아내가 희미한 숨을 내쉬며 인산을 바라보고 있다. 꺼질 듯 꺼질 듯 하며 근근이 견뎌 내는 촛불처럼 그녀는 숨을 내쉴 때마다 인산의 가슴을 도려내었다. 영옥은 친정 식구들을 둘러보았다.

"우리 오라바이(張永鳳)가 보고 싶소."

"온다고 했어."

영옥의 친정 식구들은 코를 훌쩍이며 숨을 죽였다.

"우리 아이들."

영옥의 말에 어른들이 아이들에게 손짓을 했다. 발치에 있던 아이들이 영옥의 옆으로 자리를 옮겼다. 영옥은 아이들을 한 번씩 바라보더니 인산을 바라보았다.

"미안해요."

인산은 고개를 흔들며 영옥의 손을 잡았다. 그는 아무 말도 하지 않았다. 목구멍에 심한 종창이라도 생긴 듯 통증이 올라왔다. 인산은 고개를 숙이며 어깨를 들먹였다. 영옥은 다시 방 안을 둘러보았다. 그것은 이제 이 사람들을 마지막으로 기억하기 위한 의식처럼 눈이 마주치는 사람들 하나하나를 한동안 바라보았다. 그리고 길고 긴 한숨을 들이 마시더니 이내 더 이상 호흡을 하지 않았다. 사바세계의 깊디깊은 한을 간직한 채 붙들고 있던 세상의 모든 인연을 놓는 순간이었다.

"영옥아!"

사람들이 영옥에게 다가왔다. 그들 사이로 한숨 같은 영옥의 마지막 숨결이 퍼져나갔다.

"영옥아!"

인산은 다시 한 번 아내의 이름을 불렀다. 인산의 손에 잡힌 영옥의 손은 축 늘어져 있었다. 영옥을 따라다니던 죽음이 마침내 서른 두 살의 못다핀 꽃-그녀를 안고 가버렸다. 1960년 경자(경자)년 6월의 일이었다. 어제 내린 비로 삼봉산과 법화산이 만나 이룬 살구쟁이의 계곡물이 마냥 구슬픈 울음소리를 내며 흘러갔다.

"아이고! 아이고! 나이 삼십에 죽다니!"

친정 식구들이 목을 놓고 울음을 터뜨렸다. 아이들은 주먹을 쥔 채 눈물을 훔치며 소리 죽여 울었다.

"아이고, 고모부는 생면부지 사람들도 부지기수로 살리면서 어째 하나 밖에 없는 부인을 이렇게 허망하게 보내십니까?"
 인산은 돌아 앉아 가슴을 움켜쥐었다. 그는 오래전 친구들을 목전에서 잃었을 때 이후 처음으로 소리 내어 울기 시작했다.

 못 다 입고 못 다 먹고 세상 밖에 나간다.
 꽃이 지면 영 지느냐. 동지섣달 꽃 지었다. 춘삼월에 다시 핀다.
 이내 인생 한번 가면 움이 있나 싹이 있나.
 나는 간다. 이내 인생 한 번 가네.
 젖은 자리 마른자리 먹여서 길러 놨더니
 오늘날 너하고 나하고는 이별이다.
 뒷동산에 보이는 할미꽃은 늙으나 젊으나 꼬부라져서
 이내 인생 삼십도 못살아서 세상을 버렸다.
 원통하고 가련하다. 뼈는 썩어서 황토 흙이 되고
 살은 썩어서 물이 되고.
 이산저산 뻐꾹새는 울음 절로 나오고
 이내인생 한번 죽어서 뻐꾹새 우는 소리 못 듣는다.

 상여들의 곡소리 뒤로 힘없이 걷는 인산의 어깨가 유난히 쓸쓸해 보였다. 사방에는 인산 덕에 완쾌된 사람들이 행렬이 줄을 이었다. 그들은 인산의 처가 죽은 것을 제 탓으로 여기는지 가슴을 치며 곡을 했다. 그러나 어떤 이는 정작 아내의 병을 고치지 못했다며 혀를 차는 이들도 보였다. 인산은 그들이 하는 말을 뒤로하고 터덜터덜 걸었다. 그는 아내가 저승으로 간 것을 목도하며 비로소 자기는 이 세상에 혼자라는 것을 절감했다. 그의 손목에 단단히 묶여 있던 아내와의 연줄이 한순간 헐거워져 허공으로 날아가 버렸다. 그는 상여들 사이에서 하늘을 바라보았다. 머리 위로는 아무 것도 날아가지도, 보이지도 않았다. 그는 별안간 우뚝 멈춰서버렸다.

아내는 그네를 뛰며 이 아담한 하늘이 주는 행복을 느꼈을지는 몰라도 그가 바라본 하늘은 그저 광량한 허공일 뿐이었다. 그것이 더욱 그를 혼자라는 것을 각인시켜 주는 듯 했다. 세상천지에 온통 수많은 인파에 둘러싸여 있어도 그는 혼자일 뿐이다. 이제는 아무도 없다.

그는 장례 행렬에 뒤쳐진 상태로 한동안 그렇게 서있었다. 맨 뒤에서 따라오던 안 씨가 인산의 어깨를 가만히 다독였다. 따뜻한 손바닥이 대번에 안 씨임을 알아채고 그는 고개를 가만히 끄덕였다.

"기운 차려야지. 응?"

안 씨가 코를 벌름거렸다. 별안간 자욱한 먼지가 바람에 날려 사람들 모두가 눈을 감았다. 인산도 눈을 감았다. 모래가 섞인 눈물이 났다.

장례식 때부터 막내는 엄마를 찾으며 울어댔다. 그것이 안쓰러워 이 사람 저 사람이 막내를 안아 달래 주었지만 두 살 바기 아이에게는 엄마 만이 필요했다.

"어쩌누. 아이는 어리고 돌볼 사람은 없고 말이야."

아낙들이 몸부림치는 아이를 억지로 업으며 땀을 흘렸다.

"이웃에 도움을 청해야지 어쩌겠어."

"그럼 내가 아이를 봐줘야겠네. 이렇게라도 선생님 은혜를 갚아야지."

아낙들의 대화를 가만히 듣던 한 중년 남성이 대화에 끼어들었다. 그러나 아낙들은 돌아보며 손을 저어댔다.

"아니 댁도 홀아빈데 어찌 애를 봐주겠다고 하오?"

"우리 집 딸애가 있잖아. 제 동생들 다 건사하고 있는데 밥이나 끓여 주면 되지."

"걔도 고작 아홉 살인데."

"우리 땐 뭐 안 그랬나. 나도 네 살 된 누이가 키웠어. 우리 아이 숨넘어갔을 때 살려 주신 분이니 염려 말아."

그는 마루턱에 앉아 우두커니 하늘을 바라보던 인산에게 조심스레 다가갔다. 인산은 사람의 기척도 못 느끼는 듯 그가 코앞에 다가와 섰어도 그의 어깨 너머 하늘만 바라보았다.

"선생님."

인산이 눈동자만 굴려 그를 쳐다보았다.

"막내 말입니다."

"예."

"제 집에서 돌보겠습니다."

"예?"

"환자들 돌보려고 하면 신경이 많이 쓰일 텐데. 제가 잘 돌보겠습니다."

"하지만 안주인 없는 것도 힘들 텐데 어떻게 우리 아이까지 맡길 수 있겠소?"

"알아서 잘 키울 테니 염려 마세요."

인산은 그를 바라보며 생각에 잠겼다. 그의 집 형편은 인산보다 낫지만 그렇다고 넉넉한 집안은 아니다. 그렇다고 아이를 맡아주겠다고 나서는 사람들을 찾기는 힘들다.

"뭘 그리 오래 생각하십니까?"

그때 아낙들이 그들에게 다가왔다.

"정 뭐하면 우리들도 도울 테니 그렇게 하세요. 어차피 누군가는 아이를 돌봐야 하지 않겠어요?"

인산이 아낙의 등에 업힌 아들을 바라보았다. 아이는 어느새 잠이 들어있었다. 볼을 타고 내린 눈물자국이 선명하게 보였는데 그것을 보자 인산은 가슴이 찢어질 것만 같았다.

"아이고 무슨 대답이 필요하겠어요. 그렇게 하세요. 아이를 생각해서라도 그러는 편이 나을 테니까요."

어깨 너머로 잠든 아이 얼굴을 바라보던 아낙이 재촉했다.

■　　■　　■

"어찌 그리 연락도 안하고 지냈수? 탕약을 곱으로 지어줘야겠네."

간질병을 앓고 있던 처자가 한동안 탕약을 지러 오지 않던 차에 모녀가 방문하자 유 의원은 그들을 반겼다.

"그렇게 됐습니다. 다행이 이 아이의 병은 이미 다 나았고 앞으로도 괜찮아요."

"엥? 그 병이 다 나았다는 말이오?"

유 의원은 의심쩍어했다.

"예, 그래서 한동안 못 뵙다가 이 아이 아버지 보약이나 지어드리려고 왔습니다."

"어떻게 나았단 말이오? 그건 완치되기 힘든 병인데 말이오. 그것도 이년 만에 어떻게 다 나았소?"

"근방에 용한 의원이 있다고 해서 찾아갔지요. 소아마비 중풍병자도 다 낫게 해줬다는 말에 갔는데 정말 이렇게 완치 되었습니다."

"무슨 약을 썼소?"

"쑥뜸을 떴어요."

"뜸이야 한방에서도 하지요. 하지만 그것으로 간질을 완치하는 경우는 없는데. 어디에 두었소?"

"요기."

어머니가 처녀의 배꼽 주위를 가리켰다.

"선생님 앞에서는 괜찮으니 한 번 보여드려."

처녀는 반쯤 돌아앉아 블라우스를 살짝 들어 올렸다. 배꼽 주위에는 둥글고 시커먼 딱지가 앉아 있었는데 그것을 보자 유 의원은 기겁을 했다.

"아니 무슨 뜸을 그렇게 떴단 말이야? 그게 뜸인가? 아주 불로 지져 댔구만!"

유 의원이 호통을 쳤다.

"아니 세상에 사람을 이렇게 만들어 놓다니. 대체 어느 의원이 이렇게 한 거요?"

"그런데 낫잖아요."

"시집도 안간 여자 몸에 화상 자국을 만들어놓고 어떻게 살란 말이오."

"선생님. 그 끔찍한 병으로 평생을 살 바엔 차라리 온 몸이 이렇게 되는 것 택하겠어요."

"내가 가서 당장 고발 할 거요."

"선생님, 고발 할 게 뭐있어요. 우리한테 치료비를 받았어요, 아니면 애가 잘못 되기라도 했어요. 가서 엎드려 절을 해도 모자랄 판에 고발이라니요."

"몸이 이래서 어떻게 시집을 보낸다고 그래요?"

"선생님. 이 흉터 덕에 시집가게 생긴 건 생각 못하세요? 저는 평생 그렇게 살아야 할 운명이었잖아요. 그런데 그걸 바꿔준 분한테 고발이라니요."

"그 자가 있는 곳이 어디요?"

"선생님이 이렇게 나오는데 어떻게 그곳을 알려드리겠습니까. 그건 도리가 아니지요."

유 의원은 잠시 말을 끊었다.

"내가 만나보고 합당한 사람이라면 고발이고 뭐고 하지 않을 테니 말해주시오."

"난리 통에 부산 세진 한의원에서도 환자들을 돌보신 분이에요. 아무런 문제 없었고 또 거기서 얼마나 많은 불치병 환자들이 나았는데요. 그런 건 아무 문제 아니니까 그냥 그분을 놔두세요."

"세진 한의원?"

"하여간 선생님 성이 나시는 건 이해하는데 그분 지금 고발해서 잡아가면 수많은 환자들은 어떻게 하라고요. 그 추운 절 입구에서 날마다 줄을 서서 자기 순서를 기다리는 사람들이 부지기수랍니다."

"절이요? 아니 의원이라는 사람이 적도 없이 절에서 환자를 돌본다는 말이오?"

"거기가 쑥뜸 뜨기 좋으니까 그러지요. 솔잎으로 찜질도 시키는데 그만한 공간이 최적이지 뭐 집 지어놓고 건물 안에 있어야 한의원입니까?"

"듣자하니 제대로 배운 의원도 아닌 것 같은데 그런 사람은 아예 이 땅에 발도 못 붙이게 해야 한다고."

"그러지 마세요. 그럼 우리 입장은 어떻게 됩니까. 은혜를 원수로 갚는 것 밖에 더 되는 것 아니겠습니까."

"그렇게 의료시설도 갖춰두지 않은 채 떠돌이로 이사람 저사람 고쳐 놓으면 그건 결국 우리 한방에 종사하는 의원들한테 화살이 온단 말입니다. 더 크게 생각을 해야지요."

유 의원의 호통에 모녀는 서로의 손을 잡고 안절부절 했다.

"선생님, 제발 부탁이니 그러지 마세요. 예?"

그러나 유 의원은 손짓으로 그들에게 나가라는 시늉을 했다.

"이것은 더 많은 환자들을 보호하는 차원이오. 그러니 아무 말 하시 마시오."

"선생님. 그럼 지금 그분한테 치료를 받고 있는 사람들은 당장 어쩌라고 그러십니까. 좀 만나서 알아보시고 하세요. 생각해 보세요. 그분이 얼토당토않은 방법을 썼다면 부산에서 다른 의원님들이 같이 일을 하려고 했겠습니까?"

"그럼 그 한의원부터 알아봐야겠군."
"선생님!"
모녀는 유 의원에게 애원하다시피 매달려 보았지만 그는 그 다음 날 세진한의원에 가버렸다.

"계시오?"
맥을 보고 있던 김 의원은 문간에서 들리는 소리에 인상을 찌푸렸다. 유 의원은 김 의원의 대답도 필요 없다는 듯 문을 열고 곧장 그의 앞에 앉았다.
"서울에서 왔소. 여기 김일훈이라는 사람이 있소?"
"누구시오?"
"김일훈이라는 사람이 있냔 말이오."
"댁같이 무례한 사람에게 대답을 말라꼬 하노? 밖에는 뭐하노?"
김 의원은 그를 힐끔 바라보더니 밖을 보고 소리쳤다.
"송아! 니 우짤라꼬 환자 보고 있는데 사람을 들여 놓노?"
"서울에서 한의원하고 있는 사람이오. 그 사람에 대해 물어볼 말이 있소."
김 의원은 유 의원을 바라보았다. 겉보기에는 그리 교양이 없는 사람처럼 보이지 않아 더욱 괘씸해 보였다.
"김일훈이라는 사람이 의원 맞소?"
"맞소. 와 카는데요?"
"그 사람이 쑥뜸이라는 걸 뜨는데 생전 듣도 보도 못한 방법으로 내 환자의 몸을 엉망으로 만들었단 말이오."

"뭐라꼬? 그럼 환자가 잘못 된다는 말이오?"

유 의원은 입을 다물었다.

"몸에 상처가 났단 말이오."

"내는 또 뭐라꼬."

"몸에 화상자국이 났단 말이오."

"그래 병은 나았지요? 뭐시든 간에 병이 나았지요?"

유 의원은 또다시 입을 다물었다.

"그 의원은 우리 머리로는 이해를 못할 사람이니 알아볼 생각도 마오. 어지간한 머리로는 되도 안하오."

"선생도 그런 방법으로 뜸을 뜨고 있소?"

책상 맞은편에 앉은 환자가 그들의 눈치를 보고 있다가 김 의원을 바라보았다.

"선생님요. 조금 나가 있을까예?"

김 의원은 고개를 저어댔다.

"말라꼬? 할매도 김일훈 의원님 알지예?"

"하모예. 내 입 삐뚤어진 것도 낫게 했는데 으째 몰라예."

"그 의원님이 이상합디꺼?"

할머니는 유 의원을 바라보며 고개를 흔들었다.

"그 의원님처럼 좋은 사람도 드물어예. 마 죽을 병이 낫는다카는데 화상 자국이 뭐 그리 큰일이겠습니꺼. 그라고 그건 세월 지나면 없어지는긴데."

"보소, 유 의원님. 저짝 건넛방에 이의원이라고 있거든예. 그 사람도 눈에 불을 켜고 김 의원한테 덤비던 사람이었소. 그런데 자기 스

승처럼 모시고 있어예. 나이도 김 의원보다 많은데. 여기서 김 의원한테 병 고친 사람 나와보라 카믄 피난민들 절반은 손을 들깁니더. 괜한 시간 낭비 말고 직접 만나보소."

■　　　■　　　■

아내 영옥이 죽고 이년이 지나 인산은 주변인의 권유로 재혼을 했다.

그러나 새로 맞이한 아내는 고달픈 삶에 지쳐버려 불과 이년만인 1965년에 홀쩍 집을 떠나버렸다.

그도 그럴 것이 변변한 집은 커녕 월세조차 내지 못하고 보따리 들고 이집 저집을 떠돌아다니기를 부지기수로 해왔던 터이다.

"말이 좋아 의원이지 제대로 된 대우조차 받지 못하고 생활은 생활대로 궁핍하고 다리 뻗고 누워 있을 방 한 칸도 없잖아요. 나는 이대로 못살아요. 내가 아이들 뒤치다꺼리하며 살림하는데 아주 골병이 날 지경이오."

인산은 그녀의 말을 가만히 듣더니 고개를 끄덕였다.

졸지에 또다시 홀아비가 된 인산을 두고 주변인들은 걱정했다. 그들은 인산에게 아이들에게도 좋은 어머니감을 찾아보자 그를 설득했지만 인산은 고개를 저어댔다. 그는 환자들을 돌보는 대로 집에 서둘러 들어왔다. 하지만 장거리를 움직여야 할 때면 신경이 이만저만 쓰이는 것이 아니었다. 그러한 생활이 반복되어질 때 이웃에 사는 처녀 하나가 인산을 찾아왔다.

"제가 아이를 돌보고 있을게요."

김이라는 성을 가진 그 처녀는 그로부터 이년간 인산의 집에 오가며 아이들을 헌신적으로 돌보아 주었다. 아이들에게 어찌나 잘 해주던지 아이들은 김 씨를 잘 따랐고 보이지 않으면 대문 밖에 나가 기다리기까지 했다. 인산 역시 김 씨의 상냥하고 따뜻한 마음에 늘 고마워했다. 그러던 어느 날 김 씨는 인산에게 한 여자로 다가왔다. 그들은 만난 지 이년이 지나 부부가 되었다. 인산의 삶은 달라진 것이 없었다. 되레 경제가 성장할수록 더욱 빈곤해졌다. 집 장만은커녕 방세가 밀려 집주인으로부터 쫓겨나기를 반복했다. 최근 삼년 동안 스무 번을 넘게 이사를 했다. 인산 일가는 장마가 한창일 때 또다시 쫓겨날 처지에 놓였다.

"바깥양반 있어?"

주인집 여자가 저녁 무렵 방문을 두드렸다. 김 씨는 바느질을 하다 말고 문을 열고 나갔다.

"아직요."

"아니, 이집 바깥양반은 일한답시고 맨날 나가긴 하는데 어째 집 안에 돈을 들고 오는 법이 없어? 아니면 자기들은 쓸 것 다 쓰면서 방세는 못 내겠다는 심보 아니야?"

김 씨는 주인여자의 말에 기겁을 하며 손 사례를 쳤다.

"아니에요. 그럴 리가 있겠어요."

주인 여자는 김 씨를 빤히 쳐다보며 기가 막혀 한숨을 내쉬었다.

"〈그럴 리가 있겠어요?〉 참 해도 해도 너무들 하네. 서로 사는 처지 뻔 한데 어떻게 다섯 달이 넘도록 방세를 못 내고 있어요? 우리도 허덕거리면서 사는 거 알면서 사람들 참 뻔뻔스럽네. 내가 이 말은 안하려고 해도 어쩔 수가 없어요. 우리도 먹고 살아야 할 것 아니야. 긴 말 필요 없고 그냥 지금 나가요. 내일부터 다른 사람 들이기로 했으니까."

주인여자가 팔깍지를 끼고 낡은 방안을 들여다보았다.

"아이들도 극성인지 온 방이 쯧쯧."

"아주머니, 내일 새벽에 나갈 테니 좀 봐주세요. 지금 나가면 어디 가서 밤을 지냅니까. 예?"

김 씨가 손을 모으고 주인여자를 쳐다보았다.

"아니 정말 뻔뻔스럽네, 뻔뻔스러워. 다섯 달 밀린 방값의 일부라도 내면서 그런 말 좀 해봐. 응? 일없으니까 당장 나가요."

"그래도 아이들 아버지가 와야 하니까."

"아이 아버지 좋아하네. 이렇게 가족들 나앉게 만들어 놓으면서 무슨 집안의 가장이라고."

"알았어요."

김 씨는 주인여자가 인산에 대해 이러쿵저러쿵 하는 소리가 듣기 싫어 덩달아 싸늘한 말투를 내뱉었다. 주인여자는 그런 김 씨를 기가 막혀 쳐다보았다.

"참 맘도 좋네, 맘도 좋아. 남편이라고 감싸는."

"그만 하세요. 짐 챙겨야 하니 문 닫을 게요."

김 씨는 동그란 손잡이를 신경질 적으로 잡아 당겼다. 닫힌 문을 바라보던 주인 여자는 입을 삐죽거리며 돌아섰다.

"하여간 없는 것들이 자존심은 세 가지고……."

김 씨는 인산을 위해 차려놓은 보잘 것 없는 밥상을 보자 콧등이 시큰거렸다. 그는 돈이 없어 죽어가는 사람들의 생명을 살려주는 성자이지만 주인집 여자의 눈에는 능력 없는 가난한 가장일 뿐이었다. 방세를 못 내어 쫓겨나는 것보다 무능력한 인간으로 폄하되는 것이 더 서러웠다. 김 씨는 벽 쪽으로 돌아앉아 손바닥으로 눈물을 훔쳤다.
"능력이 없긴. 죽은 사람도 살리는 사람이 왜 능력이 없어?"
김 씨는 곧장 보자기를 꺼내어 여기저기 흩어져 있는 옷가지를 싸기 시작했다. 잠이든 아이들 사이를 조심스레 오가던 중에 밖에서 기척이 났다. 김 씨는 행동을 멈추고 귀를 기울였다. 인산이 돌아왔다.
"다녀오셨어요?"
"응, 그래."
인산은 방에 들어서자마자 김 씨가 싸놓은 보따리를 발견했다. 김 씨는 어깨를 으쓱거리며 밥상을 들어 인산의 앞에 놓았다. 인산은 짧은 한숨을 쉬며 밥상을 돌렸다.
"오늘 나가달라고 하네요. 좀 드세요."
잠시 침묵이 흘렀다. 방안에는 아이들의 고른 숨소리만 들렸다. 김 씨는 수저를 인산의 손에 쥐어주었다. 인산은 한동안 밥상만 바라보았고 김 씨는 다시 보따리를 싸기 시작했다.
-쿠르릉.
먼 하늘에 천둥이 치는 소리가 희미하게 들려왔다. 김 씨는 그 소리를 못들은 체 하며 부엌으로 갔다. 달그락거리는 그릇소리가 났다. 그릇은 하나하나 빈 쌀독에 담겨나갔다. 인산은 잠이 든 아이들의 얼굴을 바라보더니 그리로 다가갔다. 아이들의 얼굴을 가만히 바라보던 인산이 셋째 아들 윤수를 가만히 안아 올렸다. 윤수는 몸부림을 치는가 싶더니 다시 몸을 축 늘어뜨리고 숨을 고르게 내쉬었다. 아내 영옥이 죽고 나서 얼마 후 윤수를 돌보던 이웃집 소녀가 있었다. 아이는 윤수가 매일 보채며 울어 댈 때마다 마른 오징어를 주며 달랬는데 그것을 먹고는 장에 병이 생겨 숨이 떨어지는 듯 했다. 부산에서 환자를 보던 인산은 허겁지겁 달려와 급히 조제한 죽염과 활명수로 윤수를 살려냈다.

-엄마가 있었다면…….

그는 별안간 셋째 아들이 가엾게 느껴졌다.

"윤수야."

그가 윤수의 뺨을 가만히 두들기며 깨웠다. 윤수는 눈을 껌뻑하더니 졸음이 가득한 눈으로 아버지를 바라보았다.

"밥 먹자."

인산은 아들을 안은 채 밥상을 끌어당겼다. 밥을 보자 잠이 깬 듯 마른입을 다셔댔다. 인산은 물에 담근 숟가락에 밥을 떠 아들의 입에 넣어주었다. 그가 해 줄 수 있는 것은 지금 이것뿐이었다.

온 가족이 보따리를 짊어지고 집을 나선 시간은 밤 아홉시가 넘어서였다. 야반도주라도 하는 꼴이 되어 챙겨 나온 보따리는 옷가지와 낡은 솥단지가 전부다.

"혈액은행이라고 어떤 분이 써도 된다고 했는데 오늘은 일단 그리로 가 봐야겠다."

"이 시간에 들어갈 수 있어요?"

"남의 집 담 벼랑 보다는 낫겠지."

다섯 명의 아이들은 등에 봇짐을 짊어지며 부모의 뒤를 따라 걸었다. 그들은 그로부터 한 시간을 넘게 꼬박 걸었다. 고개 하나 넘어갈 뿐이었는데 이쪽 동네는 인산이 지냈던 곳과는 천지차이였다. 높다란 담이 둘러싸여있는 양옥집들이 잘 가꿔진 나무처럼 즐비하게 펼쳐져 보였다.

"저 집 봐라. 감나무다."

"저기는 앵두나무도 보인다. 저 집은 지붕이 뾰족하다. 높고."

아이들은 집을 구경하며 걷다가 제발에 걸려 넘어지기까지 했다. 그러나 김 씨는 아까부터 두둥거리며 울려대는 천둥소리에 신경이 쓰였다. 당장이라도 머리 위로 소나기가 쏟아질 것 같아 몇 걸음 걷다가 하늘을 바라보고 또다시 얼마를 걷다가 하늘을 바라보기를 반복했다.

"서둘러 가면 될 거야."

김 씨는 아이들의 손을 잡고 걸음을 재촉했다.

-툭툭…….

비다. 드디어 굵은 빗방울이 떨어지기 시작했다. 후덥지근했던 한여름 밤이 계속되더니 하필이면 오늘 비가 쏟아진다. 멀리서 울리던 천둥소리는 곧 목전에서 비를 뿌려댔다.

"비다!"

아이들은 이런 생활에 단련이라도 되었는지 근심스런 표정도 없이 비를 맞으며 깡충깡충 뛰었다. 인산과 김 씨는 남의 집 대문 앞에 서서 비를 피했다. 김 씨는 다리가 아픈 듯 쪼그리고 앉아 아이들이 노는 것을 바라보았다. 그러나 인산은 뒷짐을 쥔 채 하늘을 올려보았다.
"비를 맞히면 어쩔까 걱정했는데 괜한 걱정이었네요."
김 씨가 가만히 웃었다. 그러나 인산은 웃지 않았다. 그는 김 씨가 그렇게 나올수록 더욱더 미안한 마음이 커져갔다.
"어차피 젖었으니 서둘러 움직입시다."
그 때 대문 앞으로 검은색 자동차가 빗물을 튀기며 섰다. 이 집 주인이 도착한 모양이었다.
"아니, 이 시간에 사람이 들어오네."
김 씨는 놀라 벌떡 일어나 보따리를 안았다. 인산 역시 자리를 뜨기 위해 빗속으로 들어갔다. 차문이 열리자 운전석에 있던 기사가 내려 우산을 받쳐 든 채 뒷문을 열었다. 아이들이 이번에는 차를 구경하기 위해 조금씩 다가왔다.
"가자."
인산의 말에 아이들은 주춤거렸다.
"자네 운룡이 아닌가?"
차에서 내린 그 사람은 이미 차 안에서부터 그를 발견하고 온 듯 서서히 멀어지는 인산을 불러 세웠다. 인산이 돌아보았지만 전조등에 눈이 부셔 고개를 비스듬히 돌려 바라보았다.
"아, 이제는 일훈이지. 하하. 그래 이름이 바뀐다고 팔자가 바뀌었나?"
익숙한 그 목소리는 범현이었다. 그는 기사가 받쳐 준 우산을 들고 인산에게 다가왔다.

"내가 보기에는 여전하구만. 이름 두자 바꾼다고 운명이 달라지나. 정승팔자라도 되는 줄 알았는데 아니구만."

범현은 인산 일가를 천천히 둘러보며 웃음 지었다. 인산은 묵묵히 범현을 바라보다 돌아섰다. 범현은 한 마디 대꾸 없이 멀어지는 인산에게 독이 오른 듯 더 큰 소리로 인산에게 소리쳤다.

"아니 그 꼴은 뭔가. 줄줄이 짊어진 보따리 말일세. 듣기로는 자네 변변한 직업도 없이 이사람 저사람 병이나 돌본다고 했는데 신통치 않은 모양이야. 신통하지 못하니 돈도 못 받는 거야. 그걸 왜 여태 못 깨닫나. 어째 그런 꼴로 살 수 있나. 그러게 민간요법은 소용없는 거야."

김 씨는 처음 보는 범현의 태도에 화가 나서 그를 노려보았지만 범현의 시야에는 오직 인산뿐이었다. 인산은 다시 걷기 시작했다. 범현은 그 뒤를 따르며 인산에게 다시 소리쳤다.

"아직도 마늘에 소금이나 먹이면서 사람을 고치나? 오리랑 북어도 여전히 먹이나? 하하."

인산이 별안간 우뚝 멈춰 섰다. 범현은 기다렸다는 듯이 인산을 바라보며 웃었다. 인산은 범현에게 천천히 다가가 그의 목전에서 입을 열었다.

"범현아. 음식으로 못 고치는 병은 약으로도 못 고친다."

"뭐?"

"네가 껌뻑 죽는 서양의학의 시조 히포크라테스의 말이다. 그걸 몰랐다면 다시 공부해야 될 것이다."

인산은 돌아서서 아이들의 손을 잡았다. 범현은 멀어지는 인산의 뒷모습을 바라보며 부들부들 떨었다.
"여전히 잘난 맛에 사는 구나. 어디 얼마큼 대단하게 되나 두고 보자."

■　　■　　■

"수술 날짜는 다음 주 목요일로 잡았소."
범현이 책상에 앉아 환자의 보호자에게 말했다. 그러나 보호자는 잠시 머뭇거렸다.
"무슨 문제가 있소?"
"저, 그게요."
삼 십 대 중반의 환자 보호자가 입을 열자 범현은 안경을 벗고 고개를 끄덕였다.
"수술을 하지 않을까 합니다."
"그게 무슨 말이오?"
"그게 석 달 전에 선생님이 퇴원 시킨 환자분 있지 않습니까. 말기 다되어 온 사람이요."
범현은 기억을 더듬느라 잠시 시선을 비스듬하니 내렸다.
"오십 대 남자 있잖습니까. 폐암 걸린."
"아, 예. 기억납니다."
"그 사람이 살았어요. 수술도 안하고 싹 나았답니다."
"그럴 리가. 폐 흔적도 거의 남아있지 않을 정도로 암세포가 덮어져 있었는데. 단 일 퍼센트의 가능성도 없었던 사람이었소."

"그런데 살았다니까요. 그래서 그 양반이 저번에 우리 병실에 찾아와서 알려줬어요. 수술도 안하고 약 먹고 나았다고요."

범현은 피식 웃으며 손을 저어댔다.

"그럴 리가 없어요. 물론 죽을 사람이 살아와서 나았다고 하면 지푸라기라도 잡고 싶은 심정이겠지요. 그런 감정은 환자보호자 입장에서 충분히 이해가는 상황입니다. 보아하니 무슨 생식 요법이네 뭐네 해서 사람을 현혹하는 것 같은데 휩쓸리지 마세요."

"아니라니까요. 그 사람이 직접 걸어 들어왔단 말입니다."

범현은 잠시 생각에 잠겼다. 그는 아주 오래 전에 이러한 상황이 떠오르자 부정하듯 고개를 저어댔다. 그러나 보호자는 말도 안 된다는 뜻으로 여겼다.

"정말이에요."

범현은 이 황당한 이야기에 서서히 분노가 올라왔다. 그는 보호자의 눈을 똑바로 바라보았다.

"그런데 왜 그 살아 왔다는 사람이 나를 찾지 않았을까요. 사형선고를 내린 사람이 야속한건 당연하지 않았겠습니까."

"그건……"

"그것 봐요. 누군가가 최면을 걸 듯 환자와 보호자들한테 거짓말을 한 겁니다. 속지 마십시오. 무슨 짓을 하던 운이 좋아 조금이라도 차도가 보인다면 금품을 요구하겠지요."

범현이 눈썹을 치켜떴다. 정말 그럴싸한 사기꾼이 아닌가.

"아니에요. 그런 분은 절대 아니에요. 그 사람도 최소한의 약값만 들어갔다고 했어요. 일체 다른 것도 받지 않고 처방만 알려 줬다고 했단 말입니다."

"그럼 더더욱 의사에게 감정이 안 좋을 것 아닙니까. 그런데도 얼굴 한 번 안 보였다는 게 이상하군요."

범현이 냉소를 띠며 보호자를 바라보았다.

"그건 병 고쳐준 분이 완쾌되더라도 병원에 가서 행패를 부려서는 안 된다고 했대요."

"그 말을 믿소? 정당한 방법으로 하지 않았으니 뒤탈을 염려한 겁니다."

"그렇지 않아요. 그 뜻으로 그런 게 아니라 그건 의사 선생님들 권위에 대한 예의라고 하셨대요."

"환자들을 현혹하며 의사에게는 예의를 갖춘다? 그게 말이 됩니까? 하하하."

범현이 가당치도 않다는 듯 웃었다. 그러나 한편으로는 치밀어 오는 분노에 이 자의 따귀라도 때리며 순진한 거요, 무식한 거요 하고 윽박지르고 싶었다.

"저는 된다고 생각 합니다. 그 분 말씀은 의사선생님과 그분은 다른 방법으로 환자한테 접근했기 때문에 선생님들한테 가서 따질 일이 아니라고 말했어요."

"쓸데없는 변명이오. 나라면 차라리 환자와 같이 찾아와 내가 고쳤다고 소리쳐 주겠소."

"그 분은 그런 인격 가진 사람이 아니에요."

범현은 미간에 인상을 썼다.

"아니, 선생님 인격이 이상하다는 말이 아니고요."

그가 어쩔 줄 몰라 하며 자리를 고쳐 앉았다.

"그게 제가 선생님의 실력을 믿지 못해서가 아니라. 사실 병원비에 수술비 입원비에 허덕이고 있는 건 사실이 아닙니까."

"그것 보시오. 결국은 비용이라는 소린데 그렇다고 해서 환자를 그런 식으로 방치하면 안 되지. 사람의 생명인데 돈 안들일려고 그렇게 보내버리면 쓰나. 그건 환자의 수명을 재촉하는 살인행위와 다를 바 없소."

"그렇지 않아요. 그리고 분명한 건 완치가 되니까 원하는 겁니다. 수술은 받지 않겠습니다. 그 분 말이 몸에 칼자국이 없어야 한다고 했어요."

"대체 뭐하는 사람인데 그런 주문 같은 말을 한 겁니까. 라스푸틴이라도 만나고 왔습니까?"

"예?"

범현은 팔짱을 끼며 그를 한동안 쳐다보았다.

"어디 무당이나 기도원 원장이라도 되는 사람이오?"

"아닙니다. 한의학입니다."

"한의학이라."

"예. 그래서 칼은 화 기운이고 또 암도 화 기운이기 때문에 더욱 암 기운이 커진다고 칼은 대지 말고 그 상태로 오라고 했어요."

"정말 그 사람은 사이비 교주 같은 말만 하는 군요. 어떤 방법인지는 모르겠지만 나는 반대하오."

"하지만 그렇게 하고 싶습니다."

"도대체 그 사람이 누구요? 어떤 사람한테 치료를 받은 거요?"

"약방을 운영 하며 직접 처방을 내리신대요. 배를 가르고 그런 건 전혀 없고 병이 완쾌되면 나중에는 쑥뜸으로 그 암 뿌리까지 뽑아낸다고 했습니다."

범현은 쑥뜸이라는 말에 뒤통수를 맞은 듯했다.

-그건 운룡이가 쓰는 방법이 아닌가.

그는 팔짱을 낀 팔을 서서히 풀었다.

"······쑥뜸이요?"

보호자는 잠시 범현의 눈치를 살폈다. 그러다 이내 마음을 단단히 먹었는지 목소리를 가다듬었다.

"무슨 미신 같은 점을 치고 연기 피우는 것은 절대 아닙니다. 그 분은 한의학을 공부한 분입니다."

"그 사람 이름이 뭡니까?"

"그건 물어봐야 하는데요. 김 누구라고 했는데······."

-정말 운룡인가.

범현은 숨이 멎는 듯 했다.

"김······김······."

보호자는 고개를 갸우뚱하며 시선을 집중했다. 그를 바라보며 범현은 이름을 물어 본 것을 후회했다. 기억을 더듬는 그의 입에서 〈김일훈〉이라는 이름이 나올까봐 두려웠다. 그는 그것을 막기 위해 손을 크게 저어댔다.

"됐소."

"예?"

그가 범현을 바라보자 이번에는 범현이 기억을 더듬는 듯한 표정으로 한 곳을 주시하고 있었다.

 ─그게 운룡이가 맞을까. 하지만 그럴 리가 없어. 그 행색으로 말이야. 정말 암 환자가 털고 일어났다면 아무런 사례를 안했겠나. 그건 인간의 도리가 아니지. 나라도 그렇게 대접하진 않아.

 ─이 집착. 이 쓸데없는 생각. 그건 연못 어디엔가 떨어져 있는 동전과 같은 거다. 아마 운룡이나 내가 둘 중에 하나가 세상을 떠야 없어질 집착이겠지.

 "그러니까 선생님."

 "그렇게 하시오."

 범현은 냉랭한 말투로 스케줄 노트에 빨간 줄을 그었다.

 "죄송합니다."

 "그럴 것 없소. 하지만 일이 잘못 됐다 해도 이리로 찾아오면 안 됩니다. 아시겠소?"

 그는 두려운 심정을 억누르며 단호하게 말했다.

 "예."

 보호자는 연신 허리를 굽혀 인사한 후 나갔다. 범현은 회전의자를 돌려 창밖을 바라보았다.

 ─정말일까. 하지만 정말 그게 사실이라면 이렇게 세상이 조용할 리가 있나. 말도 안 되는 거야. 어쩌다 운이 좋았던 거야.

 하지만 그의 환자는 그로부터 넉 달 후 보호자인 형과 함께 범현의 앞을 스쳐 지나갔다. 자신의 환자였다는 것은 보호자의 얼굴을 보고서 알아보았을 정도로 건강해진 혈색으로 아이들의 손을 잡고 인파 속으로 사라졌다.

범현은 손끝에 온기가 싸늘하게 사라졌다. 인산은 범현에게 있어서 가장 섬뜩하고 생명력이 질긴 존재였다. 홀연히 나타나 자신을 초라하게 만들어 버리는 잔인한 사람이 된 것이다.

제 4 장

"쑥뜸이 좋다 하는 게 많이 알려졌습니다. 좋은 일이지요.
하지만 주의해야 할 것이 있는데 이렇게 좋은 쑥뜸도
암이 한창 진행 중일 때는 해서는 안 됩니다.
쑥뜸은 강력한 인력으로 주변의 염증을 뽑아내지만
멀리 떨어진 암세포를 뽑아내기에는 환자가 견디낼 힘이 없어요.
이것은 무슨 이야긴가 하면 사람 몸의 복부에 뜨는 쑥뜸으로
폐나 뇌에서 자라는 암세포를 녹여 낸다는 것은 현실적으로 불가능 합니다.
다시 말해서 염증은 강력한 생명력이 없는 상태,
암세포는 강력한 생명력이 있는 상태로 볼 수 있기 때문에
전혀 다른 결과가 나타나게 됩니다."

인산은 아는 지인으로부터 거주처로 혈액은행을 임대받아 오핵단과 혈액형과 사상체질에 관한 연구를 하고 있었다. 수입으로는 철학에 입문하는 사람이나 역술인을 비롯하여 일반인에게 주역강의를 했다. 혈액은행 건물 안에 마련 된 강의실 칠판에는 못 보던 한자들이 수두룩하게 적혀 있었고 청강생들이 생소한 한자에 일일이 토를 달기 시작할 쯤에 유 의원을 비롯한 서너 명의 한의원들이 조용히 자리에 앉았다.

　안경 넘어 그들을 힐끔 바라 본 인산과 눈이 마주친 그들은 목례를 했다. 인산역시 답례하며 강의를 계속했다.

　"장 선생님은 한의학을 하신다고 했지요?"

　인산이 앞쪽에 앉은 젊은 남자를 바라보았다.

　"예."

"그럴수록 주역을 무시 하면 안 됩니다. 깊이를 몰라도 알아야 할 것은 반드시 숙지하고 넘어가야 합니다. 왜냐하면 음양의 조화를 중시하는 것이 한의학이기 때문입니다. 아시겠어요?"

"예."

인산은 평소의 말투와는 달리 유한 말투를 사용했다. 워낙에 어려운 내용에다가 학생들이 그의 기에 눌려 꼼짝 못하는 것이 보였기 때문이다.

"내가 가끔 내 친구들. 한의원 하는 친구들인데 그 친구들한테 하는 얘기가 있어요. 여러분 동무(東武) 이제마(李濟馬)라고 들어봤지요. 이제마 선생이 사상체질을 잘 분류해 놨습니다. 사상체질은 네 가지로 분류를 하는데 토. 즉 위에 해당되는 것을 포함시켜놨습니다. 이거는 아니거든요. 사상은 동서남북을 말하는 것이지 중앙은 제외한 것입니다. 그래서 소양인 소음인에 대한 분류는 다시 파고 들어가야 합니다. 그쪽 뒤에 분들도 아시겠어요? 뭐 한의원하시는 분들 같은데 아시겠지요."

그들은 침을 꼴딱 넘겼다. 그들은 서로를 바로 보며 방문 여부를 알렸는가를 유 의원에게 물었다.

"무속인. 우리나라에서 참 무시당하고 소외당해도 막상 어려우면 그 사람들 찾아가서 앞일을 이야기 해달라고 하고 문제가 생기면 해결 방법을 알려 달라고 하잖아요? 몇 해 전에 중국에서 문화혁명이 일어났습니다. 대대적으로 교수 학자 예술인들을 씨를 아주 말려 보겠다고 한 것인데, 얼마 전에 신문을 보니 이런 게 나왔어요."

인산은 자료로 가져온 신문지를 펼쳐 보이며 앞줄에 앉은 사람에게 돌려 보라 눈짓했다.

"거기 보면 모택동(毛澤東)이 고문화와 함께 무덤을 파괴했다고 하지요. 그런데 한대의 무덤 벽화에 뭐라고 되어 있냐하면. 여러분. 편작(扁鵲)이라고 들어본 사람?"

인산이 둘러보자 앞줄에 한의사가 손을 들었다.

"그래요. 편작이라는 사람은 고대 중국에서 유명한 의원이었어요. 삼형제가 다 의원인데 그 막내가 바로 편작이에요. 화타(華陀)와 편작(扁鵲). 유명해요. 그런데 편작 형들이 또 유명한데 큰형은 보통 신의라고 말하는 의원. 사람 얼굴만 보아도 그 병이 어떤 병인지 어떻게 나아지는지 혹은 생기지도 않은 병인데 그것마저 예언해 주고 그걸 비켜가게 하는 의원이었어요."

청강생들은 감탄을 하며 고개를 끄덕였다.

"그 소리에 놀라라는 것이 아니고."

사람들이 작게 웃었다.

"뭐가 놀랄 일이냐 하면 편작이라는 의원이 사실 사람 하나를 놓고 이야기 한 것이 아니라 머리와 몸을 새처럼 분장한 샤아만. 샤아만이 무속인이라는 뜻인데 그 샤아만의 무리로서 온 땅을 방랑하면서 침으로 병을 고치던 무리라는 것입니다."

사람들은 다시 한 번 고개를 크게 끄덕였다.

"또 여기서 놀라라는 게 아니고. 그 샤아만이 누구냐면 중국에서 말하는 동이. 동방계통의 사람. 누구겠어요?"

"우리나라 사람이요."

인산이 고개를 끄덕였다.

"그들이 주역과 의술로 사람들을 고치고 다녔다는 설입니다. 이게 뭐 증명이 확실하진 않더라도 한 번쯤은 생각해 볼만한 일이지요. 우리나라 한의학에서는 침과 뜸을 사용합니다. 기본이지요. 침술은 중국에서 넘어 온 게 아니라 오래전 우리나라 문화라는 것을 알아야 해요. 단군 옛기록(古記)을 봐도 쑥과 마늘이 나오잖아요? 쑥과 마늘은 사람을 살리고 치료하는데 쓰이는 것입니다."

"아."

사람들이 다시 한 번 고개를 크게 끄덕였다.

"그럼 어제 이어서 계속 강의합니다. 신야자(神也者)는 묘만물위언자야(妙萬物爲言者也). 공자님 말이지요. 신은 만물의 묘를 이룰 수 있는 능력이 있다는 겁니다. 즉 모든 만물의 조직에 신의 힘이 묘를 갖다 준다는 건데 그러면 그 묘가 완성된 후에야 사람이다 이런 뜻입니다. 부정모혈(父精母血)은 있는데도 영(靈)이 아니고는 안 되고 영이 사람을 이루는 힘은 있는데 거기에 모든 묘를, 조직에 대한 세포가 신비스럽다는 것은 귀신의 일입니다. 신의 묘라고 했으니까. 그럼 육체는 어떻게 이루어지느냐."

인산의 강의가 계속 될 무렵에 유 의원 옆의 동료는 귀엣말로 속닥였다.

"돌팔이 분위기는 아닌데. 저 칠판에 쓴 글씨 봐라. 명필이야. 자네 진짜 제대로 알고나 오자고 한 거야? 저 사람 맞아?"

유 의원은 인상을 찌푸리며 그를 쳐다보았다.

"나중에 이야기 해보면 될 것 아니야."

그들이 속닥이자 인산이 시선을 주었다.

"뭐 질문 할 것 있습니까?"

그들이 고개를 저어댔다.

"묘는 간(肝)이니까 간장성여혼(肝藏性與魂)입니다. 성과 혼을 간직했다는 것이지요. 그리고 그 다음에는 미사묘 축해유. 축이라는 건 심포락(心胞絡)입니다. 그 다음. 축해. 해는 콩팥. 신장입니다. 심장신(心藏神) 신장정(腎藏精). 썼어요?"

인산이 칠판에 한자를 쓰며 청강생을 돌아보았다. 청강생 대부분은 이해를 하지 못하는 상태에서 허겁지겁 필기를 하느라 바빴고 인산은 한동안 그들이 받아 적는 것을 지켜보았다. 그는 청강생 사이를 천천히 걸었다.

"참고로 건괘(乾卦) 곤괘(坤卦)에 건에는 자인진. 인오술. 자(子)라는 것은 소변통이라는 소리예요. 인(寅)은 쓸개고. 진(辰)은 위. 오(午)는 소장. 신(申)은 대장. 술(戌)은 명문삼초(命門三焦). 폐는 유(酉). 이런 건 기본이니까 알아둬야 합니다. 사주에 다 나와요. 이 사람이 어디 장기가 허실한지. 다 썼어요? 이렇게 건곤괘에서 오장육부가 나오는 겁니다."

인산의 강의는 사십분 간 계속 되었다. 팔짱을 끼고 앉아 있던 유의원은 턱을 괴고 인산을 뚫어져라 바라보았다. 인산은 그들이 자신의 주역강의를 들으러 온 사람이 아니라는 것은 대번에 알아보았다. 그리하여 강의가 끝날 때까지 자리를 지키고 앉아 있는 그들을 한동안 바라보았다. 청강생들은 인산에게 인사를 하고 하나 둘씩 빠져나갔다. 인산은 자리에 서서 그들을 계속 바라보았다.

"용건이 있어 온 모양인데 이야기 해보시오."

유 의원과 일행은 서로를 바라보았다.

"한의학을 공부했소?"

유 의원이 물었다.

"그렇소."

유 의원은 고개를 끄덕였다.

―우문이다. 분명히 공부를 한 것이지. 괜한 화두를 꺼냈구나.

"의사 면허증이 있나 물어보러 온 것 아니오?"

인산이 물었다.

"그렇소."

"공자는 문학 박사고 예수는 신학박사요?"

일행이 인산을 어이없는 표정으로 바라보았다. 그들은 곧장 미간을 찌푸렸다.

"그게 무슨 의미요?"

한 사람이 자리에서 일어나 큰소리쳤다. 인산은 그를 가만히 바라보았다.

"당신은 폐가 약하고 부모 중 하나는 그 병으로 세상을 떴을 것이오. 형제 중 하나도 폐병을 앓고 있는데 그리 심각한 것은 아니고 어려서부터 골골거리고 앓았겠지."

"뭐요? 당신 점쟁이요?"

"병에 관한 것이라면 점쟁이라는 말도 틀리지는 않소. 사람을 고친다면 그 정도는 알아 봐야 하지 않소. 그 옆에 있는 양반은 간이 안 좋다고 스스로 생각하지만 간이 문제가 아니라 위가 문제 있소. 위병을 다스리면 간은 절로 나을 거요."

그들은 서로를 바라보며 침을 꼴딱 삼켰다.

"그걸 어찌 아오?"

"아무리 객의 신분으로 자리를 차지하고 앉았지만 수업은 하나도 듣지 않은 모양이오. 하하. 그러니 강의료는 받지 않겠소."

"내가 물어볼 말이 있소."

유 의원이 자리에서 일어나 인산에게 다가왔다. 인산은 고개를 끄덕였다.

"당신이 하는 쑥뜸이 대체 무엇이오? 왜 이상한 방법으로 환자의 환부에 다른 흉터를 만드오?"

"쑥에 대해 공부한 적이 있소? 연구하고 밤새고 실험을 해 본 적이 있난 말이오."

유 의원은 침묵했다. 그가 아는 것은 의서에 나와 있는 쑥에 대한 효능과 그에 대한 치료법이 전부였다.

"직구법(直灸法)이오. 직접 피부에 놓아 그 열로 종창의 뿌리를 뽑는 것이오. 간접구와는 비교가 안 될 만큼 그 효과가 탁월하오."

"하지만 쑥은 그 기운 자체만으로도 자극을 받아 생체의 이상이나 변조를 잡을 수 있소."

"변성 단백체라는 물질을 들어 본 적이 있소? 이종단백체 라고도 하오."

그들의 표정을 보고 인산은 말을 계속 이었다.

"직접구를 하게 되면 변성단백체라는 자극 물질이 체내에 생성되어 혈관과 임파선을 통해 전신의 세포로 운반 되오. 그 변성단백체는 조직세포를 자극하게 되어 질병치료에 효를 보이고 체내에 항체를 만들어 준다는 것이오."

"그게 어디에 나와 있소?"

"내가 해본 결과요."

그들이 웃었다.

"하하."

그들을 바라보던 인산이 소리 내어 웃었다.

"뭐요?"

"사람을 고친다는 사람들이 스스로 연구하는 부분이 없다는 것이 우스워 웃었소. 고대로부터 내려오는 의서에만 몰두하면 무슨 발전이 있겠소? 그러면서 양의학과 대결을 한다고 핏발을 세우는 꼴이 한심하오."

"뭐야? 아니, 이 사람이!"

"서로 배척하고 무시하고, 그러면서 용케도 환자를 치료하오. 운이 좋은 건가."

"정말 이 자가 보자보자 하니까."

"그럼 당신들이 말하는 쑥에 대해 이야기 해봅시다. 쑥의 성분은 무엇이오?"

"쑥은 그 종류가."

"종류를 말하는 것이 아니고 성분을 물었소."

그들이 다시 말문을 닫았다.

"주성분은 치네올이라는 것이 반. 잎에는 0.002 퍼센트의 정유를 가지고 있소. 또 추온, 세키스데로펜, 알코올, 아데닌, 톨린 등의 염기와 비타민 에이 비이 씨 디 아밀라제와 탄소 수소 산소 방향성 고

미질과 휘발성 물질로 이루어졌소."

인산의 말에 유 의원이 콧방귀를 꼈다.

"흥."

"나는 그 쑥에서 섬유질만 뽑아 쓰오. 그저 부드럽고 가늘게만 만들어 쓰는 것이 아니라 쑥의 약성만 뽑아 쓴다는 말이오."

"그래, 그게 효과가 나오?"

"안 나면 안 쓰겠지요."

"간접구가 안전하오."

인산이 그를 바라보았다.

"하지만 직접구에 비해 치료효과가 더디고 변성단백체나 혈액성분의 생성 작용이 없다는 것이오. 물론 화상의 흔적이 남고 화농할 염려가 있지만 불치병에서 해방 된다면 환자들 대부분이 수락하오."

"하여간 당신은 면허도 없는 의원이 아니오?"

"그건 그렇소."

"그러니 그만 두라는 말이오. 그러다가 사람이 죽기라도 하면 어쩌려고 그러시오? 비단 당신 하나만 걸린 문제가 아니라 한의학을 하는 모든 사람들이 손가락질을 받는단 말이오!"

"쑥뜸으로 앉은뱅이 간질병 환자가 부지기수로 나왔지만 그 일로 한의학을 하는 사람들 전체가 명예의 전당에 오르진 않았더이다."

그 때 강의실 문이 열리며 삼십 대 남자가 얼굴을 내밀었다. 그는 상기된 표정으로 처음 보는 무리들을 적대감 가득한 시선으로 바라보았다.

"선생님."

"상구구나. 어쩐 일이냐."

"당신들 뭡니까?"

상구는 인산의 물음을 뒤로하고 이방인들에 앞에 섰다. 그들 역시 비아냥거리는 시선으로 상구를 바라보았다.

"우리는 한의학자요. 그러는 당신은 뭐요?"

"나 역시 한의학을 공부하고 의원을 하는 사람이오. 이 분은 당신들에게 보이기조차 아까운 분이오. 무례하게 행동하려거든 냉큼 돌아가시오!"

"뭐? 아니 얼뜨기 애송이 주제에 어딜 선배에게 눈알을 부라리며 명령이야?"

"그 권위주의도 징그럽소. 그럴 시간에 하나라도 연구하고 공부하고 환자들을 돌보시오!"

"상구야."

"선생님은 대체 왜 매번 이런 사람들한테 그런 모욕을 받으십니까? 예? 동료들이 그 사실에 얼마나 가슴 아파하고 분통을 터뜨리는 지 아시면서! 그까짓 것 그냥 의사 면허증 따면 될 것을 왜 이렇게 고집을 피우시면서 멸시 당하셔야 한단 말입니까?"

"나는 더 큰 소리 나는 것은 싫으니 이쯤해서 오늘은 돌아가세."

일행 중 하나가 자리에서 일어났다.

"본인도 느낀 바가 있으면 그만 두거나 면허증을 딸 걸세. 그만하고 가세. 정 뭐하면 법적으로 조치를 취하면 되지 않겠는가"

그들은 인산을 힐끔 바라보며 냉소적인 표정으로 유 의원을 잡아끌었다. 그들이 나가자 강의실은 별안간 고요했다. 인산은 잠시 후 책을 정리하며 가방에 넣었다.
"선생님. 저들 문제만이 아니고 앞으로 어떤 일이 생길 지도 몰라요. 그러니 면허증을 따세요. 그 정도는 선생님께 아무것도 아니지 않습니까. 예?"
상구가 애원하듯 인산에게 말했다.
"필요 없다. 어차피 적을 두고 환자를 볼 생각은 없어."
"그러니 더더욱 필요하지요. 행여 무면허라고 경찰에서 잡아가기라도 하면 선생님이 돌보는 환자는 어떡합니까?"
"그건 그 때 생각해야지."
하지만 그런 말을 꺼낸 지 불과 두 달도 안 되어 인산은 무면허 의료행위로 경찰서에 불려갔다.

"이보세요. 김일훈씨. 그게 대체 무슨 방법입니까?"
조서를 쓰던 형사가 고개를 갸웃거리며 인산을 바라보았다.
"우리 조상들이 쓰던 방법을 조금 더 발전시킨 것이오."
"그러니까 결국은 의서에는 없는 민간요법이라는 거 아닙니까. 예? 그런 거는 쓰면 안 된다는 말입니다."
인산은 입을 다물었다.
"그런데 참 희한한 게 병이 나았다는 거야. 거참 돌팔이라고 하기에는 뭐하고……"
형사가 중얼거리자 옆에 앉은 다른 형사가 입을 열었다.
"이봐. 돌팔이라는 의미가 면허는 없는데 의술이 있는 사람을 말하기도 하는 거래. 물론 아무 것도 없이 사람을 고쳐줍네 하며 돌아다닌다는 경우가 많지만 말이야. 하여간 거짓이나 아니면 의학적으로 증명되지 않은 것을 치료법으로 사람을 고치며 돈을 갈취하는 것을 말한다고. 그게 과학적으로 증명이 안 되었다고 해서 돌팔이라는 소리를 하는 경우도 있다는 거야. 그리고 중요한 것은 저 사람은 돈 하나 받은 게 없다니까."

"지금 사전적인 의미가 무슨 소용이 있어? 문제는 면허가 없는 사람이라는 거야."

"더 중요한 건 저 사람한테 간 환자들이 살아났다는 거야. 이 탄원서는 어쩔 건데?"

그 때 경찰서 문이 열리면서 수많은 사람들이 인산을 보고 달려 들어왔다.

"선생님!"

"이 사람들은 또 뭐야?"

"우리는 한의학을 하는 사람들이오. 우리 선생님입니다. 이 분은 금품갈취 같은 것은 일체 하지 않아요. 있는 돈을 털어서라도 사람을 살리는 분입니다."

"맞아요. 이런 분한테 상은 못 줄망정 쇠고랑을 차게 하다니요. 이럴 수는 없지요."

"그래요. 이분이 아니었으면 우리 어머니 곱사등병도 못 고치고 평생을 그렇게 살다 가셨을 겁니다."

사람들의 아우성에 경찰서는 별안간 아수라장이 된 꼴이 되어 버렸다.

"보시오. 형사님. 이 분한테 면허증만 있으면 되는 거 아니오?"

"그야 그렇지요."

"그럼 면허증을 따려면 여길 나와야 하니 보내주시오. 보석금을 내드릴 테니 풀어주시오."

인산은 그를 따르는 한의사들의 청원과 여러 환자들 보호자들의 탄원으로 풀려나게 되었다. 하지만 그는 그로부터 몇 차례를 경찰서에 드나들게 되었다. 의사 면허증을 끝까지 거부했기 때문이었다.

■　　　■　　　■

"우리 왔습니다."

여름이 되자 인산 일가는 강원도에 있는 안 씨를 찾아왔다. 계곡에서 물고기를 잡느라 정신이 팔려있는 안 씨가 인산의 목소리에 돌아보았다. 칠십 중반이 넘은 안 씨는 갓 육십이 된 사람처럼 혈색이 건강했다. 그는 그들을 발견하자마자 첨벙거리며 물가로 뛰어 나왔다.

"아이고! 왔구나. 고생 많았지?"

"어째 아주바이는 안 늙는 것 같소. 젊어서는 내내 사십대로 보이더니. 하하하."

"에라이!"

안 씨가 투망을 끌고 나오며 인산의 아이들에게 팔을 벌렸다. 슬하에 자식이 없어 이웃집 아이들을 유난히 아꼈던 안 씨는 그래도 인산의 아이들을 가장 사랑했다.

"안녕하셨어요."

"제수씨도 안녕하시고? 안녕이 뭐야. 저놈이 고생이나 시키겠지 뭐."

"아니에요."

"내가 다 알아요."

"안녕하세요."

인산의 아이들이 인사를 했다.

"그래, 이제는 너희들이 나보다 훨씬 크구나. 넌 올해 장가갔냐?"

그가 큰아들 윤우를 보며 히죽 웃었다.

"아니에요. 이제 스무 살인데요."

"그래. 늦어서 천천히 가라. 이 여자 저 여자 다 만나보고 가야지."

안 씨의 말에 밑에 동생들이 키득거리고 웃었다.

"내가 우리 할멈한테 백숙해놓으라고 했어. 어서 가서 먹자."

안 씨가 젖은 바지를 털어 내며 앞장섰다.

"요건 가서 매운탕이나 해먹자. 그리고 내가 멧돼지도 잡아 놨다."

"요즘도 여전히 사냥하오?"

"그러게 내가 진작에 사냥꾼이 될 걸 그랬어. 나한테 활 쏘는 기술을 배우겠다고 나서는 놈들이 한 둘 아니다. 그냥 즉석으로 잡아서 피 빼고 네가 준 그 죽염에 콕 찍어 먹으면. 캬!"

"아무리 그래도 동물을 그리 함부로 죽이면 안 된다고 했지 않소."

"또 그러네. 이렇게 벌판에 먹을 것들이 뛰어다니는 데 그걸 안 먹어주면 신령님이 섭섭해 한단 말이야. 그래도 네가 말 한대로 웅크리고 눈감고 죽은 놈은 안 먹는다. 사람이 동물 되어 그렇게 죽는다는 말이 섬뜩하긴 하더라."

"그래야지요."

인산이 웃으며 뒤따라오는 아이들에게 손짓했다.

"아참, 너 이리 와봐. 내가 할 말이 있어."

안 씨가 인산에게 비밀을 알려준다는 듯 손짓했다.

"난 아버지랑 얘기 할 게 있다."

안 씨는 인산의 팔을 잡아끌고 밤나무 뒤로 돌았다.

"무슨 얘긴데 그러시오?"

안 씨는 다시 주변을 살펴보았다. 그리고는 인산의 귀에 두 손으로 가리며 속삭였다.

"야, 나라에서 나한테 상을 주더라. 내가 봉사 한 거 알았나봐."

"예? 그게 무슨 말이오?"

안 씨는 인산을 멀뚱히 쳐다보다 그의 귀를 당겼다.

"왜, 있잖아. 내가 전쟁직후 과부들한테 봉사한 거. 밤낮 안 가리고 내가 과부들 외로움을 달래줬잖아. 쌍코피 흘리면서. 그걸 나라에서 인정을 하나보다. 달마다 돈이 나와. 꼬박꼬박"

인산은 기가 막혀 웃음이 나왔다.

"어쩌냐. 목숨 걸고 독립운동 한 너한테는 한 푼도 안 나오고 나만 받아서. 그러니 너도 애들 말대로 독립유공자 신청을 하라니까. 그럼 나보다는 더 많이 받을 거 아니야."

"하하하. 아주바이."

"응, 그래."

"그건 과부한테 봉사한 수고비가 아니라 기초생활 보호 대상이 되어 나오는 정부보조금이요. 생활하기 어려운 노인들한테 지급하는 거란 말입니다."

"뭐야? 아니 내가 왜 생활하기가 어려워? 응? 왜 무시를 하는 거야? 어려운 것도 너지 나는 아니다."
"그래, 할 말이라는 게 그거요?"
"그렇지. 너도 독립 운동가들이 받는 돈을 받아야 하잖아."
"필요 없소. 그것마저 받으면 내 친구, 동료들한테 더 죄스러워 싫소."
"이그. 그래서 내가 너를 미친놈이라고 부르는 거야. 너 아직도 냉골에서 얇은 이불 하나만 덮고 잔다며?"
"몸이 더워 그러니 그리 생각 마오."
"웃기고 있네."
"배고프니 어서 갑시다. 아주바이가 잡은 고기도 먹고."
인산이 성큼 앞장서서 걷자 안 씨는 입을 삐죽거리며 인산의 뒷모습을 한참 바라보았다.
"야! 너 태몽이 대체 뭐냐? 고래심줄을 고삐로 잡고 황소 타고 나타난 거 아니야?"

계곡을 따라 마을에 접어들자 동네 사람들이 법석을 떠는 것이 보였다.
"저건 또 뭐냐."
안 씨가 인파 사이로 다가가 까치발로 섰다. 여러 사람들이 누워 발작하는 청년을 붙잡고 어쩔 줄 몰라 했다.
"뭐야. 저거 감나무 영감 손자 아니야? 왜 저래? 왜 누워있는 거야?"
"서울 안 보내 준다고 농약 마셨대요. 어쩌면 좋아."

"비켜보시오."

인산이 서둘러 인파 속으로 들어갔다. 사람들은 발악하는 청년을 누르며 그를 쳐다보았다. 그 때 안 씨가 양손을 번쩍 들어 올리며 사람들을 향해 돌아섰다.

"내 조카야! 내 조카는 명의니 다들 물러서시오."

그 사이 인산은 소매 춤에서 쑥을 한 줌 꺼내어 그것을 빠른 속도로 애주(艾炷)를 만들었다.

"얘, 너는 그걸 노상 지니고 다니니?"

안 씨가 손을 번쩍 든 상태로 인산에게 물었다. 그러나 인산은 아무런 대답 없이 낡은 명주 주머니에서 붓과 고약을 조심스레 내려놓았다. 이어서 그의 익숙한 손놀림에 만들어지는 애주를 사람들은 호기심이 가득한 표정으로 바라보았다. 청년의 몸은 격렬한 몸부림에서 전신이 뻣뻣하게 굳어 가는 중이었다. 인산은 그의 중완(배꼽 위 4치 부위로 흉부 검상돌기 돌출부와 배꼽 정중앙과 한 가운데 위치한 자리)과 관원(배꼽 아래 백조선을 따라 3치 부위에 있는 자리)에 애주를 올려놓고 곧장 불을 당겼다. 삼 십 초 간격으로 뜸이 다 타 들어가자 얼마 후 살이 타는 냄새가 났다. 사람들은 또다시 법석을 떨었다.

"저, 저. 살이 타요! 저거!"

안 씨는 또다시 손을 번쩍 들고 사람들에게 소리쳤다.

"내 조카는 명의라니까! 방해하지 말고 가만있어."

인산은 붓을 들어 재를 털고 그 자리에 조금 더 큰 애주를 올려놓았다. 그렇게 서너 번을 하는 사이 청년의 입에서는 거품이 나왔다.

사람들은 동시에 각자의 입을 틀어막았다. 살이 탄 부분에서는 피고름덩이가 나왔다. 청년이 다시 몸부림을 쳤다.

"살았소."

안 씨가 그 옆에 쪼그리고 앉았다.

"야, 이놈아. 넌 이 사람이 있는 근방에서는 맘 놓고 죽지도 못할 거다. 젊은 놈이. 쯧쯧. 제 목숨 끊는 거 보니 세상 무서울 거 없구나. 차라리 그 죽을 각오로 가출을 하던가 하지."

소문을 듣고 달려온 감나무 집 영감은 손자 앞에 와 엎드려 통곡을 했다.

"아이고 이놈아! 이놈아!"

청년도 누운 채로 코를 씰룩거리며 눈물을 삼켰다. 영감은 곧장 인산에게 머리를 조아렸다.

"선생님 고맙소. 이놈을 살려준 것은 나를 살려 준거니 은혜를 곱절로 갚아야겠소."

"그런 건 필요 없소. 아이가 살아나서 한숨은 돌렸지만 북어를 푹 고아 먹이는 건 잊지 마시오."

"그럼 아직 위험하다는 말입니까요?"

영감이 다시 울먹이며 인산을 바라보았다. 안 씨는 그의 어깨를 다독이며 고개를 저었다.

"영감 나를 봐. 이놈이 나를 살려서 이때까지 이렇게 건강하게 사는 거야. 그러니 내 조카가 하라는 대로 하면 된단 말이야."

인산은 붓을 털어 다시 명주 주머니에 넣었다. 그것을 지켜보던 사람들이 하나 둘 인산의 곁으로 왔다. 그 중에서 허리가 꼬부라진 할머니가 다가와 인산에게 조심스레 말문을 열었다.

"선생님 혹시 묘향산 활불(活佛)이라는 분 아닙니까?"

인산은 가만히 웃었다.

"그 도사님 맞지요? 묘향산에서 내려온 도사님이 전국을 다니며 숨 떨어지는 사람 살리고 불치병 환자 고친다는 분 맞지요?"

"응. 내 조카 그 도사 맞아."

안 씨가 신이 나서 대신 대답했다.

"아이고. 내가 그럴 줄 알았다니까. 그 도사님이 저렇게 쑥으로 사람을 살린다고 했어."

주변에 서있던 사람들은 일제히 고개를 크게 끄덕였다.

"그렇구나. 그 도사님이구나. 곱사등이를 고치고 어떤 눈먼 스님을 고쳤다고 하던데."

"이제는 그 스님이 눈먼 사람들을 고쳐주오."

인산이 일어서며 대답했다.

"예에? 그런 귀한 방법을 알려주셨단 말입니까?"

"쑥뜸은 누구나 뜰 수 있는 거요. 그 방법과 주의사항을 숙지하면 건강하고 젊어서부터 뜰 수 있고 이렇게 급할 때는 사람을 살리는 것이오."

"아이고. 이렇게 귀한 분이 안 영감님 조카였구나. 그랬구나. 도사님이 조카였어."

"도사님 그럼 우리 아버지도 좀 봐주세요. 예?"

사람들이 하나 둘 인산의 주위를 에워쌌다. 그러자 안 씨가 또다시 손을 번쩍 들어올렸다.

"안 돼! 내 조카 쉬러 왔단 말이야. 아직 우리 집 마당도 못 밟았어. 그러니 다음에 해. 오늘은 안 돼!"

"어디가 아픈데 그러오?"

인산이 안 씨의 어깨 너머로 보이는 청년에게 물었다.

"기침이 심합니다. 관절도 안 좋고."

"안 돼! 내일 해. 우리 조카 밥도 못 먹었으니까. 가자."

안 씨가 인산을 잡아끌었다.

"제가 무례했습니다. 하지만 내일이라도 꼭 좀 부탁드립니다."

"화제라도 지어줄 테니 지금 가보는 게 낫겠네. 아주바이 먼저 가 보시오. 금방 갈 테니."

"에이 참."

"아픈 사람 있는 거 뻔히 아는데 그게 목구멍으로 넘어가오? 가보자. 오래 걸리지 않을 거야."

"선생님 정말 고맙습니다만 내일도 괜찮습니다."

"아, 글쎄 지금 가보자니까. 그래야 나도 마음이 편하단 말이야."

인산은 청년보다 앞에 서서 갈 길을 재촉했다. 청년은 안 씨의 눈치를 보다말고 인산에게 집을 안내했다.

"하여간 저 고집은 누가 막나."

금세 온다고 말한 인산은 두 시간이 지나도 돌아오지 않았다. 옆 동네에는 벌써 묘향산 활불이 이 마을에서 환자들을 구료하고 있다는 소문이 났다. 그들이 앞 다투어 인산을 만나기 위해 청년의 집 앞에 섰다. 하나 둘 그들을 봐주기 시작한 인산에게 청년은 미안한 마음이 가득했다. 그는 부엌에 들어가 감자를 삶아 인산의 앞에 내

놓았다. 하지만 밀려드는 사람은 자꾸만 늘어갔다.
 "어르신은 아직 참도 못 드셨단 말이에요. 이러다가 안 영감님께 된 소리 듣게 되니 그만들 돌아가시고 내일이나 다시 오세요."
 청년이 애원하듯 사람들에게 사정했다.
 "아니, 너는 네 아버지 낫는 방법 들어서 마음이 편해 그런 소리 할지 몰라도 나는 아니야. 우리 아들은 당장 숨이 깔딱 넘어갈 지경인데 내일이 무슨 소리야. 내일 도사님 떠나시면 이런 기회 두 번 다시 없다."
 "그러게. 자기 발등 불 꺼졌다고 우리한테 그리 말하면 안 되지."
 청년은 난처한 입장에 놓여 어쩔 줄 몰라 했다. 그러나 인산은 괜찮다는 듯 한 사람 한 사람 맥을 보았다.
 "자네는 그 속병이 어디서 오는 줄 아나?"
 위경련에 죽겠다는 중년의 남자의 고개를 저어댔다.
 "자네 태어났을 때 양수를 잔뜩 먹었을 거야. 양수는 모태에서나 좋지 숨통 트이며 들이키면 독이 되는 법이지. 자네는 위를 다스리기도 해야겠지만 피가 탁해. 체내에 쌓인 독이 많다는 소리야."
 "독이요? 그럼 저 죽습니까?"
 "죽긴 왜 죽나. 자네 혈액형이 뭔 줄 알아? 보아하니 에이형 같은데."
 "그건 보건소 가서 알아봐야 하는데요. 전쟁 때 수혈을 한다고 테스트를 받은 적이 있긴 한데 에이라고 했던가. 에이 비라고 했던가 생각이 잘 나지 않아요."
 "오형은 아니니까 쑥뜸을 뜨는 방법 알려줄게."

인산은 잠시 고개를 돌려 마당에 진을 치고 앉아 있는 사람들을 쳐다보았다.

"보시오들."

사람들이 일제히 벌떡 일어나 인산을 바라보았다.

"여기 있는 사람들은 간단한 치료법으로 건강해질 수 있는 경우가 태반이나 개중에는 탁한 피 때문에 병이 된 사람도 많소. 그러니 내가 쑥뜸에 대해서 설명해 줄 거요. 그러나 우선은 당장 보건소에 가서 혈액형을 알아오시오. 오형의 피를 가진 사람은 별도로 이야기를 해줄 테니 오늘은 혈액형을 아는 게 우선이오. 알겠소?"

사람들은 어리둥절한 표정으로 인산을 바라보았다. 그 탁한 피를 가져서 뜸을 놓아야 하는 사람이 혹시 자기가 아닌가 하고 걱정에 싸인 사람들과 만일 오형의 피를 가졌다면 어떻게 되는 것일까 하며 미간에 주름을 만드는 사람들도 있었다.

"그 나름대로 치료법이 있으니 괜한 염려 하지 말고 지금부터 내가 좌우로 사람을 나눌 테니 오른 편에 있는 사람들은 보건소에 가서 혈액형을 알아오시오. 그리고 왼편에 있는 사람들은 화제를 지어줄 테니 순서를 기다리고."

인산은 사람들 사이로 들어와 각각을 나누기 시작했다. 안 씨는 멀찌감치 서서 인산을 바라보았다.

"저건 쉬러 온 거야, 아니면 또 한탕 뛰려고 온 거야."

"저 양반은 남들 병은 고쳐도 저런 성품은 못 고쳐요."

김 씨는 희미하게 웃으며 안 씨를 바라보았다.

"하여간 제수씨도 어지간하우. 나라면 벌써 도망갔지."

"저는 그런 모습이 좋아서 옆에 있는 걸요."

"에구. 백숙이 완전 곰탕이 되는구나. 갑시다. 보아하니 끌고 오면 성질을 낼 게 뻔 할 테니. 지가 배고프면 들어오겠지."

■　　　■　　　■

"오늘 신문 보셨습니까?"

젊은 의사가 범현의 책상 위에 신문을 올려놓았다. 범현은 커피 잔을 들어 올리며 고개를 저었다. 그는 서른둘의 나이에도 불구하고 범현과 쌍벽을 이룰 만큼의 대단히 촉망받는 의사였다. 그러나 범현은 그를 그리 좋아하지도, 신뢰하지도, 또 남들처럼 장래가 유망하다는 말은 하지 않았다.

"무슨 사건이라도 났나?"

"전에 선생님께서 암에 관한 건강칼럼을 쓰셨잖습니까. 원인과 치료법과 수술에 관한 것이요."

"그랬지."

"이거 한 번 읽어 보세요. 한의사가 썼는데 좀 황당하기도 하고 맞는 부분도 있는 게 아닐까 싶을 정도로 조목조목 썼습니다."

범현은 펼쳐진 신문을 바라보았다.

〈인산 김일훈이 말하는 암론 - 우주와 신약의 저자〉

범현은 김일훈이라는 이름 석 자를 보자마자 자기의 눈을 의심했다.

"김일훈?"

-운룡이다.

그가 성급하게 잔을 내려놓는 바람에 쏟아진 커피가 책상을 얼룩지게 만들었다. 젊은 의사는 급하게 티슈를 뽑아 책상을 닦으며 범현의 안색을 살폈다. 범현은 티슈를 받아 쥔 채 그대로 기사를 읽어 나갔다.

옛사람들이 사람의 몸은 작은 우주라고 한 말을 깊이 음미해 보면 글자 그대로 〈인간은 우주의 축소판〉이라는 뜻 이외에 건강상 서로 깊은 연계(連繫)에 놓여 있다는 것을 의미하고 있다.

필자는 지상의 공간을 세 계층으로 구분하는데 땅에서 가장 가까운 부분을 색소계(色素界) 그 다음 층을 영소계(靈素界) 땅에서 가장 멀리 떨어진 계층을 독소계(毒素界)로 나누어 본다. 공간의 독소와 지중의 독소가 교류하면 색소는 병독으로 변하여 인류에게 갖가지 원인 모를 괴질과 난치병을 발생하게 한다.

이십세기 후반에 들어서면서 암등 난치병・불치병은 엄밀히 말해 없다. 이 급격히 증가하는 것은 다른 원인도 있겠으나 그 주된 원인은 지중 독소와 공간독소의 교류가 활발해진 까닭이라 하겠다.

이를 좀 더 구체적으로 논하면 온갖 질병의 뿌리는 지중 독소, 즉 지중 화구(火口)에 있다는 말이다. 지중의 세계는 네 가지 형국으로 이루어졌으니 그것을 수국 화국 목국 금국이다. 이들 형국이 상생상합(相生相合)의 원리에 의하여 서로 조화를 이루고 있을 때 인간과 우주는 탈이 없으나 핵실험 등 여러 가지 원인에 의하여 일단 조화가 깨지면 각종 병해가 발생한다.

"어떻습니까?"

범현이 젊은 의사에게 눈을 치켜뜨며 한동안 그를 쳐다보았다.

"자네 이걸 말이 된다고 생각하나?"

"예."

그는 너무나 천연덕스럽게 고개를 끄덕였다. 범현은 그의 무례한 행동에 화가 났다. 하지만 사실은 인산의 글이 가시화 되었다는 것 자체가 범현 자신을 모욕하는 듯 하여 분노하였다. 왜 하필이면 자신의 글 바로 다음에 따라 붙은 게 인산의 글이란 말인가.

"요즘에 한참 공기 오염에 대해 떠들지 않습니까? 그 사람은 아주 어렸을 적부터 공기가 오염되는 걸 염려했다고 합니다. 공해라는 말이 없을 때부터요. 대단한 것 같아요."

"자네는 그렇게 귀가 얇아 어찌 의사가 되었나."

"두루두루 듣고 경험하며 자라라고 부모님이 당부하며 저를 키웠습니다."

범현은 대답하는 그가 몹시도 한심하게 여겨졌다.

"내용을 근본적으로 따진다면 위암을 수술하는 의사에게 하는 경고메시지 같은 거예요. 한방에서는 위가 인체의 중심부라 그것을 잘라내면 자연히 다른 곳이 약해진다고 합니다."

"자네 오늘 한가한 모양이군."

"그렇긴 하지요. 하지만 여기서도 있을 일이 없네요. 저는 선생님이 조금 더 다른 곳으로 눈을 돌릴 필요가 있다고 생각했습니다. 한의학 양의학을 떠나서 환자들한테까지도 독단적으로 하시잖아요."

그가 어깨를 으쓱해 보였다.

"정말 보자보자 하니까 아주 건방을 떠는구나."

"무례하였다면 죄송합니다. 천성이 이러한 것을 어떡하나 걱정이 되기도 합니다. 그럼 나가보겠습니다."

그가 목례를 하며 방을 나갔다. 범현은 닫힌 문을 한동안 주시했다. 그를 싫어하는 이유는 저런 것이었다. 단순하게 건방지다거나 무례하다는 의미를 떠나 저런 당당함. 그것은 오래전의 인산의 모습을 보는 듯 했다. 범현은 팔꿈치로 누르고 있던 신문을 힐끔 내려 보더니 그것을 집어 던졌다. 그는 자리에서 일어나 창가로 다가갔다. 멀리 차들이 달리는 소리가 희미하게 들려왔다. 그는 바닥에 던져진 신문을 바라보았다. 그리고 천천히 다가가 다시 집어 들었다. 범현은 눈을 감고 그것을 한참을 들고 있더니 의자에 앉았다.

-그래. 네가 뭐라고 떠들었나 찬찬히 읽어보마.

모든 암의 시초는 췌장기능의 쇠약으로 오는데 췌장이 강하면 다른 장부에 암이 발생하고 췌장이 약하면 췌장에서 먼저 암이 오고 간암이 된다. 췌장에 암덩어리가 없더라도 췌장에서 시작한다는 뜻이다. 음식물 속의 영양분은 췌장으로 들어오는데 영양분과 함께 온갖 화공약독 따위 불순물이 췌장에 들어와 혈액을 따라 간에 들어온 뒤 전신으로 퍼져나가니 이것이 곧 암을 일으키는 물질이다. 당뇨도 마찬가지다. 불순물이 혈액을 따라 전신으로 퍼져나가는데 임파선으로 가면 연주창 주마담이 생긴다.

암은 대게 뼈와 내피에 축적이 되나 골수로 가는 것도 있다. 힘줄까지 강화되어 목뼈 3추와 4추에 범하면 디스크가 된다. 이 내피종을 암이라고 부른다. 뼈와 살의 사이의 종양이다. 수은과 중금속 등 모든 화공약독은 내피에 먼저 축적이 되어 암이 된다.

무서운 독을 지닌 음식물 때문에 간접적으로 피해를 받는 것이 오래되면 직접피해와 마찬가지로 사람을 죽인다. 음식물이 중독성을 가지고 있어서 조직에 상처를 만들며 허약한 사람이 먼저 피해를 받는다.

내피의 음성종양은 만성종양이니 수술로 잘라내어도 반년은 괜찮다. 그러나 음성종양 외에는 잘라내면 큰 피해를 바로 받는다. 전신에 무서운 독이 확산 되므로 재수술로 잡을 수 없다.

위암의 경우는 진찰이 나타나기 이전에 다스려야 문제가 없다. 필자는 병원에서 신경성 위염이나 웨궤양이라는 진단을 내릴 때를 중기라고 한다. 먹은 음식을 토하는 단계를 말기라고 하는데 그 때 병원에서는 위암이라 말한다. 암이 골수로 가면 뼈가 아프고 뇌로 가면 심한 두통이 난다. 의학을 하는 사람들은 양의학 한의학을 막론하고 5장6부의 상생관계를 어느 정도 알아야 한다. 이 상생관계를 모르기 때문에 위암이라 하면 위장만 보게 된다.

사람의 주장기운은 폐의 금기다. 폐가 기능을 상실하면 비의 토기를 받지 못한다. 폐 대장의 금(金)기운이 그 어머니인 비위의 토기를 받지 못하면 금기는 살지 못한다. 폐에 토기가 통하면 상생관계이므로 혈관의 피도 잘 통한다. 혈액의 순환. 혈관의 피가 잘 돌면 암이 생기지 않는다. 혈액순환의 장애가 곧 암이다. 신체조직에는 신경 두 줄, 실핏줄 두 줄이 통하는데 이것이 통해야 하기 때문이다. 그 근본은 폐다.

범현은 다시 신문을 내려놓았다. 그는 침침해진 눈을 감더니 창가로 의자를 돌렸다. 정오의 태양이 그의 사무실을 고문하듯 내리쬐기 시작했다. 그는 눈을 게슴츠레 뜨고 하늘을 바라보았다. 갑자기 어렸을 적이 생각이 났다. 인산은 자기의 손을 잡고 걸으면서 너는 하늘에서 움직이는 것이 보이지 않느냐 물었다. 범현은 새와 구름, 해를 말했지만 그는 고개를 저었다.

"색소가 보인단 말이야. 색깔들 말이다. 하양, 빨강, 노랑, 까망, 파랑. 그게 안보이냐고."

범현은 눈을 깜빡이며 다시 하늘을 올려보았지만 그의 눈에는 아무 것도 보이지 않았다.

좀 더 구체적으로 알아보자. 우주간의 동방(東方)색소인 청풍(靑風)으로 병이 오면 신경마비와 중풍이 되고 청기로 인해 오면 암이 되고 청색으로 오면 간담염증이 된다. 독성은 독가스를, 약성은 영양소를 뜻한다. 만일 독가스가 지중에 팽창하면 마침내 지상으로 투출하여 사람을 살리는 활인색소는 병의 원인의 색소로 바뀌고 영양(營養)색소는 암의 원인으로 변화하여 인체의 각종 난치병과 암을 유발하게 된다.

남방색소인 적풍으로 심장혈풍과 정충증이 되고 적기로 인해 오면 암이 되며 적색으로 오면 혈압증이 된다.

서방색소인 백풍으로 오면 기풍이 되고 백기로 인해 오면 암이 되며 백색으로 오면 폐위증이 된다.

북방 색소인 흑풍으로 병이 오면 뇌쇠병이 되어 회복하기 어렵고 흑기로 인해 오면 암이 되며 흑색으로 오면 음광증(陰狂症)이 된다.

중앙색소인 황풍으로 병이 오면 피풍병(皮風病)이 되고 황기로 인해 오면 암이 되며 황색으로 오면 피부암이 된다.

인체 오장에 국한 시켜 보자. 간암은 청색소의 고갈로 색상(色象)과 영소(靈素)가 다하면 기진맥진하여 생명을 잃게 되는 병이다. 나머지 장부도 같은 원리다. 심장은 적색소, 폐는 백색소, 콩팥은 흑색소, 비, 위장은 황색소의 고갈로 각각 목숨을 잃게 된다.

우리나라에는 특히 위암환자가 늘어나는 추세인데 이는 취사의 연료문제 등 여러 가지 원인이 있으나 소 돼지 개고기를 비롯하여 각종 육류의 체(滯)가 오래 되어 오는 경우가 많다.

범현은 갑자기 신문을 펼쳐들고 전화기를 끌어당겼다. 그는 자신에게 기사를 받아갔던 기자에게 전화를 걸었다.

"박범현이오."

"아, 안녕하셨습니까. 안부 전화 못 드려서 죄송합니다. 별고 없으신지요."

"오늘 나간 기사에 대해 물어보고 싶소. 도대체 그렇게 검증도 안 된 기사를 언론사에서 그대로 여과 없이 게재해도 되오?"

"선생님 그것은 어떠한 오해가 있으신 모양인데요, 저희는 병원을 소개 시킨다거나 이 의사를 찾아가라 권면하는 의도에서 쓰는 것이 아닙니다."

"그 말을 하는 게 아니잖소. 이렇게 듣도 보도 못한 것을 어떻게 의료란에 쓸 수 있단 말이오."

"그건 의학적으로도 풀 수 있지만 요즘 국민의식에 관한 것이 더 큰 요인이 되어 올렸습니다. 일종의 미국에서 슈퍼 301조다 뭐다 해서 압력을 넣었을 때 우리 국민들 얼마나 우리 것을 지킨다고 몸부림 쳤습니까. 그와 비슷한 효과를 원한 것입니다."

"이런 민간요법이?"

"바로 그겁니다. 조상들의 훌륭한 의술이 그저 시골 노인들의 민간요법이라고 무시 당해왔던 겁니다. 민간요법이 아니라 그것은 가장 귀한 우리나라 의술이라는 것을 인식해야한다는 의미입니다."

"더 이상 이야기 하고 싶지 않소. 다음에는 나에게 기사 부탁 할 생각 하지 마시오. 이런 자와 같은 공간을 쓰는 것 자체가 불쾌하니."

"선생님. 노여워 마시고요. 제가 그 글을 쓰신 분을 만나 뵙고 왔습니다. 사실은 요번 광복절 때 동료 기자가 숨어 있는 독립유공자들의 삶에 대해 취재 하려 했습니다. 그런데 그 친구가 그 분을 만나 뵙고 저한테 소개를 시켜 줬어요. 말이 독립군이지 사실은 사람을 부지기수로 살리는 의술을 가진 분이라면서요. 병원에서 손도 못 쓴다는 사람을 살렸다는 분인데 그런 사람이 한 둘이 아니라고 합니다."

"그만 이야기 하고 싶으니 끊겠소."

범현은 신경질적으로 전화기를 내려놓았다. 손도 못 쓴다고 돌아가라고 말한 자가 범현이고 그를 거두어 살린 사람이 인산이다. 이건 대체 무슨 운명인가. 내가 죽는다 말하면 거짓이 되고 너는 죽을 사람을 살려 놓는다니.

범현은 광기어린 눈빛으로 인산의 기사를 노려보았다. 범현은 어떻게 하든지 인산의 기사를 두 번 다시 볼 수 없게 만들고 싶었다.

하지만 그것은 범현이 손을 쓰기도 전에 한의사협회에서 들고 일어났다. 오핵단은 그저 단백질일 뿐 암을 치료하는 과학적 성분이 전혀 없다는 이유에서다.

"수많은 사람들이 그것을 먹고 살아났는데 이거야 말로 궤변이 아니고 무엇이란 말이야. 하지만 과학적인 근거를 제시해야 하는 것은 분명하다."

"과학적인 근거란 대체 무엇을 말하는가."

상구가 한의사 신문을 접어놓으며 동료들을 바라보았다.

"죽염만 해도 그렇다. 짜게 먹으면 죽는다는 말을 하니 그들이야 말로 죽염의 약리작용을 과학적인 접근 방법으로 구명(究明)해야 할 것이다. 염화나트륨과 염화마그네슘도 구분 못 한다는 말이 아닌가."

"상구야, 우리가 하자. 우리가 인산 의학을 체계화시켜 정립해보자. 그것이 왜 검증이 안 된 주술이란 말을 들어야 하나. 그러니 한의학을 하는 우리들이 선생님이 제시한 신의학(新醫學)을 체계화하여 '인산의학(仁山醫學)'으로 정립해보잔 말이다."

■　　■　　■

1986년 그의 치료법을 상세히 소개한 〈신약(神藥)〉의 출간을 계기로 이듬해 인산의론을 따르던 의료인들과 민중의술인들, 뜻을 함께 하는 시민들이 인산을 중심으로 1987년 민속신약연구회를 발족시켰다. 신약의 출간으로 인산의학이 주목을 받기 시작하자 한국일보 대강당에서 인산을 초빙하여 공개강연회를 열었다. 그곳에서 경험을 토대로 난치병 환자들을 소생시킨 이야기를 통해 그를 찾아오는 환자들은 물론이고 신문사와 잡지 방송 매체에서 앞 다투어 인산에 대한 기사를 실어댔다. 그로 인해 전국각지에서 난치병에 시달리던 수많은 사람들이 인산의 강연 일정을 따라 모여들기 시작했다.

"쑥뜸이 좋다 하는 게 많이 알려졌습니다. 좋은 일이지요. 하지만 주의해야 할 것이 있는데 이렇게 좋은 쑥뜸도 암이 한창 진행 중일 때는 특별히 주의해야 합니다. 쑥뜸은 강력한 인력으로 주변의 염증을 뽑아내고 멀리 떨어진 암세포를 녹여내지만 그것을 환자가 견뎌낼 힘이 부족해요. 이것은 무슨 이야긴가 하면 사람 몸의 복부에 뜨는 쑥뜸으로 폐나 뇌에서 자라는 암세포를 녹여낼 수는 있지만 그것을 끝까지 견디어내고 치료를 마무리하기란 그리 쉽지 않다는 얘기입니다. 다시 말해서 염증은 생명력이 없는 상태, 암세포는 강력한 생명력이 있는 상태로 볼 수 있기 때문에 치료에 있어서도 자연히 차이가 나게 되고 대처 방법도 다르게 됩니다."

인산은 오래 전 고문으로 인해 다리가 썩어 들어갈 무렵 직접 쑥뜸을 놓아 완치된 자신의 다리를 생각했다.

"예를 들어 허벅지부터 한쪽 다리 전체가 발등의 염증으로 퉁퉁 부은 상태에는 그 상처 위에 쑥뜸을 뜨면 염증이 고름물이 되어 그 상처를 통해 흘러나옵니다. 거짓말처럼 깨끗하게 치유가 되지요. 그걸 보고 사람들은 기적이라고 합니다. 하지만 이것이 자연의 법칙이요, 의술이며 과학입니다. 농약을 먹고 중태에 빠졌을 때도 마찬가집니다. 독은 퍼져 있지만 농약 자체가 생명력을 가지고 있지 않기 때문에 몸 밖으로 배출이 되는 겁니다. 그러나 암은 생명력이 있어서 간단치 않아요."

인산은 잠시 호흡을 다듬으며 물 잔을 들어올렸다. 사회자는 물 잔이 비워진 것을 보자 서둘러 주전자를 들고 살금살금 기어 나왔다. 인산이 그를 보며 빙긋 웃을 때 그의 시야에는 낯익은 또래의 노인과 눈이 마주쳤다. 눈매와 턱 선이 범현이다. 인산은 사회자가 물을 따라주는 동안 그와 한동안 시선을 마주했다. 범현은 의자 깊숙이 몸을 파묻고 팔깍지를 낀 채 그를 안경너머 주시하고 있었다. 인산은 자신의 경험을 이야기 했지만 범현의 귀에는 그것이 자신에게 하는 소리라 여겼다. 다리를 잘린 뻔한 병사. 사실 그는 아직도 그에게 모욕을 당하는 꿈에 몸을 꿈틀거리며 눈을 뜬다.

"암세포는 멀리 떨어진 뜸자리로 쉽사리 이끌려 나오지 않습니다. 암세포는 질긴 생명력을 가지고 있어요. 그래서 암세포는 직접 뜨는 쑥뜸법, 즉 직구법으로 다스려야 완치가 가능하다는 얘기를 하는 것입니다. 나는 그래서 누가 뭐라 하든 모르는 사람들의 말에 좌우되지 않고 다소 무지막지해보이는 이러한 방법으로 암 환자를 고칩니다. 그건 버거스병이나 유방암의 치료에도 똑같이 적용되는 치료 원리입니다. 암의 부위가 그리 깊지 않을 경우에는 마늘쑥뜸을 뜨는 것도 좋은 방법입니다. 암덩이를 녹이는 또다른 방법이 있긴 하지만 그건 정말 고통스러운 방법이라 부득이한 경우가 아니라면 쓰지 않습니다. 사리장이라고 유황오리 죽염과 서목태 등으로 만든 식품인데 가장 강한 약성을 지닌 것입니다. 그걸 먹거나 관장주사로 주입시켜서 암종의 농을 물렁하게 합니다. 그리고 마늘쑥뜸을 뜹니다. 그래도 너무 힘들고 괴롭기 때문에 쉽사리 권하고 싶지는 않아요."

인산은 생각만 해도 고통스럽다는 듯 고개를 저어대며 말을 이었다.

"암이 한참 진행 중일 때에는 쑥뜸을 들 경우 명현 반응이 너무도 강렬하기 때문에 대개 환자와 그 가족들은 물론 의료진들도 다같이 더 악화되는 것같다고 오판하게 되어 치료의 온전한 성과를 거두기가 어려워집니다. 암을 건들여 요동치게 만들어 놓고 중단함으로써 오히려 부작용으로 고생만 더 하다가 죽게 만들었다는 원망을 듣기 일쑤입니다. 따라서 쑥뜸에 대한 확고한 신념과 어떠한 난관도 이겨내겠다는 투철한 의지를 견지할 자신이 없으면 차라리 유황오리와 탕약 위주의 안전한 처방을 선택함이 더 나을 것입니다. 유황오리와 천연물을 배합한 탕약으로 해독보원(解毒補元)의 순리적 치료를 한다는 얘기입니다."

범현이 콧방귀를 끼며 주위를 돌아보았다. 하지만 그의 주위에는 진지한 표정으로 고개를 끄덕이는 한의사들과 환자들의 보호자들만 가득했다.

"여러분. 세상에는 불치병이란 없어요. 난치병은 있지만 불치병이란 없는 것입니다. 우리가 천년 만년 장생할 수는 없지만 자연계로부터 부여받은 천수(天壽)를 누릴 동안에는 건강하게 살아야 하지 않겠습니까. 우리나라에는 그렇게 건강히 살 수 있는 음식들이 많아요. 신약(神藥)이 무궁무진한 땅이라는 말입니다."

강연하는 인산의 고요한 외침은 팔십삼 세가 되던 1991년까지 스물 아홉 차례에 걸쳐 계속 되었다. 범현은 강연이 끝날 때까지 미동의 움직임 없이 그를 지켜보았다. 그리고 강연장을 떠나는 인산의 뒤를 따라나섰다. 인산의 주변에는 이미 많은 인파들이 몰려있었다. 그들은 인산에게 가족들의 병 진행상태와 처방을 듣기 위해 아우성을 쳤다. 상구와 한의사들은 그들에게 돌아서서 접근을 막기 바빴다.
"선생님은 지금 피곤하시니 다음 기회에 말씀 나눌 시간 드리겠습니다."
그러자 인산은 상구를 힐끔 쳐다보더니 그들 앞으로 나섰다.
"내가 조용필이라도 되는 줄 아냐. 비켜봐라. 이야기 좀 하게."
"선생님 그럼 잠시라도 쉬시고 하세요. 그동안 자리 마련할 테니까요."
"됐다니까. 금방인데 무슨. 비켜 봐."
인산이 가족들 앞으로 나오자 그들은 인산의 손을 덥석 잡았다.
"선생님 정말 고맙습니다. 고맙습니다."
"됐고, 어디가 어떻게 아픈지 이야기 해봐요."
인산이 사십대 부인에게 고개를 끄덕였다.
"저는 소화불량인데 불면증도 있고 양치하면 구토증이 나요."

"혈액형이 뭐요?"

"에이형입니다."

"수족이 차지?"

"예."

"그거 위가 약해서 그런데 적어 봐요."

여인은 곧장 수첩을 꺼내어 들고 고개를 끄덕였다.

"공사인 서 근 반, 익지인 서 근 반, 요건 구토증 때문에 먹어야 하고 백두구 서 근 반, 산조인 초흑(炒黑)하여 두 근 반, 요건 진통하고 신경안정을 위한 거, 애엽 서 근 반, 위가 찰 때 덥혀줘, 그리고 익모초 서 근 반. 피를 맑게 해주니까, 그리고 백출 생강 대추 감초 요것도 서 근 반 씩. 공해독을 없애준다구, 익모초는 가짜 웅담 보다 훨씬 나으니 그걸 먹으라는 거예요. 속을 수가 있으니까. 알겠어요?"

"예."

"그리고 유황오리하고 마늘 다슬기 파. 이렇게 먹어줘야 하는데 그건 소화불량이 오래 되면 암이 될 수 있어서 그래. 그래서 암 처방에 가깝게 처방을 해주는 거야. 암도 예방하면서 소화불량을 다스리게 하는 거지."

"예, 감사합니다. 선생님."

"선생님. 저는 모친이 위암입니다."

"연세가 어찌 되나?"

"일흔 여덟입니다."

"혈액형은?"

"오형입니다."

"수술은 하셨어?"

"예."

"얼마나 됐어? 수술한 거."

"삼 개월 됐습니다."

"위암은 수술하면 보통 팔구 개월 후에 악화가 된다. 침이 전부 거품으로 되서 기도를 막으면 얼마 안가서 죽게 되지. 음식 먹고 구토는 안하고?"

"아직 그런 증상은 없습니다."

"구토하면 가실 날 머지않은 거야. 좋지 않아. 변은?"

"변은 검은 편입니다."

"그건 수술 하고 나서 간으로 가서 통증이 갈 수가 있는데 그걸 대비해서 말하는 거야. 적어요. 원시호 인진 호황련 각 서 근 반, 유황오리 다슬기 마늘 대파 백개자 당산사 당목향 별갑(초) 공사인 백두구 익지인 맥아(초) 각 서 근 반, 초구두 육두구 각 한 근, 금은화 포공영 각 서 근 반, 하고초 두 근, 생강 대추 감초 각 한 근."

그가 받아 적는 동안에 사람들은 목을 빼며 말할 기회를 찾았다. 그리고 인산과 눈이라도 마주치면 숨이 넘어갈 듯 그 증상에 대한 열변을 토했다.

"선생님. 저희 부친은 수술하고 나서 회복 단계입니다. 많이 좋아졌어요."

"응, 그럼 중완에 쑥뜸 뜨면 된다. 연세는?"

"육십 오세요. 에이형이고요."

"그럼 꾸준히 떠. 한 천 오백 장 이상 말이야. 뜸뜨는 건 알지요?"

"예."

"그럼 삼년 후에 위가 다시 생겨. 새살이 나와서 그래. 그리고 죽염에 난반 섞은 거 한 달에 1킬로 정도 먹이고. 그럼 틀림없이 건강해져. 확실히 회복한 거 맞지? 안 그러면 절대 해서는 안 되는 거야. 쑥은 사람을 살리기도 하고 죽이기도 할 만큼 영험한 거야."

"예, 선생님."

"선생님. 제 아이 좀 봐주십시오."

삼십 대 남자가 여섯 살 가량 되는 아들을 안고 인산 앞에 나왔다. 인산은 잠이 든 아이의 얼굴을 가만히 바라보았다.

"쯧쯧. 장이 안좋구만. 고생 꽤나 했겠어."

"예. 탈장된 적이 있습니다."

뒤에 서있던 사람들은 인산의 지적에 감탄을 했다.

"그건 태아 때 횡격막 조직이 생기거든. 그때 모친이 공해독이 든 음식을 먹은 거야. 한 마디로 공기 나쁜데서 생활을 했다는 거야. 그 공기 나쁜 곳에서 거기 음식을 먹으니 모태가 건강하질 못하지."

"예, 공단 쪽에 있었거든요."

"아이는 그 피로 격막이 이뤄져서 자연적으로 손상이 이뤄지게 된 거야. 독이 된 조직으로 조직체가 만들어졌으니 약화 된 거구. 지금 사는 곳에서 좋은 공기 있는 데로 가는 게 우선이고. 처방으로는 오리 피에 설탕을 조금 먹으면 되는데 애한테는 간에 관한 처방을 해줄게. 안 그러면 나이 더 들어서 간암으로 올 수가 있어. 소아암 보면 간암이 많지. 공해가 그런 거야."

"사람들 그만 현혹하고 나 좀 보세."

범현이 불쑥 다가왔다. 인산은 처방을 불러주다 말고 돌아보았다. 인산은 그에게 시선을 둔 채 계속 처방을 했다.

"고맙습니다. 선생님."

"그래요. 가봐."

인산은 범현에게 다가왔다.

"예전 보다 행색이 좋아졌구나. 이런 강연을 하며 돈을 버는 모양이네."

"누구십니까?"

상구가 무례하게 구는 그 앞에 다가서려 하자 인산이 한 팔로 상구를 지그시 막았다.

"돈을 벌려면 이렇게 하지 않지. 왜 자리 임대료만 받고 처방을 공으로 해주겠나. 돈 벌려면 한마디 한마디가 돈 일 텐데 말이지."

"너는 나이가 늙어도 여전히 극성을 부리는 구나."

"너처럼 나이 먹으면 집도를 못하는 건 아니니까."

상구와 한의사들이 입을 막고 쿡쿡 웃어댔다. 범현의 안색이 굳어졌다.

"그래, 그 말 하러 이 자리에 참석 한 거냐."

"아까 듣자하니 단명인 사람을 살릴 수 있다는 해괴한 소리들 하던데 그런 건 사이비 교주나 하는 소리다. 대체 무슨 정신으로 노구를 끌고 다니는 거냐. 그건 무슨 근거로 하는 말이냐."

"너는 그 낯만 보아도 그가 몇 살에 갈지 알 수 있느냐."

"그러니 네가 사이비 교주 같은 말만 한다는 거다."

상구가 범현의 말을 듣다못해 그의 앞에 섰다.

"보시오. 선생님. 우리 모두는 지각인 입니다. 게다가 한의학을 공부한 사람들인데 그것조차 구분 못하면서 환자들을 돌볼 수 있단 말입니까."

범현이 상구를 한참이고 바라보았다.

"세상에 그런 집단이 지천에 깔렸다. 교주라고 모시는 사람 앞에 앉아 박수치는 무리들은 의사며 교수라는 자타가 공인하는 지성인들이다. 그럼 그 사람들의 무엇이 잘못되었기에 그렇게 된 것이냐. 의식이다. 그 사람의 의식이 상처받은 것이야. 그러니 몸이 아파 죽음에 임박하여 혼동에 쌓이고 근심하는 사람들은 지푸라기라도 잡는 심정으로 달려드는 것이다. 그걸 노리는 것이 아니냐."

"이것 보시오."

상구가 범현에게 소리쳤다. 인산은 아들보다 어린 나이의 상구가 어른에게 호통을 치자 되레 상구를 나무랐다.

"상구야. 어째 어른한테 그런 말버릇으로 지껄이냐."

"선생님. 나이 들어 다 어른입니까. 어른다워야 어른 대접을 받는 것입니다. 자네들은 선생님 차에 모시고 먼저 가게."

그러나 인산은 그들의 팔을 뿌리쳤다.

"내 발로 갈 테니 있어봐."

상구는 자신을 노려보는 범현에게 물었다.

"그래서 인산 선생님이 가진 게 무엇입니까. 그런 교주들은 신도들이 바치는 돈과 부동산에 여자들까지 있소. 선생님 재산 목록을 털어보고 그런 말씀 하시오. 없는 사람들에게 밥까지 먹여 보내고 돈이 없어 죽는 날만 기다리는 사람들에게 당신 주머니까지 털어 살리는 분입니다. 더 이상 선생님 명예를 실추 시키는 언동을 한다면 고소하겠습니다. 선생님과 동년배이시라 예의는 갖추려 했지만 그러한 마음은 사라졌소. 그러니 그만 돌아가십시오."

"열등감이야. 너는 독립운동 한답시고 제대로 된 의학을 공부할 시기를 놓쳤으니까. 나는 그렇지 않으니까 나만 따라다니면서 나에게 모욕을 주지."

"그것 때문에 네가 왔구나."

인산이 고개를 설레설레 저어대자 범현은 별안간 미친 듯이 소리를 질렀다.

"내가 그렇게도 잘못한 거냐. 독립운동 할 때 짱구와 두꺼비와 함께 압록강을 건너지 못해서? 착한 다례를 버려두었기 때문에? 너는 죽도록 고문당할 때 나는 미국에서 공부만 했으니까? 그래서 내가 한국에 올 날을 기다리며 나를 따라다니면서 죽을 사람만 살려 놓는 게 네 임무이자 복수심이냐. 그 전에도 그랬지. 거지꼴로 사람들 앞에서 나를 모욕 줬어. 죽은 사람의 숨통을 트여 놓고. 나를 모욕 줬어. 썩은 다리 고쳐 놓아 내 숨통을 조였고 그러면서 너는 속으로 나를 조롱했지. 이름을 바꾸면서 내 뒤통수를 치려 늘 틈을 노린 거야"

인산은 아무 말 없이 범현을 바라보았다. 범현의 깊은 주름을 보니 별안간 그가 가엾게 느껴졌다. 그것은 세월의 흔적이 아니라 인산에게 받은 모욕의 상처처럼 보였다. 그는 가만히 손을 들어 자신의 이마의 주름을 더듬어 보았다.

"늙어버린 나는 그 기억을 하기 위해 안감힘을 써야 할 것을 너는 마음속에 항상 품고 다녔구나."

인산은 숨을 몰아쉬는 범현에게 다시 입을 열었다.

"범현아. 나는 너라는 존재는 안중에 없다. 내 눈에는 사람을 살리는 약과 죽이는 독과 그리고 죽어가는 사람들과 나아가는 사람들밖에 보이지 않는다. 네가 나한테 받았다는 모욕이 뭐냐. 무시를 당했다고? 나는 그 비참함과 무시당함이라는 자체가 내 삶이었다."

범현은 여전히 살기를 품은 눈빛으로 그의 눈을 바라보았지만 주변의 한의사들과 환자들 가족은 입을 다물었다.

"젊어서는 거지꼴로 문전박대 당한 것이 부지기수였다. 네가 비웃는 이 의술이 없었으면 내가 여태 살아 있었을까도 의문이다. 굶어 죽을 쯤에 기를 쓰고 사람을 살려 놓았더니 그들이 나에게 밥 먹여 주더라. 제발 살려 달라 하여 살려 놓으면 모르는 체하는 것이 모욕을 당한 것이다."

"궤변이다. 그건 모욕이 아니야."

범현이 소리쳤다.

"모욕이란 그런 것을 말하는 거다. 대접 받지 못한 것이 모욕이 아니라 외로움이 모욕이다. 사람들에게 환멸을 느껴 세상을 떠나고 싶은 게 만드는 것이 모욕이다."

인산은 다시 숨을 내쉬며 범현을 바라보았다. 그는 미동도 없이 인산을 노려보았지만 어쩐지 그것이 되레 힘들어 보이기까지 했다.

"내가 이 나이 되어도 기를 쓰고 다니는 것은 그래도 세상에는 아직 살아 있어야 할 사람들이 많기 때문이다. 내가 그들을 다 고치지 못해도 각 가정의 주부들이 의사가 될 수 있는 법을 알려 주는 거다. 네가 죽염을 비웃지만 그게 사람을 살리는 것은 틀림없고 오리나 기르고 간장 된장 담그는 미친 영감이지만 그걸 먹고 암 환자들이 자리를 털고 일어난다. 나는 여섯 살 때부터 귀신들린 미친놈이라는 소리를 들어왔고 거지에 능력 없는 가장이라는 소리도 들어왔다. 그런 소리를 듣는 것은 아무렇지도 않다. 하지만 나를 힘들게 하는 것은 나를 모욕하고 나를 부정하는 것이 아니라 우리 땅의 음식과 신약(神藥)을 부정하는 것이다. 내가 독립운동을 한 이유 중 하나는 이 땅을 지키기 위해서였다."

범현은 인산에게 둔기로 머리를 맞은 듯 했다. 그가 휘청거리며 옆에 있는 누군가의 팔을 잡았다. 인산은 범현을 한동안 바라보다 차를 향해 지팡이를 가리켰다. 상구는 인산이 두어 걸음 걷자 그제야 서둘러 그를 부축했다.

"놔라. 아직은 건강하니까."

"오래오래 사셔야 합니다."

인산은 차에 올라타며 상구를 돌아보았다.

"뜬금없이 무슨 말이야."

상구가 가만히 웃었다.

"선생님. 점심때가 넘었는데 갈비 어떠세요?"

"갈비. 젊었을 때는 없어서 못 먹었지. 아들놈하고 미국에 강연하러 갔을 때 갈비 엄청 먹었다. 한국에서 못 먹던 거 미국 가서 먹었어. 네가 사준다니 한 번 먹어보자."

한의사들이 웃음을 터뜨렸다. 사실 그들은 범현의 앞에서 그렇게 웃어대고 싶었다.

"그런데 선생님 독립운동도 하셨어요?"

앞자리에 앉은 다른 한의사가 물었다. 인산은 손에 쥐고 있던 지팡이로 그의 뒤통수를 쳤다.

"시끄러워."

"참 내, 우리가 앓아누워야 하나보다. 어쩌면 우리한테는 이리도 야박하실까."

인산이 다시 지팡이로 뒤통수를 때렸다.

제 5 장

"아버지, 제가 기자 그만두고 여기서 죽염 굽겠다면 허락하실 겁니까?"

인산이 멀뚱하니 윤세를 바라보았다.

사실 그의 욕심 같아서는 전 가족 며느리 손자 할 것 없이 죄다 죽염을 굽고 서목태 된장 간장을 만들고 유황오리를 몇 곱절 키우는 것이 소원이다. 하지만 어려서부터 변변히 먹이지도 못하고 밤 열두시면 감로수를 떠오라며 어린 아들 손에 물동이를 쥐어 준 것이 떠올랐다.

-남들처럼 공부만 하면서 대학원 박사 코스를 밟도록 밀어 주지도 못했는데. 지가 어떻게 해서 된 신문기자를 그만두고 소금을 구워 팔겠다는 말을 할꼬. 내가 아무리 환자들 살리고 국민들이 건강하게 되는 것을 바라지만 이 녀석이 원하는 것 제대로 해준 적도 없는데. 그건 내 욕심이지.

"시외버스 터미널에 나오면 택시는 깔렸다고 하더니 진짜네."

파리한 낯을 가진 이십 대 딸을 사이에 두고 한 부부가 주변을 둘러보았다.

"그런데 거기 위치를 어떻게 설명을 하지? 이 약도를 그냥 내밀까?"

"아무래도 그게 낫지요. 그나저나 여긴 외지인데도 유동인구는 많은가 봐요."

부부는 택시 순서를 기다리며 주변을 둘러보았다. 사방을 둘러보아도 온통 산이다. 이제 여름에서 가을로 접어드는 터라 산의 화려함은 마치 공작의 깃털처럼 화려하게 느껴졌다.

"나 내년에는 저기 올라가 보고 싶어요."

그들의 딸이 나지막이 속삭였다.

"그럼, 당연하지. 우리 가족 다 놀러가자."

이윽고 순서가 되자 그들은 딸을 먼저 택시에 태우고 앞뒤로 자리를 잡았다.

"기사님. 요 약도 좀 봐주시겠어요? 우리가 초행이라 어떻게 설명을 해야 할 지도 모르겠고."

기사는 그들이 내미는 쪽지를 받아들자마자 고개를 끄덕였다.

"뭣허러 이런 걸 그려 왔소잉. 그냥 인산 할아버지네 가자고 하면 함양 땅에서는 눈감고도 가요잉."

"어머나. 그렇게 유명한 분인가요?"

"허따. 아까 택시 못 봤소잉. 그게 다 인산 할아버지네 가는 차량 아닝게라."

그들은 서로를 바라보았다.

"그런데 정말 그분한테 가면 병이 낫습니까?"

"그러니까 사람들이 오는 것 아니요잉."

기사가 백미러로 그들을 쳐다보았다.

"내가 여게서 택시 몰고 다닌 게 삼년이요. 그 사이 얼마나 많은 환자들을 태워 날랐겠소잉. 죽어 나자빠지던 사람들이 살아 난거 본 게 한 두 번이 아니여. 우리 장모 친구도 자궁암으로 왔었는데 의사도 포기했거든요잉. 근디 싹 나아부렀어."

"그래요?"

"폐암 말기라도 낫소. 거 내가 한 두 번 본 게 아녀."

"병만 낫게 해준다면 선물이 아니라 집이라도 머리에 이고 가야지요."

"필요 없소. 그 분은 그런 거 절대로 안 받으니까. 그런 거 줄 돈

있으면 가서 몸보신이나 하라고 돌려 보내지라."

"그럼 사례비는 어떻게 드려요?"

"그런 거 없당게. 그냥 약 이거 저거 써라 하고 알려주고 말아요. 또 병이 나아서 찾아와도 하루에 삼 사 백 명 상대하는 분이라 누가 누군지도 모르고."

그들은 별안간 안심이 되는 듯 입가에 미소를 지었다.

"내가 여게서 택시하믄서 별의 별 사람 다 봤는디요, 정말로 가산 탕진하고 미국에 독일에 하여간 좋다는 병원 다 돌아 댕기고 죽을 쯤 되서 오는 양반들 깔렸지라. 그런 사람이 살아서 간다니 할 말 다 한 거지라."

"그럼 우리처럼 이렇게 일찍 와도 좀 기다려야 하겠네요."

"허따. 아마 오박 육일은 지내야 할 것이오."

삼십대 초반에 자궁암 위암 등 세 가지 암을 동시에 앓아 죽음만 기다리던 처지에 인산의문(仁山醫門)을 찾았다가 암을 극복하고 나서는 인산을 친아버지처럼 따르며 온갖 궂은 일 마다 않고 하는 한옥분은 인산이 끼니를 거르면서 환자들을 돌봐주는 것을 매우 못마땅하게 생각했다. 그것은 당연한 것이었다. 건강한 장정이라도 충분한 잠과 영양이 있어야 하는 법이다. 아무리 환자를 아끼고 불쌍히 여기며 살아날 방법을 이야기 해주지만 그래도 제삼자의 객관적 입장에서는 우선은 당신의 몸이 제일인 것은 말 할 것도 없었다. 옥분은 끼니 때가 지나면 방문을 열고 제발 좀 드세요 하고 애원하듯 말했고 그럴 때 마다 인산은 손을 저어댔다. 그러면 환자들과 보호자는 주눅이 들어 방을 나서려 했지만 인산은 이야기를 계속 이어 나갔다.

옥분은 속이 상해 부엌 문간에서 허리춤에 손을 얹고 눈물을 닦은 적이 한 두 번이 아니었다. 그렇다고 환자들에게 뭐라고 할 수도 없었다. 마당에 누워 허공을 쳐다보는 환자의 가족들의 마음과 아비 같은 인산을 생각하는 옥분의 그 마음은 매 한가지임에 틀림없기 때문이었다.

"그래도 드셔야 하는데 말이야."

옥분이 훌쩍거리며 손바닥으로 눈물을 훔쳤다. 그녀를 멀리서 바라보던 환자들의 가족들은 숙연한 마음에 서로를 바라보았다.

그러나 고통의 나락에서 허우적대는 사람들은 다른 것을 생각할 여유도 없다. 인산은 그것을 알기 때문에 피곤에 지치고 잠이 몰려와도 꼿꼿하게 앉아 환자들의 얼굴을 물끄러미 바라보았다.

"이거 한약방에 가서 지어달라고 해. 유황오리나 뱀닭은 폐암에 그만이니까 그것도 꼭 먹이고."

인산이 텐트사이로 손을 내밀었다. 보호자는 일어서서 그것을 받아 들었다.

"많이 지쳤을 테니까 이제 올라가봐. 가서 좀 쉬게 해야지."

보호자가 허리춤에서 돈 봉투를 꺼내어 들며 인산을 따라 나갔다.

"선생님!"

인산이 돌아보았다.

"이거……"

인산은 그것이 무엇인지 알기에 손을 저어댔다.

"그걸로 유황오리나 먹이라니까. 다 낫거든 그때 인사하러 와도 되니까 어여 짐 챙겨서 올라가."
"아니, 그래도 그럴 수는 없어요. 받아주세요."
"에이 참!"
인산이 소리를 버럭 지르자 그녀는 움찔거리며 인산을 바라보았다.
"낫거든 그때 오면 되잖아."

인산은 마당을 가로 질러 사람들을 둘러보았다. 옹기종기 모여 선잠을 자던 보호자들이 사람의 기척에 눈을 떴다. 인산이 뒷짐을 진 채 사람들을 천천히 살펴보며 걷는 모습이 보였다.

인산은 며칠 째 자신을 기다리는 사람들 중에서 생사가 촉박한 사람들을 먼저 살펴보기 위해 이른 새벽부터 일어나 둘러보곤 하였다. 잠이 안와서 그냥 나오는 것이라지만 사실 그 말도 맞는 말이다. 수백 명의 환자들이 아무렇게나 텐트를 치고 누워 그의 처방 만을 기다리는 것을 아는 그는 절대로 잠을 잘 수가 없었다.

"들어들 와요."

새벽 미명에 들리는 인산의 목소리에 자리에 누워있던 환자들은 하나 둘씩 고개를 들었다.

"아버지 뭐하세요?"

뒤뜰 가마솥에 서목태를 잔뜩 삶는 인산에게 윤세가 다가왔다. 옥분이 가마솥의 서목태를 저어대다 윤세를 보자 손짓했다.

"아유. 팔 떨어지는 줄 알았네. 이것 좀 오빠가 저어요."

"엄살도 심하네. 네 오빠 이제껏 죽염 굽다 왔는데 또 불 앞에 서라고 하냐?"

"괜찮아요."

옥분이 입을 삐죽거리자 윤세가 솥 앞에 섰다.

"뭐 만드시게요. 된장이요?"

"간장. 여게 환자들한테 많이 필요하다. 그러니 틈나는 대로 만들어 놔야지."

"그런데 간장을 퍼먹는 것도 아니고."

"마시게 할 거야."

"예?"

옥분은 벌써 간장을 마신 것처럼 얼굴을 잔뜩 찌푸렸다.

"이건 그냥 간장으로 쓸게 아니라 사람 살리는 약성을 지닌 식품으로 만들 거야. 윤세 너 서목태가 어떤 기운이 있는 지 아냐."

"네. 수성, 토성, 여성, 삼성의 기운이 있어서 해독력이 강합니다. 금목수화토 다섯 별의 기운이 모두 들어있기 때문에 오장육부를 골고루 보 하니까요."

"그래. 게다가 감로수로 만들어 더 좋지. 요 서목태, 쥐눈이콩이라는 게 말이다 발아할 때 쏙 뽑아 보면 뿌리에 분자낭이라는 게 달려 있어. 그 알맹이가 잔잔하게 달려있단 말이야. 그게 시간이 지나 누룩이 되면 인체에서 피를 맑게 해주는 작용을 한다. 청혈작용. 그런데 사람들이 이 쥐눈이콩이 그렇게 귀한 줄 몰라. 한 십 년이나 지나야 알까. 마늘도 마찬가지야. 내가 젊어서부터 그렇게 마늘이 귀한 거라고 했는데 콧방귀 낀다. 양놈들은 한국 사람들한테 마늘 냄새난다고 하고 말이야. 그래도 두고 봐라. 나 죽고 나면 마늘이 암에도 좋고 만병통치의 신약이 된다고 할 테니. 세상 참 답답하다. 아무리 좋다고 떠들어도 미친 늙은이 소리라고 하니."

"그게 아버지가 너무 앞서가서 그러는 거지요."

"병은 미리 막아야 하는 거야. 그러니 미리 떠들고 다니는 거지."

"그래서 듣는 사람이 얼마나 있어요? 사람들은 돈이 많이 드는 치료법이 잘 듣는 줄 알아요. 밥상에서 보는 음식이 약이라니 그게 먹히나요."

"시끄러워."

인산이 옥분을 힐끔 쳐다보며 다시 입을 열었다.

"요걸 전에는 죽염 넣고 된장 만들어 간장이 되게 했는데 유황오리랑 밭마늘에 유근피까지 넣어서 만들려고 한다. 내 생각대로 만들어 진다면 농약이나 화공약독으로 신경이 둔해지고 피가 탁해진 것이 맑아질 텐데 말야."

"그럼 그건 당장의 효과는 기대 할 수 없는 거겠네요."

"아무래도 촌각을 다투는 사람들한테는 그렇지. 그런 사람들한테는 쑥뜸이 최고지."

"그건 그렇습니다."

"난 이걸 개발해서 주사약으로 만들었으면 좋겠는데 말이야. 간장을 사람한테 선뜻 주사할수도 없고. 강한 약성은 죄다 갖고 있어서 사람 살리는데 이보다 더 좋은 건 없을 텐데 그걸 어떻게 하면 될까 모르겠다."

인산이 뒷짐을 지고 서서 가마솥의 불을 바라보았다. 활활 타오르는 불길은 효자의 손길처럼 가마솥을 두들겨 주는 것처럼 보였다.

"아버지. 일전에 왔던 폐암 걸린 아주머니 있잖습니까."

윤세가 땀을 닦으며 인산을 바라보았다.

"누구. 대전 산다는 모녀?"

"예."

"응. 왜?"

"죽염을 팔고 싶다고 하는데요. 그리고 제 생각도 그렇습니다. 여기서 환자들한테만 주는 것 보다 대중을 상대로 팔면 더 좋지 않겠어요? 비용도 충당되고 그렇게 되면 더 많은 양을 생산할 수 있으니까요."

"일없어. 그렇게 되면 인건비다 유통비다 해서 가격을 얼마나 붙여야 하는데 그런 말을 하냐."

"윤세 오빠 말이 맞네요. 그래야 모르던 사람들이 알고 구입해서 먹지요. 요즘에 흰색독약이네 하면서 설탕 소금 밀가루 못 먹게 하잖아요. 의사들도 죽염 먹으라고 하면 미쳤다고 한대요."

"그놈들이 미친놈이네. 죽염이 왜 일반 소금이야? 과학을 알고 인체를 공부했다는 놈들이 죽염하고 소금의 차이도 몰라? 그렇게 미심쩍으면 지들이 본격적으로 연구를 해서 텔레비전에 방송을 하던가. 그럼 그게 나쁜지 좋은지 알 거 아니야."

"아버지 그렇게 흥분만 하실 게 아니라."

옥분이 윤세에게 주걱을 받아 들고 이야기를 계속 해보라는 듯이 손짓했다.

"아버지. 며칠 전에 방송국 피디가 다녀갔습니다. 죽염에 대해서

찍고 싶다고 왔었는데."

"언제?"

"아버님 대구 가셨을 때요. 안 계신다고 하니까 날짜 잡고 다시 오겠다고 했거든요. 그러니 그 방송사하고 협력을 하면 사람들에게 죽염을 알릴 기회가 되잖아요."

"좋은 건 알려야지."

"안 그래도 입소문으로 죽염 좋다는 말 들은 사람들이 누구 약올리냐고 해요."

"약을 누가 올려? 약을 준다는 건데."

"그렇게 좋은 걸 자기들이 어떻게 구하냐는 말이지요. 소나무에 대나무 송진 천일염은 그렇다 치더라도 그걸 연탄불에 굽겠습니까, 가스레인지에 올리겠습니까."

옥분이 웃음을 터뜨렸다. 인산은 옥분이 웃자 힐끔 쳐다보더니 같이 웃었다.

"얘. 내가 열아홉 살 때 죽염을 구워 팔은 적이 있다. 삼사십리 길을 걸어서 그거 팔고 군자금으로도 쓰고 말이야. 그렇게 만들어 팔았는데 그게 지금하고 또 달라. 그때는 그저 그만큼의 분량만 만들어도 됐으니까 말이다. 그런데 대량으로 판다면 각 가정의 식탁은 아니더라도 적어도 좋다고 소문나면 천 가구에 하나 먹다가 백 가구에 하나 정도는 사먹을 거 아니야. 그럼 우리 인구가 지금 사천만인데 그걸 여기서 다 어떻게 구울래? 너 기자 때려치우고 여기서 나랑 구울 거야?"

윤세는 잠시 생각에 잠겼다. 본격적으로 죽염을 굽는다면 열 다섯 어린 시절부터 아버지의 명에 따라 죽염을 굽고 오핵단을 만들며 약재들을 법제하면서 그 핵심 기술들을 직접 전수 받은 자신이 발 벗고 나서야 할 일이라는 것은 두말 할 나위도 없었다. 그렇게 되면 아버지 인산의 새로운 의학체계를 직접 세상에 알리기 위해 온갖 고생 끝에 그토록 힘들게 들어가 8년여 세월에 걸쳐 기반을 잡은 모 주간신문사 편집부 기자직을 그만 두어야 한다. 인산은 윤세의 마음을 읽었다는 듯 손을 저었다.

"됐어. 뭐 여기저기서 죽염 굽는 거 배우겠다는 사람들 나타나니 그 사람들하고 이야기 해보면 된다. 너도 참 언감생심이다. 어려서부터 고생을 바가지로 해서 나한테 걸핏하면 불만을 툴툴 내뱉더니 지금은 죽염을 굽겠다?"

"아, 옛날 얘기는 또 왜 꺼내세요? 윤세 오빠가 지금은 아버지 말씀이라면 껌뻑 죽는 거 안보이세요?"

"그야 술독에 빠져 살다 몇 번 죽을 때마다 쑥뜸으로 살려 놔서 그런 거지. 저놈이 쑥한테 껌뻑 죽는 거지 나한테 그러는 거 아니다."

인산이 입을 삐죽거리며 어린아이처럼 행동하자 윤세가 웃었다.

"그리고 본격적으로 생산한다 해도 그게 무슨 공장 돌아가듯 그렇게 되는 게 아니야. 드럼통 하나 크기를 수백 개 놓는 한이 있어도 딱 그만한 분량에 들어가게끔 해야 제대로 된 거야. 무슨 용광로에 철 녹이듯 그렇게 하는 게 아니라는 거지. 그러니 정통으로 굽겠소 하고 나타나는 사람들이 몇이나 될까 의문이긴 하다. 죄다 편하게 돈 벌려고 하지 누가 드럼통 앞에 쪼그리고 앉아서 아홉 번의 관문을 모조리 거치면서 마치 수도하는 마음으로 정성스레 죽염을 구울 수 있겠냐는 의문이 드는 것은 사실이다."

"그럼 딱 윤세 오빠가 하면 되긴 되는데. 오빠 취미가 도 닦고 참선하며 책 읽는 것 아니유. 드럼통 앞에서 책이나 펼쳐 들고 한시나 읊어대면 딱이지요."

"나이 삼십 겨우 넘어서 노인네처럼 살라는 말이냐?"

인산이 고개를 저어대며 옥분을 쳐다보았다.

"노인이나 신선(神仙)이나 그게 별반 있어요? 이렇게 조용한 곳에 있으면서 죽염 만들면 그게 신선이지. 아, 신선 만나면 장수한다니 맞는 말이네."

"잘도 갖다 붙인다."

인산이 혀를 찼다. 윤세는 돌아서는 인산의 뒤로 바짝 다가가 그의 팔을 잡았다.

"아버지. 제가 기자 그만두고 여기서 죽염 굽겠다면 허락하실 겁니까?"

인산이 멀뚱하니 윤세를 바라보았다. 사실 그의 욕심 같아서는 전 가족 며느리 손자 할 것 없이 죄다 죽염을 굽고 서목태 된장 간장을 만들고 유황오리를 몇 곱절 키우는 것이 소박한 바람이다. 하지만 어려서부터 변변히 먹이지도 못하고 죽염 굽는 것을 위시하여 영하 20도가 넘는 날씨에 오핵단 돼지의 먹이로 쓸 구정물 두 바게쓰 씩 나르기 위해 버스, 기차 등을 다섯 번 갈아타며 십리 넘는 허허벌판을 가로질러 오가게 하는 등 온갖 고생을 시킨 일들이 주마등처럼 뇌리를 스친다.

-남들처럼 호강하고 공부만 하면서 대학원 박사 코스를 밟도록

밀어 주지도 못했는데. 지가 어떻게 해서 된 신문기자를 그만두고 소금을 구워 팔겠다는 말을 할꼬. 내가 아무리 환자들 살리고 국민들이 건강하게 되는 것을 바라지만 이 녀석이 원하는 것 제대로 해 준 적도 없는데. 그건 내 욕심이지.

인산이 윤세의 팔을 저어 빼며 손을 흔들었다.

"지랄하지 말아. 신문 기자라고 방방 뛰어 다니다가 별안간 무슨 소리야?"

"아이참. 선생님은 어불성설이세요?"

옥분이 끼어들었다.

"뭐?"

"언제는 이렇게 좋은 거 우리나라 모든 가정에서 먹어야 한다고 하시더니 윤세 오빠가 하겠다는데 왜 말리세요?"

"아버지. 그렇게 할 게요. 주말마다 와서 굽고 돌아가느니 여기서 눌러 앉아 공식으로 죽염 제조허가를 받아 본격적으로 생산을 해 보겠습니다."

"네가 진짜 원하는 거야?"

"예."

인산이 윤세를 가만히 바라보았다.

"너 모가지 잘린 거 아냐?"

옥분이 다시 소리 내어 웃었다.

"아이 참 선생님도……."

"그럼 사표 내고 나올 생각이란 말야?"

"그렇게 하겠습니다."

"거 참. 뉴욕 타임스 일류 기자가 나간다면 잡을 텐데 네가 나가겠다면 그냥 보내준다? 거기서 뭐 제대로 대접 못받은 모양이구나?"

"일 잘하는 기자가 하루아침에 나간다고 하면 예의상이라도 세 번은 잡겠다."

옥분이 다시 입을 삐죽거렸다.

"하여간 너도 계집애가 아무 때나 불쑥 불쑥 어른들 말하는데 끼어들고. 버르장머리 하고는."

"치. 요즘이 때가 어느 땐데……."

"말대답 꼬박꼬박하고. 시끄럽다. 눌러 붙지 않게 잘 저어라."

인산은 뒷짐을 지고 총총걸음으로 멀어졌다. 옥분은 주걱을 윤세에게 건네주며 이마를 닦았다.

"진짜 그럴 생각이야?"

"그래. 내가 아버지께 다른 소원은 못 들어드려도 이것만은 들어 드리고 싶다. 아버지께서 진정으로 바라는 바를 오늘 읽었거든……."

■   ■   ■

"저 오리들이 왜 저러냐."

인산이 이른 아침에 지팡이로 비닐하우스를 가리켰다. 간밤에 트럭에 실려 온 오리 백여 마리 중 서른 마리 이상이 다리를 오그리고 일어서지도 못하는 것이었다.

"허허……. 그것 참. 노인네가 오리를 떼로 산다니 이놈들이 돈이나 받아먹으려고 사기를 친 거로구만."

"그러게, 아버지 저만큼 쓰지도 못 할 오리를 받아놓았으니 유황오리 값을 올려야 해요."

옥분이 속이 상해 발을 굴렸다.

"거참, 계집아이가 이래라 저래라. 시끄럽고 가서 멀쩡한 놈들이나 영감한테 봐달라고 해."

인산은 옥분을 뒤로하고 농장 주위를 둘러보았다.

"저, 선생님."

인산이 뒤를 돌아보았다. 거기에는 유황오리를 길러보겠다고 나타난 대여섯 명의 사람들이 서있었다.

"응. 어떻게, 오리 길러 볼 거야?"

"그런데 문제가 있습니다."

"그래? 그럼 들어와."

인산은 농장을 가로질러 황토집으로 향했다. 사람들은 서로 눈치를 보다가 인산의 뒤를 따랐다.

"문제가 뭔데?"

인산이 자리에 앉자마자 안경너머로 그들을 바라보았다.

"저, 오리 말입니다."

"응."

"그게 아무리 계산을 해도 적자입니다."

"그럴 수밖에 없지. 장사 해먹으려고 만든 게 아닌데. 좋은 맘으로 해야지."

인산의 당연하다는 표정에 사람들은 잠시 입을 다물었다.

"그런데 그게요, 좋은 맘으로 하려고 해도 6개월~1년 유황 섞은 사료를 먹여 유황오리로 완성될 때마다 들어가는 돈이 만만치 않아요."

"선생님 여기 오리가 하루에 얼마나 나갑니까?"

"한 서른 마리 나가지. 하루에 서른 마리니까 한 달이면 구백 마리야."

한동안 침묵이 흘렀을 때 사십 대 여인이 조곤조곤 말문을 열었다.

"선생님. 보통 오리 한 마리를 시중에서 육천 원에 팔잖아요. 그런데 유황오리도 그렇게 팔면 큰 손해거든요."

"그건 그래. 보리쌀 해서 먹이고 인삼 먹이고 유황치고 그러면 아무래도 좀 모자라지."

"아니, 모자란 게 아니고요 그게 오리를 키우면 키울수록 적자예요. 보리쌀 이백만 원 해서 오리들 먹이고 또 유황에 오리 농장 관리비에 인건비 그리고 제일 중요한 것은 그렇게 효과가 나는 유황오리를 보통 오리가격에 팔수는 없어요. 못해도 구천 원 만원은 해야 겨우 유지해요."

"그렇습니다, 선생님. 뭐든 새로 추가가 되면 자연히 가격은 올라가지 않습니까."

"그래서 책을 팔면 된다니까. 내가 쓴 책 있잖아. 신약, 그거 팔아서 들어오는 이익금으로 보리쌀하고 오리를 사면 된다니까."

사람들은 잠시 숨을 멈췄다.

"사실 그 일 때문인데요, 여기 오는 사람들한테 그 책을 사라고 하면 강매한다고 안 좋아해요."

"아직 배가 부른 거야. 생각해봐. 유황오리 먹일 사람은 숨넘어가게 생긴 사람이야. 그거 먹어야 몸이 살아난다고. 책을 사는 사람은 그나마 책을 보고 책 넘길 힘은 있는 사람이잖아. 당장 죽을 사람은 유황오리 먹을 사람이고 책 볼 사람은 아직 시간이 있단 말이야. 그러니 책 볼 사람이 희생 좀 해서 유황오리 만드는데 보태야지."

"아휴……"

사람들은 고개를 떨어뜨리며 서로의 눈치를 봤다.

"강매한다고 욕먹어도 어쩔 수 없어. 그래야 오리를 키우는데? 내가 옛날 같았으면 함지박이나 부지런히 만들어서 어떻게 충당을 하겠는데 지금은 아니잖아. 그러니까 내가 쓴 책 팔아서 번 돈으로 오리를 사란 말이야."

"그것 보다 오리 값을 조금 올려서 받아보세요. 예?"

"그런데 이런 문제가 있어."

사람들은 인산의 말에 침을 꼴깍 삼켰다.

"봐라. 시장 가서 오리가 있는데 유황먹인 오리하고 그냥 기른 오리하고 티가 나니? 내 오리는 유황에 보리밥만 이백만 원어치 먹였으니 돈을 더 주시오 하면 믿니?"

"하지만 유황에 인삼에 보리쌀을 먹였으니 그만큼 들어간 값은 쳐야지요."

"그런데 말이야 이 지구상에서 그런 계산법은 없어. 내 오리 유황 먹인 값 처 달라고 한 사람이 없단 말이야. 그러니 세상 시류와 시세에 따라야지."

인산의 진지한 눈빛은 차라리 순수했다. 사람들은 그런 인산에게 무어라 말을 해야 할지 난감한 표정으로 서로의 눈치를 봤다. 중년의 남자가 헛기침을 하며 입을 열었다.

"그럼 선생님이 키우지 마시고 일반인한테 키우라고 해서 돈을 더 받으면 어떨까요."

"나 죽거든 그렇게 해. 그때는 내가 간섭하려고 해도 못하니까. 그래도 그 때 오리 시세가 구천 원이면 구천 원 받아. 알짜 없어. 유황오리 먹인 거는 사람 살리려고 만든 거야. 환자 상대로 장사하면 안 되지. 죽을 힘도 없는 사람은 유황오리, 살 힘 남아있으면 책을 팔아서 유황오리 사고, 알았어?"

사람들은 인산의 고집에 입을 다물고 말았다.

"하여간 지구상의 오리 시세가 육천 원이면 육천 원이고 만원이면 만원이야. 알았어?"

인산의 말에 사람들은 할 수 없다는 듯 고개를 떨어뜨리며 힘없이 대답했다.

"예. 선생님."

"그럼 가봐."

그들은 천천히 일어나 방을 빠져나갔다.

"이런 상태로는 도저히 안 되겠는데요."

"그러게요. 나는 하기 힘들 것 같아요. 뭐 유황오리로 돈을 벌 생각은 아니라고 하지만 그래도 어느 정노 이윤을 남겨야 한다고 생각하는데."

신을 신던 한 남자가 입조심 하라는 듯 속닥거렸다.

"거, 선생님 들으시면 난리난다고!"

"저기 말씀 좀 묻겠습니다."

"예?"

중년 신사의 목소리에 그들은 일제히 돌아보았다.
"여기 김일훈 선생님 댁이 맞지요?"
"네."
"저는 김일훈 선생님 좀 만나 뵈러 왔습니다."
"환자 상담 때문이라면 번호표 받고 기다리셔야 하는데요."
"아."
사람들의 말에 그는 난처한 표정으로 한동안 그렇게 서있었다.
"본인은 아니지요?"
"네. 부친입니다."
"우리야 뭐 환자가 아니고 다른 일로 다녀가는 사람이거든요. 어떻게 해야 할지 모르겠네."
"무슨 일이예요?"
옥분이 다가오며 물었다.
"인산 선생님 만나 뵈러 오신 분이래요."
"급한 일이예요?"
"제 부친이 병중이라 상담 좀 하려고요."
"선생님 지금 쉬는 중이신데요. 한 삼십 분만이라도 기다리셨으면 하네요."
"누구야? 누가 왔어?"
인산이 밖에서 나는 기척에 큰소리로 물었다. 옥분은 또다시 눈살을 찌푸렸다.
"아버지 좀 쉬셔야 한다니까요."
"다 쉬었어. 들여 보네."

옥분은 잠시 짧은 숨을 내쉬더니 방을 가리켰다.

"들어가 보세요."

"예, 감사합니다."

그는 그 말이 떨어지자마자 신발을 급히 벗고 방으로 들어갔다. 자그마한 황토 방 문 정면으로 인산이 좌탁을 놓고 안경을 집고 있었다.

"어서 와요."

인산의 물음에 그는 두 말 않고 큰절을 올렸다. 인산은 그런 그를 안경너머 물끄러미 바라보았다.

"여게 환자였어?"

"아닙니다. 초면입니다."

"그렇구나. 무슨 일로 왔수?"

"선생님. 제 아버지를 좀 살려주십시오."

인산은 옆에 있는 펜을 들며 고개를 끄덕였다.

"아버님 혈액형이 뭐지?"

"에이형 입니다."

"어디가 어떻게 아픈데?"

"대장암입니다. 말기에 치닫고 있어요. 살려주십시오."

그가 코를 씰룩거리며 바닥에 머리를 댔다.

"수술은 했고?"

"그것 때문에 왔습니다. 일전에 제가 아는 분 측근에 있는 사람이 췌장암 말기였는데 이곳에 와서 나았다고 들었습니다. 제가 조금 더 빨리 알았더라면 이렇게까지 되지는 않았을 텐데."

"연세가 어떻게 되는데?"

"일흔 둘입니다."

"나와 같네. 그리고 식성은 어떠한."

"선생님. 부디 노여워하지 마시고 들어주세요. 제 부친은 박자 범자 현자 입니다."

인산은 환자의 신상명세를 기록하던 노트에 가만히 시선을 두었다.

-박범현. 범현이가 암에 걸렸다고. 쯧쯧…….

인산은 그의 얼굴을 다시 바라보았다. 눈매와 턱 선이 범현과 비슷했다.

"그러고 보니 부친을 닮았네. 언제 알았어?"

"석 달 조금 지났습니다."

"고칠 수야 있는데 나한테 오는 거라면 그 친구 안 와. 자네가 여게 온 거 모르지?"

인산은 펜을 놓았다. 인산의 말에 그는 그런 것은 문제가 안 된다는 듯 고개를 저어댔다.

"선생님. 제발 살려 주십시오."

그가 눈물을 흘리며 무릎을 꿇었다.

"자네 이름이 뭐지?"

"박정완 입니다."

"그래, 정완이 자네가 부친을 살리고 싶은 마음이 참 좋다. 효자야. 한 번 모시고 와. 여게서 몸도 보를 해야 하고 병이 나으면 아예 뿌리를 뽑기 위해 쑥뜸을 해야 하거든. 급한 사람이니까 데리고 와. 그 병은 늦으면 금방 몸이 상한다고. 알았어?"

"네, 선생님. 감사합니다. 정말 고맙습니다."
"그런 거라면 그냥 전화로 하지 왜 이렇게 먼 곳까지 왔어?"
"도리가 아니라고 생각했습니다."
인산은 그를 가만히 바라보았다.
"혹시 모르니까 자네 명함이라도 남겨주고 가."
"예."
그는 안주머니에서 가죽으로 된 명함지갑의 명함을 꺼내 두 손으로 내밀었다.
인산은 그것을 받아 들고 다시 안경을 썼다.
"응, 아들 농사 잘 지었구나. 기업을 이끄는 사람이로구나."
"작습니다."
"그래도 잘 키웠어. 그래, 그럼 어서 돌아가 봐."
"네, 선생님. 그럼 부탁드립니다."
정완은 다시 인산에게 큰절을 올리고 방을 나갔다. 마당에 서있던 옥분이 그대로 인산의 방에 들어갔다.
"선생님, 제발 조금만 쉬세요. 예?"
"다 쉬었다니까 그것 참 되게 쫑알대네."
옥분은 좌탁을 들어 옆으로 놓았다.
"저저."
"조금 만이라도 누워계셔야 환자들도 덜 미안해한단 말이에요. 다들 선생님 잠도 안 주무시고 식사도 건너뛰는 것 알고 마음이 불편하다고 하잖아요."
"거 아직은 힘들이 뻗치는 구나. 남 생각도 해주고."

"제발 좀 누우세요."

"알았어."

인산은 그제야 안경을 벗어 놓고 베개를 당겼다. 옥분은 인산이 누워있는 것을 보고 가만히 웃었다.

"밖에 사람들 얼마나 있어?"

"삼십 분 후에 말씀드릴게요."

"너 고집도 보통은 아니다."

"선생님을 좀 닮은 것 같아요."

"말대답은. 윤세는 뭐해?"

"뭐하겠어요? 죽염 굽고 있지."

"한 번 가볼까."

"아이 참! 잘 하고 있으니 걱정 마세요."

"그래도 자식농사 반은 성공했네. 하나라도 내 뜻대로 해주니까. 부지런히 만들어야 해. 세상에 그것처럼 좋은 신약(神藥)도 없는데."

"선생님. 쉬시라니까요."

"지금 쉬고 있잖아."

"조금이라도 아무런 생각하지 말고 그냥 선생님 자신만 생각하세요. 예?"

"그게 내 생각이다."

"아유……"

"애, 너 나 따라다니면서 잔소리하면 해골 안 아프냐?"

그 말에 옥분은 소리 내어 웃었다.

"선생님은 점점 강원도 삼촌 말투가 되는 거 같아요."

"안되겠다. 사람들 들여보내."

인산이 다시 자리에서 일어났다.

"선생님!"

"그럼 바람이나 쐬련다."

옥분은 인산이 나가는 것을 바라보며 한숨을 쉬었다. 방문을 열자 사람들이 인산의 모습에 자리를 고쳐 앉았다.

"조금 있다가 부를 테니 좀 견뎌주세요들."

"선생님 진지도 안 드시고 저희들 보신다면서요."

인산의 앞에 앉은 사람이 목맨 소리로 물었다.

"다 먹고 하는 거니 걱정 말아. 나 저게 좀 돌고 올 테니 조금만 기다려요."

인산의 말에 사람들은 다시 자리에 누웠다. 마당에는 많은 사람들이 자리를 잡고 누워 있고 뒤뜰로 연결되어진 언덕에는 아직 번호표도 받지 못한 사람들이 일렬로 앉아있거나 자고 있었다.

인산은 마당과 이어진 지리산 언덕배기를 천천히 올랐다. 서서히 그가 높이 올라갈수록 지리산 안개에 휩싸여 흡사 신선이 구름을 타고 산을 오르는 듯했지만 어딘지 쓸쓸하게 보이는 뒷모습이다.

사실 그는 범현이 대장암이라는 소리에 적지 않은 충격을 받았다. 윽박지르고 무시하고 거만한 표정으로 자신에게 모욕 주던 범현의 모습이 눈앞에 선했지만 어쩐지 그가 가엾다는 생각이 밀려왔다.

-병에 걸린 사람인데 어떻게 안 불쌍할 수가 있어. 아무래도 내가 가서 봐야겠다. 그 몸으로 여게 함양까지 오기는 무리야. 오늘 되도록 많은 환자들을 보고 그리고 서둘러서 가봐야겠다.

인산은 비스듬히 구부러진 길에서 방향을 바꿔 다시 내려왔다.
"들어와요."
인산이 신을 벗으며 말하자 순서를 기다리던 사람이 멀뚱히 옆 사람을 바라보았다.
"선생님 어디 가신다고 하지 않았나?"
"뻔하지. 나가보면 사람들이 수백 명 누워있는데 그걸 보고 다시 온 게 틀림없어."
방안에 들어온 인산은 옥분을 불렀다.
"얘, 옥분아!"
잠시 후 옥분이 방에 얼굴을 내밀었다.
"가서 윤세 불러와라. 와서 처방전 좀 받아 적으라고 해."
"벌써 시작하려고요?"
"어서 오라고 해."
"선생님 점심은 드셔야지요."
"나중에 먹을 테니 불러와."
"뭐가 그리 급하다고……."
"사람 죽게 생겼는데 그 보다 급한 게 어디 있어? 시끄럽다. 빨리 시키는 대로 해."
옥분은 다시 입을 삐죽거리더니 방문을 닫았다.

인산이 서울에 범현을 보러 간다는 말에 사람들은 펄쩍 뛰었다.
"왜 하필 내가 온 날 그 놈을 보러 가겠다고 하니? 가지마. 시간 아깝다."

안 씨는 대청마루에 앉아서 있는 힘껏 콧방귀를 끼면서 말했다.

"그래요. 가지 마세요. 선생님."

"시끄러워. 내가 사람 예뻐서 병 고치는 줄 알아? 병 걸린 게 가엾어서 고치려고 하는 거지."

"야, 그런 놈은 살릴 필요가 없는 거야. 흥. 내가 이렇게 오래 산 이유가 그놈 죽는 꼴 보려고 그런 모양이다. 그런 놈을 뭣 하러 살린다고 용을 쓰냐."

"아주바이. 아픈 사람한테 그렇게 말하는 거 아니오."

"왜? 왜? 누가 아냐 그간에 행적이 고약해서 하늘이 벌을 내린 것인지. 그걸 꺾고 네가 살리면 그건 잘못하는 거야. 아, 이 좋은 공기를 두고 왜 그 먼 서울까지 가서 고생을 하려고 하는 거야? 그것도 철천지 웬수같은 놈이나 살리려고 말이지."

그 말에 인산은 무거운 신음소리를 내며 안 씨를 바라보았다. 그러나 안 씨는 기분 좋은 일이라도 생겼다는 듯 고개까지 흔들며 삶은 계란은 먹었다. 안 씨는 인산과 눈이 마주치자 계란을 흔들며 먹으라 권했다.

"그래요. 가지 마세요. 선생님. 가신다고 해도 환영이나 받으시겠어요?"

"환영받으러 가는 거 아니다."

"말이 그렇다는 거지요. 괜한 걸음 하셔서 마음 상해 오실 것 뻔한데 왜 그러세요."

"아무 말 말아."

■　■　■

"아니, 제가 차를 보내 드린다고 했는데 어쩌자고 이렇게 힘든 걸음을 하셨습니까."

범현의 아들 정완이 버스 터미널 앞에서 그를 보자마자 달려오며 손을 맞잡았다.

"안 힘들었어. 걱정 말고 어서 가보자."

"진지는 드셨습니까. 시간이 어정쩡한 걸 보니 그냥 오신 것 같은데."

"배고프면 배고프다고 말할 테니 걱정하지 마."

"저, 그래도……."

"서울 많이 바뀌었다. 오년 만인데 더 복잡하고 정신없다."

"예. 매일 바뀌는 것 같습니다."

"나이 들면 공기 좋은 곳 가서 편하게 살아야 해."

인산이 차에 올라타며 말하자 정완이 가볍게 고개를 끄덕였다.

"맞습니다."

"병원은 어디에 있는 거야?"

"여기 바로 앞입니다."

인산은 그가 들고 온 종이가방을 발아래 조심스레 놓고는 다시 창밖을 바라보았다. 굳게 닫은 창문 안으로 매캐한 도심의 공기가 파고들었다. 인산은 두루마기의 자락을 정리하며 손깍지를 꼈다.

"좋은 공기를 차들이 다 망치는 구나."

인산이 멀찌감치 보이는 산자락을 보며 중얼거렸다. 그리고는 이

내 두 눈을 감았다. 정완은 그런 인산을 바라보며 고개를 숙였다.
"저, 선생님."
"응."
"아버지가 워낙에 죽음을 가까이 접하는 사람들을 상대하셨던 지라 냉혈인 같이 무덤덤한 표정을 본 일이 많지만 그래도 저에게는 가장 따뜻하고 소중한 분입니다."
"그래. 그래야지. 이러이러해서 내 아버지를 존경해야하는 게 아니라 그저 내 아버지이기 때문에 존경해야 하는 거야. 그러니 네가 참 제대로 됐구나."
"그러니 꼭 부탁드립니다. 왜 두 분의 사이가 틀어졌는지는 알 수 없지만 제가 어떻게 하든지."
"알아. 네가 무슨 얘기하려는 지 아니까 염려 마라. 내가 모든 걸 다 할 수는 없지만 할 수 있는 것은 할 테니까 그런 건 염려하지 말라는 말이다."
정완은 인산의 숨소리에 가만히 귀를 기울였다. 고른 숨소리가 정완의 마음을 편하게 했다.
병원 입구에 다다르자 정완이 서둘러 내려 인산에게 손을 내밀었다.
"일없어. 나 건강하니까 걱정 말아."
인산은 차에서 내려 병원 입구를 향해 걸었다. 일층의 접수처에는 터미널과 별반 차이 없을 정도로 많은 사람들이 딱딱한 의자에 앉아있거나 서성이고 있었다. 의자에 앉아 조는 사람, 걱정되어 경직된 표정으로 번호판을 바라보는 사람, 링거를 들고 환자를 조심스레 따라다니는 가족들과 어디가 아픈지 알 수 없게 활짝 웃고 있는 환자들, 인산은 그들 사이를 뚫고 엘리베이터 버튼을 누르는 정완의 뒷모습을 바라보았다. 걷는 품새가 범현과 똑같았다.

"네 아버지는 달리기는 엉망이었다. 걸음걸이를 보니 너도 달리기영 아니었겠구나."

정완이 가볍게 웃으며 고개를 끄덕였다.

"제일 싫은 게 달리기였습니다."

"공부는 잘 했다."

"그것도 저는 아닌 듯싶습니다."

정완은 엘리베이터에 올라 버튼을 눌렀다. 함께 올라탄 사람들 손에는 넥타 상자와 과일 바구니 그리고 찬합들이 들려있었다. 잠시 후 몇 명의 사람들이 내리고 그 다음에 정완이 열림 버튼을 누른 채 인산을 바라보았다.

"여깁니다."

인산은 지팡이를 반쯤 들고 정완을 따라 걸었다. 알코올 냄새가 진동을 했다. 큼직한 병실에는 각각의 번호와 환자의 이름이 적혀있었다.

"여깁니다."

정완이 조심스레 문을 열었다. 인산은 허공을 보고 눈을 껌뻑이는 범현을 바라보았다. 검은 낯빛에 반쯤 벌린 입. 하얀 머리카락 힘을 잃어 아무렇게나 쓰러져 있는 듯했다.

"아버지. 저 왔어요. 손님 모시고 왔습니다."

범현은 다시 눈을 껌뻑이며 고개를 돌렸다. 그는 맞은 편 의자를 당겨 천천히 앉는 인산을 한참이고 바라보았다. 인산 역시 범현의 눈을 가만히 쳐다보았다. 별안간 범현은 눈에 힘을 주었다.

"운룡이구나. 네가 어쩐 일이냐."

"소식 듣고 보러왔다."

"흥. 고소하겠구나."

범현은 있는 힘껏 콧방귀를 끼며 고개를 돌렸다.

"아버지."

"네가 불렀냐? 왜 쓸데없는 짓을 한 거야? 뭐 좋은 꼴이라고!"

"그 힘을 보니 앞으로 십년은 더 살겠다."

"이러고 살 바엔 죽는 게 낫다."

"죽으려고 하냐. 살고 싶은 생각은 전혀 없냐."

인산이 독이 오른 범현에게 조용히 물었다. 범현은 아무 말 없이 하얀 벽만 바라보았다.

"범현아. 네가 나를 미워하고 무시해도 나는 너를 살릴 수 있다. 그건 네가 부정을 해도 변함없는 거야. 나는 고치지 못하는 건 못 고친다고 말하고 죽을 사람한테는 집에 가서 아무 걱정 말고 쉬라고 한다."

"흥. 늙어도 여전히 제 잘난 소리만 하는구나."

"그렇지 않다. 나도 기억이 많이 흐려졌고 뭔가를 적어 놓지 않으면 가물거릴 때가 있다. 하지만 내가 또렷하게 기억하고 적지 않아도 살 수 있는 방법은 안다. 그걸 너한테 알려주려고 왔다."

"필요 없다. 너한테 도움을 구하고 싶지 않아."

"아버지. 제발 좀 그만 하세요. 어르신 어려운 걸음 하셨는데."

"그러게 누가 시켰어? 왜 시키지도 않은 일을 하냔 말이다."

범현이 정완을 노려보았다.

"범현아. 내가 솔직하게 말해줄 테니 네가 판단해라. 너는 앞으로 넉 달 버티면 끝이다."

정완이 입을 틀어막으며 울음을 삼켰다. 의사가 한 말 그대로였기 때문이다. 그는 인산의 팔 자락을 잡고 울음을 터뜨렸다.

"선생님 제발 아버지를 살려주십시오. 제가 아직도 못 해드린 게 너무나 많습니다."

정완의 말에 범현은 콧등이 시큰했다.

"가만 있어봐. 너나 내가 아무리 극성을 부려도 저게 저렇게 고집 부리면 소용없다니까."

"괜히 나한테 뒤집어씌우지 마. 잘되면 네 탓 안 되면 내 탓이냐."

"그렇게 기운 펄펄 넘칠 때 생명이나 연장하란 말이야. 아들 봐서라도 살아야 하지 않아?"

"일없다. 정완아. 모셔다 드려라. 노인네 힘들게 왔는데 덜렁 버스 태워 보내지 말고."

"아버지. 왜 그러세요. 예?"

"가야겠다. 네 아버지는 싫다고 하니 소용없다."

인산이 일어났다. 벽을 쳐다보던 범현은 별안간 겁이 더럭 났다. 어찌된 게 그가 돌아가겠다고 말 한 것이 의사가, 또 인산이 이제 넉 달 남았소 하고 언도 내린 것 보다 더욱 두렵게 느껴졌다. 하지만 그는 입술을 꽉 다물고 돌아보지도 않았다.

"이제 마지막으로 보게 된 거구나. 너나 나나. 그래도 오래 살았다. 겨우 말을 배워 벗이 되어 오랜 세월 지나 이렇게 늙은 모습을 봤으니 그것도 복이라면 복이겠지."

"선생님!"

정완이 인산의 두루마기 자락을 잡으며 무릎을 꿇었다.

"아버지를 살려주세요. 예?"

"정완아!"

아들의 모습에 범현이 기를 쓰고 일어났다. 인산은 그의 어깨를 툭툭 치며 병실을 빠져나갔다. 정완은 그대로 기어가다시피 하며 복도에서 인산을 다시 붙잡았다.

"선생님!"

복도를 지나가던 사람들이 쳐다보자 인산이 그를 일으켜 세웠다.

"네가 그렇게 하면 네 아비가 더 고집 부린다. 나는 모르겠다. 그래도 네 아버지 얼굴 봤으니 처방이나 올려 보내겠다. 그대로 해봐. 그리고 이거 받아."

그가 들고 있던 종이 가방을 정완에게 내밀었다.

"미쳤다고 하겠지만 이걸로 사람을 살렸다. 내가 사리장이라고 부르는 건데 서목태와 죽염으로 만든 간장이다. 이걸 관장으로 첫날은 십 씨씨만 넣어. 아마 고통으로 비명을 지를 거다. 그래도 해야 해. 네 아버지 살리려면. 고통 잊게 해준답시고 넣는 모르핀하고는 비교도 안 되는 거다."

"예. 시키는 대로 다 하겠습니다."

"그리고 그 다음날은 십 오. 삼일 째는 이 십. 사일 째 이후에는 이십오에서 삼십오로 조절해서 하면 된다. 네가 약재를 고르는 눈이 없을 테니 나는 경동시장 가서 약재를 지어다 갖다 주겠다. 여게 한

의원 하는 후배들 있으니 그 아이들한테 지어 보내라고 할 거야."
"선생님 정말 고맙습니다."
"네 아버지가 말을 들어야 고마운 거지."
"제가 동행하겠습니다."
"그래 줄 거야?"
"당연합니다. 함양까지도 모셔다 드릴 테니 여독에 대한 염려는 하지 마세요."
"응. 아들 농사 잘 했다. 가자."

인산은 약재를 고르는 내내 범현을 염려했다. 아무래도 고령인 것이 마음에 걸렸고 또한 말기로 접어들었다는 것이 그를 괴롭게 만들었다.
"하여간 그 영감 고집은 미련 방퉁이다."
인산이 정완을 힐끔 쳐다보았다.
"네 아버지 말이다."
"예."
"애."
인산이 유근피를 천천히 들어 올렸다.
"네 아버지는 오래 살지 못해. 그건 병에 걸려서가 아니라 우리 나이가 그래. 우리가 거북이가 아닌데 삼백년 살기를 바라는 건 무리지. 안 그러냐."
"예."
"그런데 네 아버지 병은 고칠 수 있다. 그럼 건강하게 살다가 갈

수는 있을 거야."

정완이 갑자기 코를 씰룩거리면 눈물을 흘렸다.

"인연이야. 그렇게 허망하게 병을 앓다 가는 사람도 부지기순데 그래도 우린 연이 되어 다행이다."

"예, 선생님."

"내가 네 아버지한테 하려는 방법은 딱 하나거든. 그거 아주 괴로워. 하는 사람도 괴로워. 몸부림치는 거 봐야 하니까. 아주 특별한 경우가 아니면 정말 해주고 싶지 않아. 그런데 네 아버지는 견딜 것 같다. 나한테 독이 잔뜩 올라 있으니까. 하하하."

정완은 인산이 웃는 것을 가만히 지켜보다 그의 팔을 살며시 잡았다.

"선생님."

"응."

"아버지를 너무 미워하지 말아주세요."

인산이 멀뚱하니 정완의 얼굴을 바라보았다. 정완은 콧등이 빨갛게 되어 입술을 질근 물었다.

"애. 나는 너네 아버지 안 미워한다. 네 아버지가 나를 미워하는 거지."

정완이 입을 다물었다. 대체 왜 아버지와 인산 선생님은 원수지간이 되었을까. 그는 그것에 대해 늘 의구심이 가득했다.

"단지 한의학과 양의학의 차이로 두 분이 대립하게 되신 건가요."

"한의학 양의학이 내 밥그릇 네 밥그릇이냐. 절대 그런 건 아니다."

"두 분 사이의 이야기가 있겠지만. 저로서는 알 수가 없지요."

"네 아버지는 마음이 여려. 그래서 그런 거다. 여린 사람은 많이 다친다. 상처도 오래가고 기억도 오래가. 그러니 그건 나나 네 아버지 때문이 아니야."

인산은 약재를 살펴보다 주인에게 손짓했다.

"어르신 오셨습니까."

"응, 그래. 요놈들 좀 넣어줘."

인산은 다시 찬찬히 약재를 살펴보았다. 그 때 인산의 허리춤에 채워진 비퍼가 울어댔다.

"에이. 이거 또 울어댄다."

인산이 품에서 안경을 꺼내어 들고 비퍼에 찍힌 번호를 바라보았다.

"할멈이네. 우리 할멈이야. 할망구 또 교회에서 놀러간다고 하나보네. 인기 스타야. 그냥 가면 되지 할망구 귀찮게 전화하라 하네."

"좋으시겠어요. 오래 같이 사시고."

인산은 가만히 고개를 끄덕였다.

"고생이지 뭐. 죽을 노릇일거야. 우리 할망구 교회라도 안 나가면 아마 돌았을 거다. 미친 영감하고 사니까. 하하하."

"선생님, 여기 전화 쓰세요."

주인집 아들이 전화기를 들어보였다.

"응, 그래 미안해."

"별 말씀을요. 선생님이 우리 약재 쓰신다고 하니까 아주 벌 떼처럼 몰려드는데 이 정도는 해야지요."

"영업능력 좋네."

인산은 수화기를 들었다. 정완은 인산의 뒷모습을 바라보며 생각에 잠겼다. 왜 아버지는 저 분과 원수처럼 지내실까. 왜 화를 내고 눈도 마주치치 않으려 하는 걸까. 그런데 대체 그토록 고통스럽다는 방법은 뭘까. 정말 아버지는 이겨 낼 수 있을까.

"나 약재 건네주고 곧장 내려가야겠어."

"무슨 일 있으세요?"

"일이 뭐겠어. 환자들 왔다는데. 급한 환자 왔나봐. 내가 이건 한의원하는 후배 줄 테야. 자네 회사 주소로 보낼 게. 그리고 유황오리랑 같이 보낼 테니 그거 보름 간 꾸준히 먹이고 있어. 그 다음은 내가 알아서 할 테니."

"모셔다 드린다고 했잖아요. 어서 차에 타세요."

"됐으니까 아버지한테 가봐."

인산은 정완이 잡는 걸 뿌리치고 택시에 올라탔다.

함양에 도착한 인산은 곧장 환자들이 즐비하게 서 있는 곳을 둘러보았다. 한 노인이 시야에 들어왔다. 노인은 반쯤 감긴 눈으로 바닥을 보고 있었다.

"영감님."

그가 눈을 껌뻑이며 올려보았다. 그리고 한참이나 인산의 얼굴을 바라보았다.

"아이고, 선생님."

그가 인산의 손을 덥석 잡았다.

"응. 올해 나이가 어떻게 되오?"

"일흔 입니다."

"응. 영감님. 병 다 나았으니까 집에 가서 푹 자도록 해요."

"예?"

"집에 가서 푹 자면 낫는다니까. 그러니 지금 서둘러 집에 가. 혼자 왔수?"

"아니, 우리 아들하고 왔어요."

"아들은 어딨는데?"

"전화하러 갔어요."

그 때 그의 아들이 달려왔다.

"선생님."

"응, 아버님 병 다 나았으니까 모시고 가. 가서 목욕시켜 드리고 푹 주무시게 해. 알았어? 그리고 내일 저녁에 나한테 전화해 알았어?"

아들은 바닥에 주저앉아 울음을 터뜨렸다.

"고맙습니다, 선생님."

인산은 고개를 끄덕이며 다시 서둘러 집으로 들어갔다.

"선생님, 잘 다녀오셨어요?"

옥분이 달려 나와 인산의 팔을 안았다.

"응, 삼촌은 가셨어?"

"산에 올라가셨어요."

"가서 윤세 좀 불러와."

"왜요?"

"또 이런다. 아, 환자 처방 써줘야 하니까 그러는 거지. 내가 한자나 써내는 데 글씨 잘 쓰는 놈한테 한글로 쓰라 해야 할 것 아니야."

"또 오시자마자 환자 보시네."

이튿날 저녁에 인산은 어제 노인의 아들로부터 전화를 받았다.
"응. 아버지 편하게 가셨지?"
"예. 선생님. 고맙습니다."
"응. 네가 내 마음 알아줘서 고맙다."
"아닙니다. 처음에는 오해 했는데 집사람 말을 들어보니 정말 선생님 아니셨으면 큰일 날 뻔 했습니다."
"그래. 똑똑한 마누라 얻었구나. 병사하는 것 보다 객사 하는 게 더 나쁜 일이야."
"예, 덕분에 아버지 깨끗하게 목욕하시고 편하게 주무시다가 가셨어요."
"응, 그래. 나도 고인의 명복을 빌어줄 테니 자네도 아버지 가시는 길 좋은데 가시라고 빌어드려."
"예, 선생님. 그럼 장례 마치고 뵈러 가겠습니다."
"보긴 뭘 봐. 건강하게 잘 살다가 어디 아프지 말고. 나 보면 좋은 일 생겨 오는 거 아니니까. 알았어?"
수화기 사이로 울음을 삼키는 남자의 목소리가 들려왔다.
"일 많을 텐데 건강 조심하고."
"예. 그럼 안녕히 계십시오."
"응."
인산은 수화기를 내려놓았다. 처방을 쓰던 윤세는 아버지를 물끄러미 바라보았다.

"노인네가 오늘 딱 죽을 얼굴이잖아. 순번 기다리면 내일까지 기다려야 하는데 말이지."

"예, 잘하셨어요."

"내가 너한테 칭찬 받자고 하는 거냐."

윤세가 웃었다.

"요즘은 어떻게 된 게 나를 아이처럼 대하려는 인간들이 많아졌어. 자라, 먹어라, 쉬어라. 잘했다, 요건 잘못했다."

"다 아버지 건강 돌보시라는 이야기지요."

"다 늙어서 무슨 건강을 돌봐. 아픈 환자나 돌봐야지. 다음 사람 들어오라고 해. 다섯 명씩 그냥 들여 보네. 세 명씩 보다가는 사람들 지쳐 죽겠다."

■　　■　　■

이튿날 아침이 되자 인산은 지팡이를 들어 마당 건너편에 즐비하게 놓여있는 황토방을 가리켰다.

"윤세야. 저기 제일 안쪽 황토방 하나 비워 놔라."

"오늘요?"

"오후에는 비워놔야 한다. 안에 환자 있냐."

"내일 새벽이나 되어야 나갈 것 같은데요."

"그럼 그 환자 우리 옆방으로 들여 놔. 그리고 사리장 관장 주사 준비해야한다."

"암 말기환자 고치시게요? 어떤 분인데요?"

"알거 없어. 알면 니들이 지랄을 할 테니."

운세는 입을 다물었다. 인산이 말을 안 해도 그가 범현이라는 것을 어렴풋이 짐작을 하는 중이다. 인산은 황토방 안에 있는 환자들을 둘러 보고는 서둘러 밖에 즐비하게 서있는 사람들을 살펴보러 갔다. 오리 농장을 관리하는 영감이 중얼거렸다.

"선생님 오늘도 바쁘신 모양이네. 걸음걸이가 더 빨라졌어."

"그러게요."

오리에게 유황 보리밥을 주던 아주머니가 돌아보았다.

"그런데 참 신기하지. 얼굴만 봐도 명줄까지 아신다는 게."

"괜히 신의라는 소리 들으시나. 다 이유가 있는 거지요."

"이제 또 겨울이 될 텐데 이번에는 속지 말고 사야지. 하여간 속여 파는 것들은 죄다 잡아넣어야 하는데 말이야."

"제값 안 받고 파는 사람은 상주고."

"상은 필요 없고 오리 값이나 올려 받으시라 하고 싶네."

영감이 껄껄 소리 내어 웃었다.

인산은 아침부터 길가에 서있는 급한 환자들과 비슷한 증상의 사람들을 모아 처방을 해주었다.

"선생님 점심 드셔야지요."

방문 사이로 옥분이 인산을 바라보았다.

"저거 또 들어왔네. 먹었으니까 나가봐."

인산은 환자들의 얼굴을 바라보며 손을 저어댔다. 옥분은 의아한 얼굴로 서있었다.

"언제 드셨다고 그러세요?"

"어제 꿈에서 먹었어. 나가 봐."

"선생님!"

"시끄러워."

옥분은 방문 앞에서 인산을 계속 바라보았다.

"선생님 제발 좀 끼니 거르지 마세요."

"나가! 환자 보는데 방해하지 말고."

옥분은 인산의 호통 소리에 갑자기 눈물이 났다. 옥분은 목구멍에서 올라오는 울음을 참으며 소리쳤다.

"그러다 선생님 돌아가셔도 몰라요!"

인산은 그제야 옥분을 쳐다보았다.

"쯧쯧. 한 지붕에서 사람이 죽은 거 모르는 인간들이 어딨냐. 윤세 그놈이 알려 줄 테니 염려 말아. 나가."

환자들은 입을 틀어막고 웃음을 참았다. 웃을 상황이 아님에 웃음이 터져 나온 그들은 옥분의 눈치를 보았다. 옥분은 환자들과 그의 가족들이 얄미웠다. 당신들은 왜 대체 병원에 안가고 여기 와서 이렇게 선생님을 힘들게 하냐고 소리치고 싶었다. 그러나 옥분은 팔뚝으로 눈물을 훔치며 방문을 닫았다. 인산은 환자들에게 처방을 써주면서 옥분의 배려하는 마음에 가슴이 저려왔다.

-아가야. 내가 다 안다. 네 마음 다 아니까. 네가 그렇게 마음 써주니 내가 항시 배가 부르다.

"혈액형은 뭔가?"

"오형입니다."

"그럼 석고를 섞어서 처방 해줘야 해. 그게 몸을 차게 하는 거니까."

그 때 갑자기 방문이 열리며 옥분이 들어왔다. 옥분은 쟁반에 놓인 찻잔을 내려놓았다.
"이거라도 드시면서 하세요. 무엇이예요."
인산은 코가 발갛게 된 옥분을 힐끔 쳐다보며 고개를 끄덕였다.
"그래 잘 마시마."

정오가 되자 정완의 차가 언덕을 올라왔다. 사람들은 차 소리에 몸을 비틀어대며 자리를 비켜주었다.
"여긴 대체 어디냔 말이야."
범현이 뒷좌석에 누워 고함을 쳤다.
"아버지 제발 고집 부리지 마세요. 아버지 몸은 아버지가 더 잘 느끼시잖아요. 보름동안 몸이 나아진 거 못 느끼세요?"
범현은 입을 다물었다. 그는 이곳이 인산이 있는 곳임을 알고 있다. 그는 고개를 들어 주변을 살펴보았다. 좁다란 언덕길을 오르니 발치로 암반수 사이에 흐르는 약수와 뒤로 나무들이 우거져 있는 것이 보였다. 그는 다시 베개로 머리를 곤두박질 치 듯 누웠다.
"딱 시골영감처럼 사는 모양이구나."
범현이 중얼거리자 정완이 희미하게 웃었다.
"아버지. 왜 인산 선생님하고 사이가 안 좋으신 겁니까?"
범현은 아무런 말을 하지 않았다. 정완은 룸미러로 범현의 얼굴을 힐끔 쳐다보았다. 범현은 회색빛이 도는 차 천장을 바라보고 있었다.
"곧 도착 할 거예요."
"둘도 없는 친구였다."

범현이 별안간 입을 열었다. 정완은 희미하게 나오는 라디오를 아예 꺼버렸다.

"말을 배우기 전부터 친구였어. 그놈이 어느 날 이사를 간다 하여 울고 난리를 쳤을 때가 일곱 살 때다. 부득부득 우겨서 근방으로 간 것도 내 고집이었고."

"무척 어렸을 적부터 친구셨네요."

"세상에서 제일 좋아한 친구다. 열여섯 살 때 그놈이 독립운동 하러 간다며 만주로 갔을 때 열병으로 오일 간 꼬박 앓아누웠다. 매일 꿈에 보였어. 달려가면 멀어지고 또 달려가면 물에 뛰어 들어 헤엄치며 멀어지는 꿈을 꾸고. 그렇게 며칠을 꿈을 꾸다가 어느 날 내 손을 잡아 주더라. 그런데 그 시선이 어찌나 냉정하고 싸늘한지. 꿈에서 깼을 때 내 몸이 얼음장처럼 차가왔다. 그 놈은 미친놈이야. 왜 그런 줄 알아?"

정완이 어깨를 으쓱했다.

"열병에 걸려 죽게 된 나를 꿈에서도 살렸어. 그 얼음장 같은 손으로 내 손을 잡아 주던 날 눈을 떴다."

"그 얘기 아세요? 선생님한테도 이야기 하셨어요?"

범현은 입을 다물었다.

"열등감이 있었어."

"하기야. 아버지는 번듯한 병원 원장까지 하셨고 선생님은 평생 고생하시면서 여기 계시니까."

"내가 운룡이한테 열등감이 있었단 말이다."

"예?"

"조금만 쉬었다 가자."

"바로 저 앞인데요?"

"내가 어떻게 될지 모르니 네가 들어야 해. 난 아직 이런 이야기를 그 녀석한테 할 만큼 자존심이 무너지지는 않았으니까."

정완은 잠시 차의 속도를 늦춰 비탈길에 세웠다.

"정말 나는 죽을 때까지 그 친구를 못 따라간다. 그건 부정할 수 없는 사실인데 나는 기를 쓰고 그 친구를 밟으려고 했다. 모함하고 무시하고."

"모함이라니요."

"이곳에서 불법의료행위를 한다고 고발을 한 적이 있다. 녀석을 배척하는 한의사들과 손을 잡고 말이다. 그때는 한의사건 양의사건 둘도 없는 친구가 되어 그 녀석을 코너로 몰아넣었다."

정완은 입술을 뒤틀리게 꾹 다물었다.

"녀석을 따르는 한의사들이 보석금을 내고 풀어줬어. 환자들한테 혈자리만 알려주고 뜸은 놓지 않는다는 조건으로 풀어 준거다. 고집도 세지. 그런 꼴을 당하면서도 한의사 자격증을 안 따더라. 한의사 시험 감독관이 되었어도 말이야."

범현이 답답한 듯 누운 채로 창문을 열었다.

"죽염의 신비에 대해 한참 방송국에서 떠들어 댈 때도 사기꾼으로 몰아붙인 일도 있었다."

"그만 하세요. 아버지. 더 말씀 하시면 제가 그분을 볼 낯이 없어져요."

정완이 팔꿈치를 차장에 대고 허공을 주시했다.

"그런데 결국은 그 친구한테 가게 되는구나. 죽는 꼴을 보이려고."
정완은 서서히 차를 몰며 다시 올라갔다.
"얘기 안 끝났어. 내가 너한테 이렇게 말을 해도, 그 친구 앞에 가면 어떻게 나올지 몰라. 정말 모른다."
"아버지 사셔야 해요."
범현은 다시 발끝에 펼쳐진 창밖의 풍경을 바라보았다.
"살려 달라고 애원하지는 않을 거야. 그러고 보니 여기 온 자체가 우습다."
범현이 주름 진 손을 들어 눈가를 눌렀다.
인산은 방안에서 환자들과 이야기를 나누던 중에 차 소리를 듣고 잠시 말을 멈추었다.
"나가 봐. 나가서 황토방에 모셔 놔. 곧 따라 갈 테니."
그가 윤세를 바라보았다.
"예."
"어디까지 얘기 했더라? 요즘은 이렇게 가물가물 해요. 나이가 드니까 기억이 떨어지는 거야."
"버거스 병이요."
"응. 그거 버저스 병도 잡을 수 있어. 버저스 병하고 이름이 비슷한데 버거스는 관절에서 오는 병이거든. 나이가 이십 팔세라고 했지?"
"예."
그 때 별안간 밖에서 소란을 피우는 범현의 목소리가 들렸다. 인산은 미간사이로 깊은 주름을 만들며 방문을 바라보았다. 그리고는 서둘러 처방을 써내려갔다.

"자, 이게 처방이야. 그럼 나는 잠시 실례해요."

인산이 방문을 열고 나섰다. 마당에는 검은 색 승용차가 문이 열려진 채 있었는데 범현은 정완에게 안겨 바둥거리고 있었다. 윤세는 당황스런 표정으로 밖으로 나온 인산을 바라보았다. 인산은 범현을 쳐다봤다. 건장한 아들에게 안긴 범현은 상대적으로 더 늙어 보였고 더 작아 보였다.

"방으로 가자."

인산이 손짓하며 방을 향했다.

"야, 내가 이런다고 너한테 굽실거릴 줄 아냐."

"그럼 살아서 복수해봐."

"네가 나를 못 고치는 게 복수다."

"아버지!"

정완이 애원하듯 범현을 바라보았다.

"아버지. 제발 제 소원 좀 들어주세요."

"난 살고 싶지 않다니까. 나이 칠십에 뭐 그리 살겠다고 바둥거리냔 말이다!"

범현이 고함을 치자 앞장서서 걷던 인산이 우뚝 멈췄다.

"그럼 돌려 보내. 나도 살고 싶지 않다는 사람 억지로 살리긴 싫으니까."

인산의 싸늘한 말투에 세 사람을 비롯한 환자들까지 눈을 휘둥그레 떴다.

"보내."

인산이 발길을 돌렸다. 범현 역시 당황한 기색으로 인산의 뒷모습에 시선을 꽂았다.

"선생님!"

정완이 절규하듯 인산을 불렀다.

"그래, 넌 그렇게 잘났지. 항상 잘났어. 사람의 생명을 쥐었다 놨다 하는 게 네 운명이라도 되는 듯 혼자 비관하고 혼자 잘난 맛에 살지."

"아버지 왜 그러세요, 대체!"

"저게 본 모습이야. 내가 애원하고 살려달라고 할 줄 알았지? 내가 너만 믿는다고 할 줄 알았지?"

인산은 몸을 돌려 범현을 바라보았다. 그는 바싹 마른 몸의 독이 오른 노인의 모습으로 인산에게 이를 드러내 보이고 있었다.

"이 환자들도 그래. 의학의 기초도 모르니 이런 시골 촌구석에 와서 나 좀 살려달라고 하는 거다. 의사 말은 콩으로 메주를 쑨다 해도 듣지 않고 영감이 오리 먹으면 낫는다니 믿고 덤빈다. 너는 사기꾼이야!"

분노를 누르고 있던 윤세가 범현에게 다가 왔지만 인산이 윤세를 막았다.

"내가 사기를 치더라도 오리는 사기 치지 못해. 네 몸을 봐라. 보름 전의 네 몸을 기억해 봐라."

범현은 독이 오른 눈빛으로 인산을 노려봤다.

"정완아. 아버지 모시고 올라가라."

"선생님. 제발 용서해 주세요."

정완은 범현을 안은 채 무릎을 꿇고 울었다. 그러나 범현은 몸부림을 쳤다.

"못 살리니까. 넌 나를 실험대상으로 쓰려는 거야!"

인산은 그제야 노여운 눈빛으로 범현을 쏘아봤다. 순간 범현은 인산의 눈빛에 말문을 닫아버렸다.

"내가 너를 살리려는 건 네 아들을 생각해서다. 그러나 제일 큰 이유는 네가 내 친구이기 때문이야. 다른 친구들 소중한 사람들을 다 잃었기 때문에 너만은 그대로 떠나보내고 싶지 않아서다. 네가 아무리 나를 무시하고 미워하고 밟아버리고 싶어 해도 내 눈에는 너는 여전히 일곱 살 시절의 범현이로 보이기 때문에. 그런 놈을 그냥 보내기 싫어서다."

인산은 발길을 돌려버렸다.

"가라. 나도 바쁘다. 미친 영감 따르는 환자들한테 가야하니 돌아가라."

인산은 윤세에게 눈짓하며 앞장서서 걸었다. 쥐 죽은 듯이 고요하던 마당에는 서서히 수군거리는 사람들의 음성이 들려왔다.

"……살려다오."

범현의 작은 목소리가 새어나왔다. 정완은 범현을 바라보았다. 범현은 굵은 눈물방울을 떨어뜨리며 인산의 뒷모습을 쫓고 있었다. 윤세는 범현의 목소리에 뒤를 돌아보았다.

"아버지."

윤세가 발걸음을 멈췄다. 범현은 정완의 품에서 나와 마당을 기었다. 그는 안간힘을 쓰며 손톱으로 마당을 긁으며 절규했다.

"살려다오! 운룡아! 나를 살려다오!"

정완은 범현의 모습에 양손으로 얼굴을 가리며 통곡을 했다. 인산이 우뚝 서서 돌아보았다. 그의 시야에는 일곱 살 난 범현이가 발버둥 치며 그에게 다가오는 것이 보였다. 인산은 범현을 향해 돌아섰다. 그리고는 그의 앞으로 다가갔다. 범현은 인산이 다가오자 팔을 들어 올렸다.

"살려다오……. 나를 살려라. 운룡이 네가 나를 살려달란 말이다."

인산은 범현의 듬성해진 머리를 손으로 감싸 안았다. 범현이 인산의 품에 안겨 소리 내어 울었다. 범현은 손가락에 잔뜩 힘을 준채로 인산의 등을 끌어안았다.

"이 고집쟁이 영감. 기운을 보니 살 수 있다."

며칠 간 황토방에서는 범현의 비명소리와 적막이 엇갈리게 퍼져 나갔다. 인산은 범현에게 관장을 할 때마다 이를 악물고 눈물을 삼켰다.

"범현아. 네가 이 고통을 당하고 있지만 이건 암으로 죽는 고통이 아니라 살아나는 고통이다. 그러니 조금만 더 견뎌라."

범현은 아득해지는 정신 속에서 인산의 목소리를 더듬었다. 그리고 고개를 끄덕였다. 정완은 멀찌감치 떨어져 귀를 막고 있었다. 범현이 살기 위한 고통으로 몸부림을 치는 것은 오일 간 계속 되었다.

"선생님! 나와요. 피고름이 나옵니다!"

인산은 환자들을 돌보다가 정완이 외치는 소리에 서둘러 범현이 있는 곳으로 달려갔다. 범현이 누운 자리에는 썩은 고름과 피가 섞여 흐르고 있었다. 그는 겁에 질린 모습으로 손바닥에 묻은 피를 들어 보였다.

"범현아. 농이 되어 나왔다. 암덩이가 나왔다."
"몸이 개운하다. 이상하게 개운하다. 이 병을 앓고 나서 처음으로 몸이 개운해졌다."

한 달 후 범현은 거동을 할 수 있을 만큼 회복을 했다. 그는 인산의 마당에 걸터앉아 애주(艾炷)작업을 하는 인산을 바라보았다.
"너는 참 늙지 않는구나."
"이걸로 젊어져봐라."
범현은 가지런하게 놓인 애주를 물끄러미 바라보았다.
"내일은 서울 올라가라. 내가 네놈 살리겠다고 여기서 관장하고 지랄했지만 쑥뜸은 정완이한테 알려줄 거야. 누구나 하는 거니까."
"늙은 내가 무슨 쑥뜸을 견디겠어."
"자고로 단전에 뜸뜨고 일찍 죽은 사람 없어. 운명이란 게 있는 거지. 운명이 다섯 살 밖에 못 산다는 애들 사주보면 나오잖아. 그거 맥보고 돌 때쯤 되서 단전에 콩알만 한 뜸 몇 장 뜨면 수명 연장된다. 뜸에 운명이 물러가는 거지. 흉기가 없어지고 흉액질고가 녹아버리는데. 운명이 있을 수 있나? 난 없다고 보는 거지. 네가 죽을 운명이었다면 쑥뜸으로 그 운명이 연장 된 거다. 족삼리. 요 무릎 밑에 뜨면 늙은이도 뜰 수 있어. 위의 열을 끌어내리니까. 그건 일흔 넘은 늙은이도 뜨면 다 돼요. 그래도 오십, 육십 무렵에 뜨는 사람은 칠팔십 때 뜬 것 보다 훨씬 효과가 나지. 그러니 너는 족삼리 부지런히 떠야 한다. 젊어지는 비법이야. 그리고 그거 뜨다 보면 내가 왜 진작에 안 떴을꼬 하겠지. 하하."

"그 뜨거운 걸 이 나이에 견딜 수 있을까."

"그러니 이제껏 먹이고 살찌우게 하고 영양분에 보를 한거 아니야. 그거 뜨겁고 무섭다고 벌벌 떨 것 같으면 아직도 멀었어. 몸이 다시 살아났다는 걸 느낀단 말이야. 오늘 종완이 내려온다고 했으니까 오늘 밤부터 내가 뜨는 거 보여줄 거야. 그리고는 아들 놈이 할 테고. 알았어? 하루에 오분 이상 타는 뜸장으로 삼십장은 족히 떠야 해. 젊어서부터 뜬 사람이 아니라 한 이천 장은 떠야 할 거다."

"그렇게 하다가 이젠 늙어 죽겠네."

"고름이 나오면 암 뿌리까지 뽑히니까. 석 달 후면 쌩쌩해진 영감 보겠네."

인산이 범현의 얼굴을 가만히 바라보았다.

"고생했다. 살아줘서 고맙다."

범현은 눈을 감았다.

"이러고 있으니 옛날로 돌아간 것 같다. 너 그 폐병 걸린 아이 벌에 쏘이게 해놓고 숨었던 날. 딱 그 날씨다."

"그 때 준 주먹밥이 제일 맛있었다."

"그러냐. 내가 다음에 오거든 해 오마."

"네가 만든 거냐."

인산이 범현을 바라보았다.

"응. 너 주려고 만든 밥이었다."

인산이 가만히 웃었다. 한동안 침묵이 흘렀다. 벌레 울음소리가 멀리서 들려왔을 때 범현이 입을 열었다.

"다례는 어찌 됐나."

인산은 애주를 만들던 손을 멈췄다가 다시 천천히 말아 올렸다.
"갔다."
범현은 숨을 들이마셨다.
"언제."
"십 오년 넘었다."
"어찌 그리 갑자기 갔나."
"기차 사고로 갔다."
범현은 콧등이 시큰해졌다. 그리고 얼굴을 가리며 어깨를 들먹였다.
"한 평생 고생만 하다 갔구나……"
"좋았던 시절도 있었으니 그리 생각 말아라. 다례는 어려서 너와 헤어질 때까지는 너를 생각하면서 행복하게 살았던 소녀였으니 그 때만을 기억해라."
범현은 끅끅 소리 내며 고개를 끄덕였고 인산은 범현을 물끄러미 바라보았다. 멀리서 차 소리가 들려왔다. 정완이 도착했다.
"정완이가 널 많이 닮았다."
인산이 가만히 웃었다.

봄기운이 가시고 여름이 다가왔다. 안 씨는 강화도에서 쑥을 한 아름 싣고 인산을 찾아왔다.
"이건 또 뭐요?"
"너 줄 선물이다. 내가 집 채만 한 멧돼지 잡아다 바꿨어."
안 씨는 카랑카랑 한 목소리를 내며 땀을 닦았다.
"거참 아주바이는 지치지도 않으오?"

"응. 난 아무래도 너보다 오래 살 운명인가 봐."
"그건 그렇소."
"뭐? 너 나보다 먼저 가면 나한테 혼날 줄 알아."
"아주바이. 범현이 병이 나았소."
"뭐? 언제? 네가 살렸어?"
"자기가 살아 난거요."
"거참 징글징글하다."
"그런 말마시오."
안 씨는 입을 삐죽거렸다.
"언제 그랬는데?"
"일 년하고도 반년이나 지났소."
"꽤 됐구만."
범현은 처음 쑥뜸을 뜬 날 서서히 적응을 하여 매일 족삼리 뜸으로 건강이 회복했다. 무릎에서도 피 고름이 흘러나와 천장까지 뻗어 나갔다는 말을 하며 정완은 전화기에 대고 울음을 터뜨렸다.
"그놈 이제 건강해 진거네?"
"그렇소."
"오래 살겠냐?"
"그거야 하늘에 달린 거지요. 어쨌거나 고통 속에 눈 뒤집어 까며 죽는 운명이 아니니 다행이오. 이제 건강하게 살다가 편하게 가는 것만 남았소."
"응. 나도 그렇게 살다 가고 싶어. 이제 내년이면 1990년이구나. 내가 이렇게 구한말 시대에 태어나 오래 산다. 이것도 네 덕이지."

"자, 나는 또 들어가니 아주바이 좀 쉬다 가오."

"그래, 나야 뭐 이렇게 몇 마디라도 나누면 복에 겨운 거지. 네 손주들하고 산이나 가자고 할란다."

"거참 정말 팔팔하시구랴. 하기사 나보다 사오 년은 더 살 거요."

인산은 마당을 가로질렀다. 순서를 기다리던 환자들은 인산의 모습에 자리를 고쳐 앉았다.

"들어와요."

안 씨는 인산의 뒷모습을 보며 기도했다.

-제발 저놈 오래 오래 살다 가게 해주시오.

■   ■   ■

삼년이 지났다.

인산을 찾아오는 환자들은 더 늘었고 그만큼 인산은 지쳐있었다. 여전히 옥분은 쉬라는 말을 하며 따라다녔고 인산은 시끄럽다고 소리쳤다.

"선생님, 전화 받으세요. 서울에서 왔어요. 방배동이래요."

옥분이 방 앞에서 얼굴을 내밀고는 눈을 낮았다.

-범현이구나.

"실례해요."

"예 저는 가보겠습니다."

인산은 고개를 끄덕이며 전화를 받았다.

"그래."

"선생님. 정완입니다."

"응. 아버지는 어때?"

"그게 오늘부터 자꾸 잠이 쏟아진다고 하시는데요, 병색이 있는 건 아닌데 아무래도 이상해서 전화 드립니다."

인산은 가만히 허공을 바라보다 안경을 벗었다. 범현이가 갈 날이 된 것이다.

"어디 아픈 곳은 없다고 하니?"

"예. 그냥 피곤해서 잠만 자고 싶으시다 하는데 선생님이 보고 싶다는 말씀을 하세요."

"정완아."

"예, 선생님."

"아버지 편하게 가시게 해야 한다."

잠시 후 수화기 넘어 울음소리가 들렸다.

"내가 한 번 올라간다고 전해. 내일이라도 간다고 해."

"예 선생님. 바쁘신데 죄송합니다."

"아니다. 전화 잘했어."

인산은 수화기를 내려놓았다. 그럼 이제 친구는 하나도 남김없이 가는 건가. 인산이 천천히 안경을 들어올렸다.

"다음 사람 들어오라고 해라."

윤세가 일어서서 다섯 명의 환자들을 들여보냈다. 그러다 아까부터 순서가 되어도 들어오지 않는 여자가 있어 고개를 갸우뚱했다.

"아버지. 밖에 어떤 여자 분이 안 들어오는데요."

인산은 가만히 방문을 바라보다 일어섰다. 입구에는 무릎을 꿇고 앉아 있는 초췌한 얼굴의 사십 대 여자가 고개를 숙이고 있었다. 인산은 여인의 얼굴을 물끄러미 바라보았다. 피부가 온통 습진에 번져 검은 빛에 자글자글한 주름이 가득했다.

"마음의 병 때문에 온 거야. 병은 마음으로부터 오는 경우도 많아요."

여인이 고개를 들며 인산을 힐끔 올려보았다.

"저는 사실 이십 대예요. 그런데 피부 때문에 이렇게 나이가 들어 보입니다."

여인이 어깨를 들먹이며 울음을 터뜨렸다. 인산은 손짓하면서 윤세를 불렀다.

"윤세야."

"예."

"사리장 처방 해줘. 네가 얘기 할 수 있지?"

"예."

"그럼 따라 가 봐요."

인산이 다시 방안으로 들어갔다. 윤세는 여인의 앞에 서서 독에 든 사리장을 부어 조심스레 담았다.

"이거는 먹고 바르기도 하면서 치료하는 겁니다."

"간장 냄새가 나요."

"유황오리 죽염 서목태 유근피와 밭마늘로 담근 것입니다."

"예."

"이걸 공복에 한 수저씩 먹고 날마다 그 양을 늘리세요. 누룩의 성분이 있어 술처럼 열이 올라오는 것을 알 수 있어요. 바를 때는 처음에는 얇게 바르고 서서히 두껍게 바르세요. 또 얼굴이 따갑기도 하지만 그건 죽염성분 때문에 그런 겁니다. 바르는 것은 쉬었다 하더라도 먹는 것은 빠지면 안 됩니다. 스트레스를 받으면 화기와 독기가 합하여 더욱 악화 될 수 있으니 마음의 안정이 제일 중요합니다. 또 바르다가 더욱 심해지는 것을 느낄 수가 있는데 그건 명현현상으로 받아들이면 됩니다."

여인은 사리장을 받아들고 돌아갔다. 그리고 석 달 후에 말끔해진 모습으로 다시 찾아왔다.

"화장품이라도 되는 줄 아나보네."

오리농장의 아주머니 두 명이 웃었다.

"저거 바르니 확실히 피부가 뽀얗게 되긴 하더라."

"냄새를 다스렸으면 왔단데 그게 안타깝지."

아낙들이 큭큭거리며 웃었다.

인산은 밤차를 타고 방배동으로 향했다. 넷째 아들 윤국이 모셔다 드리겠다는 것을 부득이 거절하는 통에 자녀들은 고개를 저어댔다.

"아버지 고집 정말 여든 간다."

"자면서 가면 된단 말이야. 쓸데없이 나와 소란 떨지 말고 들어가."

인산은 택시 안에서 소리를 버럭 질렀다. 택시 안에서 그는 심란한 마음으로 하늘을 바라보았다. 유리창 안에는 택시 미터기가 반사되어졌다.

"기사양반."

"예, 선생님."

"그거 꺾어야지."

"아닙니다. 선생님 덕에 제가 먹고 사는데요. 헤헤."

"그럼 뭐야. 그냥 태워주는 거야?"

"그럼요."

"난 싫다. 대충 얼마 나오는 거 아니까 난 돈 줄 테야."

"선생님은 참 이상하세요."

"뭐가."

"환자들한테 돈도 안 받으시는 분께 제가 이렇게라도 하고 싶어서 모셔다 드리면 제 심정도 알아 주셔야지요."

"난 택시비가 있단 말이야. 환자들은 돈이 없고."

기사가 웃음을 지었다.

"외람된 말씀이지만 선생님은 어쩌면 그렇게 순수하십니까."

"나 욕도 잘한다."

"에이, 설마요."

"진짜야. 전화통 대고 이것저것 상담해 주다보면 나한테 꼬치꼬치 되묻는 사람들이 많아. 어디서 의학을 들은 사람들인데 왜 다들 소금이 해롭다고 하는데 그 짜디짠 죽염을 먹으라고 하냐? 왜 녹용을 안 쓰냐? 당뇨병인데 왜 이렇게 하냐? 그렇게 막 따지거든."

"그럴 바엔 왜 전화로 물어보나요."

"그러니까. 그래서 내가 전화를 확 끊어버려."

"왜요?"

"욕을 하니까. 막 욕이 나오거든."

"하하하."

인산은 다시 하늘을 올려보았다.
"그런데 오늘 이 시간에 어딜 이렇게 가십니까? 터미널이라면 멀리 가시는 모양인데요."
"서울 가. 내 친구 보러."
"아, 역시 선생님 친구 분들도 건강하고 장수하시네요."
"응."
인산은 가만히 고개를 끄덕였다.
"그런데 그 친구 가면 이제 이 세상에 내 친구는 없어. 다 죽은 거다."
인산은 쓸쓸한 표정으로 다시 하늘을 올려보았다.
"비가 올 거 같아."

새벽 다섯 시 반이 되자 인산은 방배동 집 앞에 서서 벨을 눌렀다. 마당에 있던 개가 컹컹 짖어댔다.
"조용히 해라."
인산이 대문 앞에 코를 들이대던 개에게 조용히 말했다. 별안간 개가 꼬리를 치며 낑낑거렸다.
"응, 착하다. 호랭이도 조용히 시키던 할아바이니까 너도 그렇게 가만히 있어야 해."
"선생님!"
인터폰 사이에서 정완의 음성이 들렸다.
"주책이다. 내가 너무 일찍 도착해 버렸어."
잠시 후 대문이 열리면서 정완이 인산의 손을 잡았다.

"어서 들어오세요."

정완은 주위를 둘러보았다.

"혼자 오셨어요? 버스 타시고?"

"다 떨궈 놓고 왔어. 아버지 주무시니?"

"이상하게도 삼십 분 전에 일어나셔서 앉아계세요. 어서 들어오세요."

"그래."

현관에 들어서자 정완의 아내가 인산에게 허리 굽혀 인사했다.

"처음 뵙습니다."

"그래요."

정완은 거실로 인산을 안내했다. 잘 꾸민 집 거실 가운데에는 작년에 찍은 범현과 손자, 며느리와 정완의 사진이 걸려있었다. 테라스 안쪽에 흔들의자에는 범현이 무릎에 담요를 덮고 인산을 바라보고 있었다. 그는 인산이 가까이 오자 입을 벌려 웃었다.

"왔구나. 운룡이 왔어."

"응, 나 왔다."

정완은 의자를 꺼내어 범현의 맞은편에 자리를 마련했다.

"새벽인데. 아직 해도 안 떴어."

"그러게. 내가 일찍 온다고 했는데 너무 일찍 와버렸다."

"난 좋은데."

"몸은 어떠냐."

"좋아. 아주 편하고. 아프다가 죽는 게 아니라 행복하다."

인산은 콧등이 시큰했다. 범현은 인산의 손을 잡으며 다시 입을 벌려 웃었다.
"고맙다. 내 친구가 되어줘서 고맙다."
"다 늙어서 청승 떨지 마."
"네 얼굴 보니까 이제 잠이 쏟아진다."
범현은 인산을 바라보다 얼굴을 인산에게 파묻었다.
"아침에 밥 먹으면서 이야기 하자. 너도 좀 눈 좀 붙이고."
인산은 고개를 끄덕였다.
"이리로 자리 준비했습니다."
"응. 우리 손자가 미국 갔어. 그놈도 의사 공부하는데. 그 아이 방이야."
"응, 잘 키웠어."
"정완아. 나 방에 데려다 다오."
정완이 다가와 범현을 부축했다. 인산도 그의 옆에 서서 범현의 팔을 감쌌다. 범현은 인산을 바라보며 손등을 툭툭 쳤다. 인산은 눈을 감았다. 그것이 범현이 살아 있는 동안 자신에게 남긴 최후의 온기임을 잊지 않기 위해서였다.
"잘 자라."
"너 자는 거 보고 올라간다. 들어가자."
인산은 범현을 침대에 눕히는 것을 도와주고 의자에 걸터앉았다. 범현은 침대에 들어가자마자 잠시 후 나지막이 코를 골았다. 희미한 램프는 범현의 흰머리 사이를 뚫고 그의 두상을 그대로 비췄다. 듬성한 머리카락을 바라보고 있자니 별안간 세월의 무심함에 절로 한숨이 나왔다.

인산은 범현의 발치에 있는 수많은 서적들을 찬찬히 살펴보았다. 그의 손때가 묻은 책은 수십 년이 지난 흔적을 간직한 채 책장에 잠이 든 듯 꽂혀있었다.

그는 의자에 앉아 눈을 감았다. 창밖으로 툭툭 빗물이 유리창에 부딪히기 시작했다. 누군가가 물방울을 튕겨 던지듯 유리창에 붙어 있던 빗물은 눈물처럼 맺혀 금세 떨어졌다.

"……운룡아."

범현이 나지막이 그를 불렀다. 인산은 벌떡 일어나 범현의 옆에 다가갔다.

"내가 방금 꿈을 꿨다."

"응."

"우리가 어릴 적에 놀던 곳에 갔었다. 폭포수. 넌 눈을 깜빡거리면서 무지개가 있다고 알려줬어."

"그래."

"내가 지금 그걸 봤다."

인산이 고개를 끄덕였다.

"참 좋다."

"그래."

범현이 다시 눈을 감았다.

"잘 테다. 너도 쉬어야지."

"그래."

"걱정 말고 올라가라. 아침에 밥 먹고 정원에 앉아서 차도 한잔 마시자."

"그래."

범현은 인산의 대답에 흡족한 듯 웃어보였다.

"이제 진짜 잘 거다. 너 가는 거 보고 잘 거니까 올라가라."

인산은 잠시 범현을 바라보다 방문을 열었다. 닫히는 문 사이로 범현이 희미하게 웃는 모습이 보였다.

"운룡아."

"응."

인산이 문을 닫다 말고 범현을 바라보았다. 범현은 이불 속에서 손을 꺼내어 보였다. 그리고는 엄지를 세워 들었다. 인산은 침침한 눈으로 그것을 자세히 쳐다보았다.

"너는 최고다."

범현이 다시 천천히 눈을 감았다. 그는 이불 속으로 다시 손을 넣다 말고 그대로 축 늘어진 채 팔을 허공에 떨어뜨렸다. 인산은 별안간 다리에서 힘이 빠졌다.

"……범현아."

그러나 범현은 움직이지 않았다. 인산은 천천히 다가가 범현의 앞에 앉았다.

"범현아."

램프 아래 비춰진 범현의 입가에 그림자가 너울거렸다. 그림자는 웃는 모습 그대로 남아 있었다. 인산은 늘어진 범현의 팔을 가만히 잡고 엎드렸다.

"범현아……."

인산이 어깨를 들먹이며 울음을 터뜨렸다. 거실 안쪽에 불이 켜지면서 정완이 나오는 소리가 들렸다. 정완은 서둘러 범현의 방으로 들어섰다.
"아버지!"

■ ■ ■

인산은 자리에 누워 한동안 일어나지 않았다. 병이 난 것도 아닌데도 누워있는 것이 계속 되자 자녀들은 걱정을 했다. 그는 범현의 장례식을 다녀온 후부터 시름에 빠졌다.
"저러다 병나시는 거 아니야?"
옥분이 안절부절 방 앞을 서성였다.
"원래 연로하신 분들이 주위 분들 돌아가시면 슬럼프에 빠진다고 하더라."
장남 윤우가 나지막하게 속삭이듯 말했다. 방 안에서는 윤세가 인산 옆에서 침묵을 지키고 있었다. 똑딱거리는 시계의 바늘 추 소리만 가득했다.
"몇 시냐."
인산이 물었다.
"열한시요."
"낮이냐 밤이냐."
"낮입니다."
"응. 오래 잤다."
인산이 일어나 앉았다.

"더 쉬세요."

윤세는 그렇게 말했지만 내심 안심하는 표정으로 가슴을 쓸어 내렸다.

"그만 쉴래. 옥분이한테 밥 가져오라고 해."

"선생님 밥 차려 와요?"

옥분이 방문 앞에서 기다렸다는 듯이 소리쳤다.

"응."

인산이 옆에 놓인 좌탁을 당겨 책을 펼쳤다.

"환자들은?"

"제가 처방 했습니다. 옥분이도 거들고요."

"그래. 자연의학 공부한 옥분이 도움 좀 얻었구나. 밥 먹고 환자들 좀 돌아보자."

"예."

인산은 이불을 걷고 일어났다. 오랫동안 누워있어서인지 그는 잠시 중심을 잃고 휘청했다.

"아버지."

윤세가 인산의 팔을 잡았다.

"됐어. 갑자기 일어나서 힘이 빠진 걸 몰랐어."

"어디가세요?"

"어딜 가긴. 씻어야지. 씻고 약수 좀 마시러 내려갔다 올래."

방문을 나서자 밥상을 든 옥분과 마주쳤다.

"어디 가시게요? 다 차려 왔는데."

"약수터 가서 물마시고 올 거야. 십 분이면 되니까 그대로 놔둬."

"네. 국 식으니까 빨리 오세요."

인산은 자리를 털고 일어난 그날부터 다시 일상으로 돌아갔다. 범현의 죽음으로 그는 자신도 죽음이 임박해 왔다는 것을 느꼈기 때문인지 그는 전보다 더 환자들에게 혼신을 다했다. 그쯤 되니 윤세는 다시 아버지가 걱정이 되었다.

"차라리 주무시게 놔둘 걸. 사흘이라는 것은 그렇게 긴 휴식이 아닌데 말이야."

인산은 밤이 되도록 텐트를 들여다보며 환자들과 이야기를 나누었다.

새벽이 되도록 그는 쑥뜸을 뜨는 사람들의 상태를 지켜보고 돌아갈 채비를 하는 사람들에게는 어깨를 다독였다.

"선생님. 저 기억하십니까."

아침이 되자 사십대 남자가 인산에게 다가왔다.

"누구야?"

"작년에 암에 걸려 왔던 사람입니다. 건강하게 되어 인사차 들렸습니다."

"응, 그렇구나. 아주 건강해 보이네."

"예. 건강합니다."

인산은 그의 얼굴을 바라보며 흐뭇한 표정을 지었다.

-그래. 이 사람들이 나를 기운 나게 하는구나.

■　　　■　　　■

인산 나이 칠십구 세가 되던 해. 민속 신약연구회가 창립되었다. 프레스센터에는 이백 명이 넘는 사람들이 인산을 기다렸다. 이윽고 강연대 앞에 팔걸이 의자가 놓였고 인산은 부축을 받으며 자리했다.

사람들이 박수를 치며 일어났다. 인산은 지팡이를 옆에 놓고 허리 숙여 인사했다.

"따듯한 봄날에 어디 놀러 안 갔어요? 모처럼 좋은 날씨에 이 늙은이 얘기 들으러 이곳까지와주셔서 고맙습니다."

카랑카랑한 그의 목소리는 그 나이의 노인과는 달리 장내에 가득 울려 퍼졌다.

"내가 요즘 입에 달고 사는 이야기가 있는데 내가 우리 아이들한테 〈나 죽거든〉 화두로 시작합니다. 그러면 싫어해요. 나이 들면 가는 게 당연한데 남들 다 죽어도 제 아버지 죽는 건 생각하기 싫어해요. 그런데 나는 말하거든. 왜냐면 내가 죽고 나서 책이 나올 게 있어요. 그게 아주 중요한 책입니다. 사람을 살리는 이야기를 거기에 내가 다 쓸 거란 이야기지. 그래서 무슨 말을 하다가 그건 내가 죽거든 나오는 책에 보면 있을 거니까 그때 가서 읽어봐. 지금은 시간이 바쁘니까 라고 해요."

청중들은 입을 가리고 웃었다. 그들 또한 인산이 세상을 떠날 나이가 가까이 되었다는 것을 망각한 채 편안한 모습으로 그 앞에 있는 것이었다.

"오늘은 내가 건강식품에 대해서 이야기 하고자 해요. 요즘 녹즙이니 상황버섯이니 해서 한창 유행하는 건강식품이 많이 나오는데, 다른 건 몰라도 내가 말하는 치료법의 효과를 높이기 위해서는 일단 그것을 멀리하는 게 우선입니다. 그걸 아예 먹지 말라는 소리가 아니니까 오해 하지 말아요."

 인산은 잠시 숨을 가다듬었다. 요사이 몸이 부쩍 쉽게 피곤해진다고 느끼고 있다. 하지만 그는 움직일 수 있을 때까지 사람들을 가까이 하고 살 수 있는 방법에 대해 전하고자 하는 마음뿐이었다. 그는 안경너머 사람들을 가만히 바라보았다. 청중은 인산이 눈길을 돌릴 때마다 그를 따라 같이 눈동자를 굴렸다. 인산은 고개를 끄덕였다.

 "환자의 위장과 소화력은 생사를 결정하는 중요한 부분입니다. 위장에 여유 공간이 있으면 그걸 다른 것으로 채우지 말고 내가 말하는 약을 넣어줘야 해요. 왜냐면 그 약 조차 받아들일 공간이 부족하기 때문입니다. 그렇게 해서 암을 잡아야 하니까요. 그리고 위를 차게 해서도 안 됩니다. 그렇게 되면 가뜩이나 소화 안 되고 위장 흡수 안 되는 판에 더 저하시키는 꼴이 되니까. 과일은 더 조심해야 해요. 산은 뼈의 백금 성분을 손상시킵니다. 물론 건강할 때는 상관없지요. 채식주의자건 과일만 먹고 사는 사람이건 괜찮다는 말이야. 그런데 암환자는 달라요. 환자는 소화흡수력이 저하되어 필요량을 소화시키기도 힘겨워해요. 그러니 환자 입장에서는 적은 양으로 많은 영양흡수가 필요합니다. 그래야 병든 세포가 배출되고 새 세포가 빨리 생성이 됩니다. 그런데 영양가 높은 음식은 암을 빨리 자라게 한다는 근거 없는 이야기가 일부 의료계와 일본의 채식주의자들 사이에서 나와요. 문제는 이러한 것들이 유행처럼 되어 그것이 답이라도 되는 것처럼 믿는다는 겁니다. 유행은 병을 잡지 못합니다. 이런 것에 우왕좌왕 좌우되다보면 집단 암시와 집단 최면에 걸려드는 겁니다. 환자를 잘 먹이며 체력을 좋게 한 후 적절한 치료법을 사용해야 합니다. 암세포를 억제하고 없애고 깨끗한 피와 새 살이 나도록 활성화 시켜야 한다는 것이 중요한 요지예요."

인산은 마른기침을 하며 물 잔을 들었다.

"일전에도 말했듯이 마늘은 중요한 식품이지요. 최상의 약이라고 해도 좋을 만큼 약성이 강합니다. 마늘에는 뼈와 살과 피가 되는 성분이 다 들어있어요. 그래서 내가 암 환자들과 회복단계에 있는 사람들에 처방을 하는 것이 구운 밭마늘을 죽염에 찍어 먹으라는 겁니다. 죽염은 피를 맑게 하고 몸에 필요한 요소를 넣어주고 마늘은 그것을 강하게 잡아 줍니다. 밭마늘을 써야지 논마늘은 안됩니다. 농약 때문인데 논 마늘 하루에 열통 먹을 바엔 아예 안 먹는 게 낫습니다. 반면 밭마늘은 비가 오면 농약이 씻겨나가기 때문에 논마늘보다 안전해요. 세상에 별 희한한 병이 생길 거예요. 호흡으로도 전염이 되고 오염된 동물과 식물이 사람들에게 위협을 가하게 될 날이 오고 말아요. 이게 다 공기와 물과 토양의 오염에서 오는 것입니다. 피가 탁해서 병이 걸리는 거예요. 에이즈도 무섭다고 하는데 쑥 뜯이면 피가 새로 생깁니다. 살리는 것이 쑥에 있어요. 죽은피가 쏟아져 나오고 새 피가 생기면 에이즈도 낫게 되는 거 아닙니까. 나는 그걸 한 번 권해보고 싶어요. 모두가 에이즈는 죽는 병이니까, 못 고치니까, 그저 죽을 때까지 조심하라고 하는데 사실 우리가 살고 있는 이 세상에서 우리는 죽을 때까지 조심해야 해요. 그만큼 공기와 물과 토양이 오염이 되었다는 말입니다. 그러니 피를 깨끗하게 하고 체내에 쌓인 독성을 각 가정에서 주부들도 풀어줄 수 있게 해야 한다는 겁니다. 각 집안의 주부들이 의사요 약사입니다. 날마다 독성을 먹으면 결국은 병이 됩니다. 천연 독성은 그걸 조제하고 걸러 약이라도 되지만 화공 독은 그렇지 않아요. 중금속이 몸에 쌓이면 결국 죽잖아요. 일본을 봐요. 원자탄 터지고 나서 별의 별 병이 다 생기잖아요. 이렇게 말하면 결국 밥상에 관한 이야기만 한 것 같은데 결코 그렇지 않아요. 우리가 늘 접하고 매일 화학공식에 맞춰서 만들어진 알약을 먹으니 천연 약재로 된 음식을 섭취하는 것만큼 좋은 건 없습니다."

인산의 강연은 한 시간이 넘게 계속 되었다. 그리고 그를 따라나서는 인파들은 매번 다른 사람의 모습으로 같은 질문을 했다. 세상에는 그렇게 날마다 환자들이 늘어가기만 했다.

■　　■　　■

"아니, 다른 사람들 병은 다 나을 수 있다고 하면시 왜 내 병은 못 낫는다는 거예요? 예?"

사십 대 여자가 카랑카랑한 목소리로 인산을 바라보았다. 그 기색을 보자니 이제껏 아프다고 신세타령을 하던 자의 모습은 온데간데없이 사라졌다.

"내가 모든 사람 병을 다 낫게 할 수는 없으니까 그렇지."

"무슨 소리예요? 내가 뭣 때문에 이 촌구석까지 왔는데 그래요? 할아버지는 폐가 썩어 들어간 사람도 살렸다면서요. 그런데 왜 난 안되는데요? 돈은 얼마든지 있어요."

인산은 말문을 닫아버렸다.

"할아버지. 내가 지금 기운이 좀 있어보여서 그러지 내 살 파먹는 고통에 잠도 못 잔다고요. 똑같은 병인데 누군 살고 누군 죽어요?"

밖에서 듣고 있던 윤세가 방문을 열었다.

"그만 나오시지요. 안타깝지만 아버지가 못 하신다면 할 수 없어요. 방법이 있다면 벌써 처방해 드렸을 겁니다."

"아니, 저 사람이. 지금 죽을 수밖에 없다는 사람한테 할 소리야? 돈 안 되는 사람은 그렇게 해도 되는 거야? 장사하는 사람이 뭐 이래?"

윤세는 기가 막혔다. 병중에는 모두가 신경이 날카롭고 그 고통 또한 크기 때문에 그럴 수도 있었다. 그렇다 해도 어느 누가 부모를 욕되게 하는 자를 곱게 볼 수가 있을까.

"장사라니요."

"참내. 오리 길러 팔고 소금 구워 파는 거 장사 하는 거 아니야?"

"장사를 하려 했다면 자리 잡아 놓고 물건이나 팔지 뭣 때문에 연로하신 분이 밤잠 설치며 환자를 대한단 말이오?"

"그만 해라."

인산이 안경너머 윤세를 바라보았다.

"집 꼬라지 보니 없던 병도 생기겠네. 폭삭 주저앉지 않은 게 다행이네."

여자는 핸드백을 낚아채듯 집어 들더니 신경질 적으로 신발을 신었다. 여자는 일부러 윤세의 어깨를 밀어 치며 나섰다. 잠시 적막이 흘렀다. 윤세는 인산에게 무슨 말이라도 해드리고 싶었지만 아무 말도 생각나지 않았다.

"못 고친다는 말을 들었으니 기분이 좋을 리 있겠어? 다음 환자 오라고 해."

돌아보니 다음 환자들이 침을 꼴깍이며 그를 바라보고 있었다. 그들은 행여 자기들도 나을 수 없다는 말을 들을까봐 겁에 질려있었다.

"들어가세요."

윤세가 비켜서며 방안을 가리켰다. 그러나 서너 명의 무리들은 여전히 꼼짝 않고 그를 쳐다봤다. 그 때 그들 중 하나가 입을 열었다.

"할아버지가 처방하는 대로 하면 살 수 있지요?"

"우선 상태를 보셔야지요."

"아니. 우리는 여기 오면 들것에 실려 왔던 사람도 걸어 나간다는 말을 듣고 왔는데 지금 와서 그런 소리 하면 안 되지요."

"들어와요."

인산이 윤세의 낯을 힐끔 보더니 손짓했다. 그들은 인산의 목소리에 얼른 신을 벗어 던지고 방으로 들어갔다. 방안에서는 인산의 목소리와 그에게 대답을 하는 사람들의 목소리가 들려왔다.

며칠 뒤 동네 사람들이 인산의 집 앞을 지나면서 왁자지껄 떠들어대는 소리가 들렸다.

"도사가 몸보신 하려고 염소 오리를 기른다꼬 하네."

그들은 일부러 큰 소리를 내며 서로 한 마디씩 해보며 옆구리를 찌르기도 했다. 아닌 게 아니라 86년 인산이 저술 한 〈신약(神藥)〉이 발간되면서 그것을 보고 함양까지 달려오는 인파가 넘쳐났기 때문이다. 오순도순 동네 사람들끼리 농사를 지으며 살던 마을에 어느 날 갑자기 객지사람들이 차를 끌고 시끌벅적하게 나타나니 그들 눈에 좋게 보일 리가 없다. 게다가 몇 년 전 부터는 공장을 지어 죽염을 굽느라 사람들이 시끄러워 못살겠다고 찾아왔었고 오리나 염소 등 동물들 기르는 것을 보고 농가에 위협을 느끼기도 했다. 그래서인지 얼마 전 부터는 사람들이 돌아가며 인산 농장 앞에 진을 치고 있었다.

그들은 말끔하게 차려입은 윤세가 멀리서 온 손님인 줄 알고 일부러 떠들어 댔다.

"도사 얼굴 색 봐라. 혈색 좋아 뽀얀 거. 오리 잡아 묵고 염소 묵고. 생긴 것도 도사처럼 생겼는데 천년만년 살게 건강해 보이지 안 능교."

윤세는 힘이 죽 빠져 버렸다. 생면부지의 사람들의 건강을 위한답시고, 죽어가는 사람들을 살린답시고 이런 수모를 당하면서 까지 죽염을 구워야 할까. 아버지의 바람에 따라 있는 돈 없는 돈 털어 공장을 끌어가는 의미는 과연 무엇일까 하는 회의감에 그는 대문에 들어서자마자 바닥에 주저앉아버렸다.

그 때 인산은 마당에서 그를 기다리는 환자들을 돌보고 있었다. 인산은 윤세를 한참이고 바라보았지만 그는 인산의 시선을 느끼지 못했다.

자식은 부모가 욕당하는 것을 견디지 못하고 부모는 자식이 아픈 것을 견디지 못한다. 그들은 그렇게 멀찌감치 떨어져서 서로에 대한 아픔을 헤아려볼 뿐이었다.

■　　　■　　　■

인산이 서울 수유리에서 이곳 함양으로 터전을 잡은 지 십년이 되었다. 작년(90년 4월)에 는 운림리에 있는 집을 처분하고 새 집 마련을 위해 함양읍 죽림리에 자리 잡은 낡은 집을 허물어버렸다.
"아유, 속 시원하다."
옥분이 어린아이처럼 박수를 쳤다.
"그렇게 시원하면 네가 가서 부수지 그러냐."
인산이 뒷짐을 진 채 가만히 웃었다.
"이왕에 지을 거, 좀 그럴싸한 모양으로 하면 좀 좋아요."
며느리들이 안타깝다는 듯 고갯짓 해보였다.
"그래도 저런 새집이 어딘가 싶네요."
큰 며느리에게 작은 며느리가 속닥거리자 그들은 까르륵하고 웃었다.
26평의 조립식 가건물을 지어 입주를 한 것이다. 새집이란 그것이 처음이었다.
그러나 새집이 생겨 좋아할 여유도 없이 그것이 무허가주택이라는 이유로 철거를 당할 위기에 직면했다. 차
"거봐라. 조립식이니 일도 간단하게 됐다."

인산은 말은 그리 했지만 쓸쓸한 표정을 짓고는 돌아섰다. 아버지의 뒷모습에 자녀들은 한동안 아무 말도 하지 않았다.
"그렇게 아니라 아예 농장 안에 집을 지어드리면 어떨까 싶어요. 어때요, 형님들은."
막내의 말에 모두가 고개를 끄덕였다.
"그럼 아버지가 더 좋아하시겠지. 환자들 옆에 늘 계실 수도 있으니까."
"아버지가 힘들지 않을까 싶은데. 지금도 새벽이며 오밤중이며 환자 돌보시는 거 봐라."
"하지만 그렇기 때문에 편히 누워 쉴 곳이 생길 거 아니야?"
형제들은 옥분의 말에 다시 고개를 끄덕였다.

이윽고 윤세의 죽염제조장 부지 내에 새로 가건물을 지어 주거지로 삼기로 했다. 인산 농장 안에 목조주택을 지어 마침내 편히 누울 집 한 칸을 마련하기로 한 것이다.
나무가 올려지고 부지런히 새 집안으로 인산의 물건이 채워졌을 때까지도 그는 환자들을 돌보고 있었다. 그리고 해가 지고 저녁이 한참 지나 오밤중이 되었을 때야 자녀들과 함께 새로 마련 된 집으로 향했다.
"응. 좋다. 아담하고 참 좋아."
인산은 그의 방으로 자리한 곳에 누워보았다. 인산의 모습에 자녀들은 입가에 웃음을 지었다. 한동안 인산은 아무 말도 없이 가만히 허공을 바라보았다. 그리고 별안간 자녀들을 쳐다보았다.

"내 평생 팔십 한 번을 이사 다녔다. 팔십 한 번."

그가 자리에 누운 채 양손을 들어 여덟 개 손가락을 펼쳤다.

"선생님 손 부은 것 좀 봐. 그 시계 좀 풀어놓으세요."

옥분이 인산의 손을 잡으려는 찰나 인산이 손을 뒤로 숨겨버렸다. 아이 같은 행동에 자녀들은 웃음이 나왔지만 인산은 진지한 표정으로 다시 시계를 바라보았다.

"안 풀어도 된다. 아직은 괜찮아."

"아버지. 그 시계가 그렇게 좋으세요?"

"응. 미국의 박 사장이 사준 거잖아. 얼마나 고마워."

"아무리 그래도 그렇지 주무실 때는 끌러놓아야지요. 그렇게 손이 퉁퉁 부어있는데."

"그것참 됐다니까 그러네. 자, 이제 또 환자 보러 갈 테야."

인산이 자리에서 벌떡 일어났다.

"아버지. 자정이 넘었어요. 오늘은 쉬시고 내일 보러 가세요."

"일 없다."

"제발 좀 쉬세요. 예? 그리고 내일 환자 봐도 안 늦잖아요."

하지만 인산은 손을 저어대며 일어났다. 그들은 그런 인산을 멀뚱하니 쳐다보다 한숨을 내쉬었다.

농장 안에 펼쳐진 마당에는 수많은 사람들이 삼사인용 텐트를 치고 있었다. 그는 천천히 마당으로 나와 사람들을 둘러보았다.

텐트 안에서는 지친 여정에 코를 고는 사람이 있는가 하면 나지막이 신음소리를 내는 사람들 그리고 중얼거리며 기도를 하는 사람들도 있었다. 그는 반쯤 열린 텐트 안을 들여다보았다. 그곳에는 눕지도 못 할 고통에 베개를 세워 들고 머리를 기대어 있는 오십대 중반의 남자가 있었다. 인산은 그 모습에 가슴이 저려왔다. 그러나 고통 속에 있는 환자는 인산의 기척조차 느끼지 못하고 희미한 숨만 천천히 내뿜고 있었다. 인산이 불쑥 그곳에 들어왔다. 그러자 남자가 눈을 떴다. 그는 인산의 모습을 보자 두 눈을 껌뻑거렸다. 그러다 이내 서러운 듯 눈물을 흘렸다. 끅끅거리며 울음소리를 참는 사이 인산은 그의 어깨를 가만히 토닥거렸다. 그 때 그의 아내가 놀라서 벌떡 일어났다. 그러자 인산은 그냥 누워있으라는 듯 손짓을 해 보였다. 그녀는 텐트에 들어온 사람이 인산이라는 것을 알아보고 곧장 이마가 바닥에 닿도록 절을 했다.

"살 수 있어. 응? 살 수 있는 거 알지?"

인산의 말에 그는 연신 고개를 끄덕였다.

"어디가 아파서?"

"폐암입니다."

그의 아내가 대신 대답했다. 인산은 고개를 천천히 끄덕였다.

"며칠 째 기다린 거야?"

"삼일 쨉니다."

"많이 힘들었겠구나."

인산이 중얼거리자 아주머니는 입을 가리며 울음을 터뜨렸다.

"거, 왜 울어? 살 수 있다니까. 혈액형이 뭐야?"

"에이형 입니다."

"응, 항암치료 받았어?"

"다 받아보았습니다. 안되겠다고 퇴원시키더라고요."

"내가 보기엔 살 수 있어."

그들이 두런두런 이야기를 하는 사이 근방에서 누워 있던 사람들이 하나 둘씩 자리에서 일어났다.

"몇 시야? 인산 선생님 목소리 같은데……"

"그러게."

"어제도 세 시 넘어서 주무시던데."

"연세도 있으신데 그걸 어떻게 견디시나."

■　　　■　　　■

"소문 들었나? 도사가 드러누웠다카드라."

92년 봄이었다.

"도사도 앓아 눕는교?"

마을 주민들이 막걸리 사발을 들이키며 얘기 했다.

"문디, 너무 그카지 마라. 연로하신 분한테 그렇게 말하는 거 아이다."

그들의 이야기를 듣던 한 사람이 팔깍지를 꼈다.

"어, 니 그 말 참말인갑다."

"뭐꼬? 뭐시 참말이고?"

"네 마누라가 죽을 병 걸렸다 살았다 카든데."

"언제? 와 말을 안 했노?"

"말하면 느그들이 병원가자 카지."

"그래, 니도 도사한테 갔나?"

"마누라가 거 가자꼬 해서 갔다."
"낫나?"
"낫으니 초상 안 치렀다 아이가."
그들은 잠시 멀뚱거리며 서로를 바라보았다.

진주에 위치한 경상대병원에 입원한 인산을 바라보던 의사가 고개를 흔들어댔다.
인산은 울혈성심부전증이었다. 심장의 펌프기능이 떨어지는 병으로 그 원인은 피로와 과로로 나타났다.
"제가 그렇게 무리하지 말라고 말씀 드렸잖아요. 할아버지 연세를 생각하셔야지요."
"그럼 너는 늙으면 환자 안 돌볼 거야?"
의사는 다시 가볍게 웃었다.
"전에 발목 뼈 부러진 건 어때? 아까 올 때 보니까 잘 걷던데. 다 나았지?"
"네. 할아버지가 홍화씨 먹으라고 해서 그거 먹고 좋아졌어요."
"응. 그게 참 귀한 건데 잘 몰라. 그거 연구 좀 하라고 해. 여긴 내과 순환계라서 연결 안 시켜 줘?"
"아이 참. 아버지는. 여기서라도 좀 푹 쉬세요."
"그래. 그래야겠다. 예전 같지가 않아. 전엔 잠 안 자도 끄떡없었는데 요즘엔 안 그래."
"그래도 여든넷에 무척이나 건강하신 거지요. 하지만 이제 정말 쉬셔야 합니다."

의사가 간호사에게 눈짓을 하자 간호사는 영양제 바늘을 손가락으로 툭툭 쳤다.

"의사양반. 나 그래도 삼일 이상은 못 누워."

의사는 가벼운 한숨을 쉬며 그대로 나갔다. 인산은 얼마 지나지 않아 잠이 들었다. 자녀들은 가만히 그 곁을 떠나 로비에 둥그렇게 서서 서로를 바라보았다.

"아버지를 우리 집으로 모셔야겠어. 그래야 환자랑 좀 떨어져 있지."

윤세가 입을 열었다.

"병원에 계시는 동안은 내가 아버지 수발들게."

막내(윤국)가 고개를 끄덕이며 말했다.

그러나 인산은 그의 말대로 삼일 이상 환자와 떨어져 지내지 않았고 그러다보니 자연적으로 경상대학병원에 누워 영양제를 맞는 일도 잦아졌다.

인산의 기력은 날마다 쇠약해져갔다. 항간에는 신의(神醫)가 자신의 병은 못 돌보나 하는 수군거림도 있었다.

"유마거사 이야기도 몰라? 중생이 앓기에 나도 앓는다는 말이 있잖아."

마당에 자리한 환자 보호자가 그들에게 버럭 소리를 질렀다.

"하기야. 그 말을 알면 신의가 어쩌고 하는 말도 못하지. 신의는 불사조가 아니야. 환자 돌본다고 당신 몸 안 돌보신 건 생각 못하고. 쯧쯧. 아무리 병이 깊다 해서 자기들 밖에 모른다지만 내가 할아버지라면 저런 것들은 안 고쳐주겠다."

사람들은 무안한 듯 서로가 시선을 피하며 다른 곳을 바라봤다.
같은 시간 인산은 윤세의 집에 자리를 폈다.
자녀들은 날마다 눈에 띄게 약해지는 아버지를 지켜볼 때마다 가슴 한 가운데 커다란 구멍이 뚫리는 것을 느꼈다. 인산은 그런 자녀들의 눈빛을 하나하나 마주치며 두 눈을 껌뻑였다.
"애들아."
인산이 입을 열자 자녀들은 바짝 다가와 앉았다.
"네."
"녹음기 좀 가져와."
"왜요?"
윤국이 동그랗게 눈을 떴다. 겁이 난 것이다.
"할 말이 있으니까 그런 거지. 가져와."
잠시 후 인산 앞에 녹음기가 놓였다. 그는 부축을 받으며 자리에 앉았다. 벽에 등을 기대고 자리한 그가 별안간 작게 느껴졌다.
"내가 하고 싶은 말은 이거야. 인업(人業)을 중시해야 나라가 잘 산다는 이야기지. 자연의 이치에서 자연을 표현하기가 얼마나 힘드냐. 그건 아무도 듣고 이해 못하고 알기도 어려운 이야기다. 그럼 쉬운 건 무엇이냐. 지금 우리가 살고 있는 이 시절이 어디까지나 인업의 힘인데 그 인업의 힘을 인식하고 살 수 있느냐. 그건 최상 어려운 문제다 그거지. 인업이 뭐냐. 가령 만석꾼이 났는데 그건 전부 행동이 복스럽다는 말이고 자는 거고 먹는 거고 노는 거고 복스러우니까 그걸 인업이라고 하는데 그 속에는 그 사람하나가 사는 힘이 아니다 이거지. 그 사람 곁에서 많은 사람들이 살 수 있는 인업은 아주 큰 인업이야."

인산은 잠시 말을 끊었다.

"록펠러가 아들을 일찍 잃어서 그렇지 돈은 천하의 갑부다. 우리도 지금 정주영이나 김우중이를 박정희가 밀어줬는데 그래도 아직 인업에 대한 단결은 시간이 걸리면 몰라도 지금은 아니야. 그런 인업이라는 큰 중대한 문제는 무엇이냐. 언제고 나라도 그 힘이고 정치자금도 한 푼 생기지 않는다면 힘든 거 아니냐. 그러니 나라도 그 힘이고 국민도 그 힘이니 교육이 거기서 이뤄지기 때문에 나는 이걸 인업에 대해서 이야기 하고 싶었어. 죽기 전에 이 얘기를 하고 싶었던 거야."

인산은 숨을 길게 내쉬고는 다시 말을 이었다.

"그리고 또 중요한 건 효(孝)다. 후세에 남길 소린 지구상에 있는 모든 교(敎)가 여럿이라는 건 있을 수 없어. 하나다. 마음도 효심(孝心)이면 천심(天心)이고 진심(眞心)이고 도심(道心)인데 마음이 여럿이 있을 수 있느냐. 효심이면 하나로도 끝나. 백행의 근본이 효다. 그건 국가 차원에서 효를 중시해야 하는 거다. 나라가 잘 사는 길은 인업을 밀어줘야 하고 그 근본을 효로 가르쳐야 한단 말이야."

인산은 다시 자리에 누웠다. 인산의 손이 퉁퉁 부어보였다. 윤세가 바싹 다가앉았다.

"아버지, 시계 풀까요?"

"됐다."

인산은 손을 저어댔다.

며칠 뒤. 자정이 되자 인산은 윤세를 불렀다. 그는 잦은 출장으로 피곤에 지쳐 있었지만 인산의 목소리가 들리면 쏜살같이 달려가 그 앞에 앉았다. 그런데 오늘 따라 자주 그를 찾았다. 밤 11시부터 새벽 6시까지 네 차례였다.

"또 갈증 난다. 생강차 좀 다오. 가득 줘. 그리고 이거 풀러라."

그가 돌아보자 인산은 시계 찬 손을 들어보였다. 그는 가슴이 덜컹 내려앉았다.

"시계요?"

"응. 이거 윤국이 줘. 내 수발든다고 고생 많이 했으니까."

윤세는 인산의 힘없는 팔목을 잡는 순간 온 몸에서 힘이 빠져나갔다. 어쩌면 이것이 아버지와 마지막으로 잡는 손일지도 모른다는 생각에서다.

"나 모레 떠난다. 부처도 여든에 갔으니 난 그에 비하면 좀 더 살았다. 너도 정신 차리고 살아야 해."

"아버지. 마음 약하게 먹지 마세요."

그러나 인산은 그 말을 못 들은 체했다.

"네 형한테도 연락하고. 알았어?"

"네."

"가서 자."

인산은 윤세가 나간 뒤로 물끄러미 생각에 잠긴 시선으로 한동안 허공을 주시했다. 그리고는 고른 숨을 쉬며 잠이 들었다. 그러나 오후가 되도록 깨어나지 않았다. 혼수상태에 빠진 것이다.

"이거 뭐라고 말씀을 드려야 할지."

윤세의 집에 왕진 나온 담당 의사는 이마를 긁적이며 고개를 갸우뚱했다. 자녀들은 숨을 죽이고 그를 바라보았다.

"수명을 다 하신 것 같은데……."

"그런데요?"

"그런데 선생님이 워낙에 특이한 분이라서……. 하여간 의학상으로는 수명을 다하신 것 맞습니다. 그런데 또 일어나실 수 있는지도 몰라 단언을 하지 못하겠어요."

"그러니까 혼수상태라는 거 아닙니까."

"그런데 수명은 다 된 거라니까요."

"그런 말이 어디 있습니까?"

"그러니 저도 뭐라고 못 하겠다는 거지요."

의사는 계속 고개를 갸우뚱하며 집을 나섰다. 자녀들은 그런 의사의 뒷모습을 멀뚱하니 쳐다보았다.

인산은 이미 오래전부터 입버릇처럼 말하는 '손바닥만한 지구'에 와서 사람들과 부대끼며 살아가는 것에 염증을 느꼈다. 그에게 있어서 죽음이란 귀양살이 마치고 고향으로 돌아가는 것이고 또한 그를 불생불멸(不生不滅)의 또다른 세계로 안내해 주는 것이다. 어릴 적의 동무들과 뛰어 놀고 이미 죽어버린 그리운 이를 만날 수 있는 그런 곳. 그는 자신의 죽음을 예고하였다. 그런 만큼 그렇게 복된 죽음이 또 어디 있을까. 비록 그가 병들어 누웠다 해도 그의 병은 여느 사람들처럼 장병에 주위사람들을 지치게 하는 악병은 아니었다.

"아버지. 마음 약하게 갖지 마세요. 더 사실 수 있어요."

자녀들은 인산의 손을 잡고 울먹였다.

하지만 인산은 그가 말한 "모레"가 되자 표연히 숨을 거두었다.

마치 오래된 무거운 짐을 풀어 놓은 것처럼 그는 긴 숨을 내쉬고 잠을 자는 중에 가버린 것이다. 영원한 잠이 든 그의 표정은 다시는 깨어나지 않을 적정삼매(寂靜三昧)에 든 것처럼 평온해 보였다. 그가 입버릇처럼 말한 "이 세상이 너무 힘들었다"는 것을 보여주기라도 하는 것처럼 그는 세상에서 가장 편안한 순간을 만난 듯했다. 이 세상에 그저 잠시 머물다 가는 것처럼 그는 훌쩍 자리를 털고 일어나 태양보다도 더 밝은, 무량(無量)한 빛 가운데로 사라져버렸다.

그의 임종을 지켜본 사람들은 하나 둘 자리에 주저앉았다. 이윽고 흐느끼는 소리가 방안을 가득 메웠다.

그를 알고 있고 그와 더불어 지내던 많은 지인들은 그 소식을 접하자 잠시나마 정신적인 공황상태에 빠져버렸다. 오래전부터 의지하고 사랑 했던 사람이 하루아침에 이 땅에서는 다시는 볼 수 없는 사람이 되어버린 것이다. 인산의 죽음은 죽음을 맞이한 인산보다 남겨진 사람들을 더욱 비통하게 만들었다.

그와 같은 사람이 또 나올까.

그런 사람을 또 만날 수 있을까.

그가 다시 태어난다면 알아 볼 수 있을까.

"내게 내세(來世)가 있냐고 묻지 마. 그건 내게 묻지 말고 쌀을 가져다 놓고 '네 다음이 있느냐.'고 물어봐. 무슨 씨고 씨는 있는 법이야. 사람은 자식을 둘 수 있는 씨도 있지만 육신을 버리고 나가면 또 생기는 씨가 있어. 그건 뭘까. 그게 내세일까."

 인산은 고개를 갸웃해 보이며 가만히 웃었다.